KB234156

사이코드라마 음양 카타르시스

신 원 선

푸른사상

사이코드라마·음양·카타르시스

신 원 선

오래 전부터 필자는 우리의 전통굿, 특히 내림굿과 서양의 사이코드라마와 상당 부분 닮아 있다는 사실에 주목해 왔다. 그러나 그 동안 굿이나 사이코드라마를 머리로써만 이해하려 했던 필자는 이 둘의 본질적인 차이점으로 인해 오랜 시간 고민할 수밖에 없었다. 분명 이 둘은 비교의 대상일 수 있지만 엄밀히 말하면 비교의 대상이 될 수 없기 때문이다.

그러다 최근 들어 필자는 전통무예 수련 등을 통해 기(氣)를 터득한 후 이 둘이 본질적인 의미에서 차이가 없는 대상임을 깨닫게 되었다. 내림굿은 어떠한 신비현상도 특이현상도 아닌 자연스런 우리 몸의 치유현상을 이끌어 냈던 일종의 사이코드라마였던 것이다. 필자는 수련 중에 내림굿을 받은 무병자들이 내림굿 현장에서 추는 춤과 유사한 춤이 필자의 몸 안에서 저절로 터져 나오는 것을 여러 차례 경험한 바 있다. 이는 일종의 진동현상으로, 진동현상은 호스가 연결된 수도에 갑자기 물을 틀었을 경우 수압이 높아지면서 호스가 격렬하게 떨리는 현상에 비교될 수 있다. 다시 말해 내림굿이나 심신수련 등 외부적인 자극에 의해 그 동안 원활하게 소통되지 못했던 기가 온 몸을 두루 순환하기 시작하면서 막혀 있던 경락을 뚫어주기 때문에 몸이 저절로 강렬하게 떨리거나 움직이게 되는 것이다.

그렇다면 무병을 앓던 많은 이들이 내림굿을 받은 후 무병이 씻은 듯이 나았다는 사례들은 어떤 신비현상이나 특이현상이 아닌 그 동안 막혀 있던 경락의 열림과 그로 인한 유통과정에서 생긴 자연 치유력의 결과로 이해할 수 있다. 내림굿 현장에서 흔히 목격할 수 있는 격렬한 도무(跳舞), 울부짖음 등은 막혀 있던 경혈이 유통되면서 일어난 일종의 진동현상인 것이다.

필자는 그 동안 심신수련 중에 여러 가지 새로운 체험을 한 바 있다. 그 체험을 통해 깨달은 것은 우리 몸에 연극적인 모든 행위들이 자연스럽게 녹아 있었다는 사실이다. 우리 몸에는 춤도, 노래도, 무술도 있었다. 필자는 수련 중에 몸을 타고 흐르는 고유한 기운을 타고 춤을 추었으며 이러한 춤을 추는 중에 좀 더 강력한 기운을 느끼게 되면 한 번도 배워 본 적이 없는 무술 동작을 하기도 하였다. 뿐만 아니라 내 안에서 가슴 저린 시조가락이 울려 나오는 것도 경험할 수 있었다. 그 동안 풀리지 않았던 우리 문화 예술 전반에 대한 난제를 해결할 수 있었던 소중한 경험이었다.

그런데 이러한 모든 것들은 나의 의식과는 상관없이 자연스런 기운의 흐름에 따라 이루어지는 현상들이었다. 바로 이러한 과정에서 필자는 엄청난 평안함과 환희심을 느끼게 되었다. 결국 몸의 변화를 통해 마음의 변화까지 경험한 것이다. 이 순간 깨달은 것은 우리의 몸과 마음은 결코 이원론적으로 분리하여 생각할 수 있는 그런 것이

아니라는 사실이다. 몸이 아프면 마음도 아프고, 마음이 아프면 몸
도 아플 수밖에 없다. 그렇다면 각종 스트레스에 시달리고 있는 현
대인들의 정신질환을 치유할 수 있는 유일한 방법은 우리의 몸을 돌
아보는 길뿐이다. 서양인들은 몸이 아프면 몸만을, 마음이 아프면
마음만을 돌봐왔지만 우리 민족은 몸이 아프면 마음을, 마음이 아프
면 몸을 돌아보는 사고를 가지고 살아왔다. 그런 의미에서 아무리
힘들고 어려워도 민중들의 삶을 지탱시켜 줄 수 있었던 우리의 굿과
놀이는 누구도 부인할 수 없는 한국인들의 사이코드라마였다는 생
각이다.

　부족한 대로 이 책이 한국인의 체질과 정서에 맞는 사이코드라마
창출을 위해 고민하는 이들에게 조금이나마 도움이 될 수 있다면 더
이상 바랄 것이 없겠다.

2004년 3월

신 원 선

제1장 사이코드라마 · 음양 · 카타르시스

아리스토텔리스의 카타르시스 이론과 동양의 음양 이론을 비교 고찰하였다. 궁극적으로 이러한 비교 고찰을 통해 우리나라에서 행해지는 사이코드라마는 아리스토텔레스가 이야기한 카타르시스 이론이 아닌 음양이론을 통해 제대로 설명하고 이해할 수 있다는 사실을 밝히고자 하였다.

1. 사이코드라마

사이코드라마는 1921년 모레노(J.L. Moreno, M.D.)박사에 의해 시작되었다고 알려지고 있다. 이 사이코드라마의 역사는 바로 이 모레노 박사의 전기라고 할 수 있을 정도로 그의 이론과 실제적 토대는 여전히 사이코드라마계에 매우 많은 영향력을 발하고 있다. 특히 우리나라에 소개되고 있는 사이코드라마의 이론은 바로 이 모레노 박사의 영향 아래 있는 블래트너(Adam Blatner) 박사의 저서 『ACTING – IN』[1]에 거의 모든 부분을 의지하다시피 하고 있다 해도 과언이 아니다.

---

1) 이 책은 『싸이코 드라마』라는 제목으로 1988년 하나의학사에 의해 발간되었다. Howard A. Blatner, M.D, 이근후. 임계원 옮김, 『싸이코 드라마』, 하나의학사, 1988.

필자는 서울에 소재하고 있는 A국립정신병원에서 10여 차례에 걸쳐 사이코드라마를 참관하면서 우리나라의 사이코드라마계가 블래트너 박사의 『ACTING-IN』이론을 전적으로 수용하여 활용하고 있음을 실감할 수 있었다.

물론 사이코드라마라는 것이 우리나라에서 자생적으로 창출된 그러한 극형태가 아니기 때문에 외국의 이론을 토대로 이루어지는 것은 당연한 일일 수 있다. 하지만 사이코드라마 이론이 창출된 지역과 역사적으로 그 문화와 그 정서를 달리하는 우리에게 있어 이 이론적 토대들이 무조건적으로 신봉되어야 하는가에 대해서는 일말의 회의를 갖지 않을 수 없다. 필자는 앞서 「진오기굿의 연극학적 고찰」[2]이라는 논문을 통해 진오기굿의 사이코드라마적 가능성을 타진해 보면서 우리적 사이코드라마 찾기를 시도해 본 적이 있었다. 이러한 시도들을 좀 더 발전시키는 의미에서 이 책에서는 서구의 카타르시스 이론이 아닌 동양의 음양 이론을 적용시켜 사이코드라마 분석을 해 보고자 한다. 이와 동시에 이러한 음양 이론을 토대로 우리 내림굿의 춤사위와 음악의 사이코드라마 활용방안을 적극적으로 제시하고자 한다.

---

2) 신원선, 「진오기굿의 연극학적 고찰」, 경희대학교 대학원 국어국문학과 석사학위 논문, 1996.
　바로 이 논문을 쓰는 과정에서 필자는 진오기굿과 함께 여러 차례에 걸쳐 내림굿을 참관한 바가 있었다. 그때 보았던 입무자들의 강렬한 춤사위와 온 산을 뒤흔들 성도의 통곡에 가까운 서러운 울음은 아직껏 필자의 뇌리에 강하게 남아 있다. 거의 20여 시간 가까이 오로지 입무자 단 한 사람만을 위해 진행됐던 이러한 내림굿들은 가장 강렬한 맺음과 풀어냄이라는 생각이 들었다. 내림굿에서의 이러한 맺음과 풀어냄의 행위는 음과 양의 부조화로 '무병'을 앓고 있는 입무자에게 음과 양의 기운을 조화시켜 주는 행위로 이해할 수 있다.

　서양의 사이코드라마와 우리의 내림굿을 비교해서 사이코드라마를 새롭게 이해하고 분석해 보려는 데에는 다음과 같은 몇 가지 이유가 있다.

　첫째, 내림굿은 일종의 정신적인 병인 무병을 앓고 있는 한 개인을 대상으로 행해지고 있다는 점에서 현대의 정신질환을 앓고 있는 환자들을 대상으로 행해지고 있는 사이코드라마와 어떤 연결점을 찾아 볼 수 있을 거라는 판단 때문이다.

　둘째, 내림굿에 의해 무병이 씻은 듯이 나았다는 사례들이 과연 신빙성이 있는 것이라면 그 내림굿 과정에서 행해지고 있는 치료적인 행위들을 가능한 범위 안에서 사이코드라마에 수용한다면 사이코드라마를 통한 심리 치료가 보다 나은 효과를 얻을 수 있을 것으로 판단되기 때문이다.

　셋째, 사이코드라마라는 것이 전래의 폐쇄된 서구의 드라마 형식과는 다르게 상당 부분 열린 구조를 지향한다는 점 역시 간과할 수는 없다. 사이코드라마의 관객들은 상당히 적극적으로 이 연극에 참여하고 있는 모습을 보여 주고 있다. 바로 이 지점에서 사이코드라마와 우리의 전래적인 굿과의 연결고리를 찾을 수 있을 거라고 여겼기 때문이다.

　사이코드라마는 그 특수한 성격상 연극적인 측면의 연구보다는 주로 정신의학이나 심리학 분야에서의 연구가 대부분이며 이나마도 블래트너 박사의 『ACTING- IN』이론의 범주를 크게 벗어나고 있지는 못하다.

　캘리포니아에서 1973년 출간된 블래트너 박사의 『ACTING-IN』은 이근후와 임계원에 의해 1988년 하나의학사에서 『싸이코드라마』라는 책으로 번역되어 출간된 바 있다. 이 연구서는 사이코드라마를 배우려는 사람들이나 시연하는 사람들에게 실제 활용 가능한 방법들을 알기 쉽게 제시한 실제 방법론 위주로 구성되어 있다. 이 연구서가 실제 활용가능한 방법론 위주로 구성된 연구서라면 같은 저자의 『싸이코드라마의 토대』3)는 사이코드라마 이면의 철학과 이론적 체계를 목적으로 쓰여 진 연구서이다. 블래트너는 이 연구서를 통해 실제 사이코드라마의 이론적 체계를 세우려고 노력했던 것으로 보인다.

이 연구서는 1부 역사적 토대, 2부 철학적 토대, 3부 심리학적 토대, 4부 사회적 토대, 5부 실제적 토대 등 모두 5부로 구성되어 있다. 블래트너가 이 연구서를 『ACTING-IN』의 보조서로 사용할 수 있겠다는 말을 하고 있는 것처럼 이 연구서는 이론적인 토대가 약했던 『ACTING-IN』의 이론적인 보강을 위해 쓰여진 것으로 보인다.

우리나라의 사이코드라마 연구 역시 연극 전공자들이나 희곡 전공자들에 의한 연극적인 접근은 거의 전무하다시피 한 형편이며, 정신의학 전공자들이나 심리학 전공자, 그리고 상담 심리 전공자들에 의한 연구가 그 대부분을 차지하고 있다. 이러한 대부분의 사이코드라마의 선행 연구들은 사이코드라마가 정신질환자들이나 비행 청소년 학생들을 대상으로 했을 때 효과가 있었음을 주장하고 있는 효과 보고이거나 그 효과를 전제로 한 요인 분석들에 치중하고 있다.

그러나 이러한 사이코드라마의 효과 보고나 그 효과의 요인 분석들은 사이코드라마의 서구석 모델을 그대로 인정하고 받아들인다는

---

3) Adam Blatner, 최헌진 감수, 싸이코 드라마학회 옮김, 『싸이코 드라마의 토대』, 중앙문화사, 1997.

전제를 기본으로 하고 있다는데 그 문제점들이 노출된다.

이 연구는 필자가 서울에 있는 A국립정신병원4)에서 관찰하고 채록한 사이코드라마와 남태령에 있는 영진암 굿당에서 관찰한 내림굿을 그 주 자료로 삼았으며 그 밖의 선행 연구자들의 문헌을 보조적으로 활용하였다. 특히 내림굿은 채록 당시 춤사위나 무악에 집중적으로 관심을 갖지 않은 상태에서 대사 위주의 채록을 하였기 때문에 선행 연구자들의 내림굿 춤사위와 무악 부분에 많은 부분을 의지하였다. 또한 사이코드라마나 내림굿 기타 연극에 관한 자료뿐 아니라 한의학과 동양 철학에 관련된 여러 문헌들을 참조하여 도움을 얻었다.

필자가 전문 의료진이나 치료자가 아닌 희곡 연구자라는 한계상황 때문에 필자의 주장에 대한 임상 실험을 이 연구의 방법으로 삼고자 하지는 않으며 이 책을 통해 필자는 사이코드라마의 한국적 수용 가능성에 관한 비전만을 제시하려 한다.

---

4) 필자가 그동안 참석했던 사이코드라마는 실제 환자의 심리치료의 일환으로 병원에서 행해지는 심리치료 드라마였다. 이런 이유 때문에 필자는 그동안 환자들이나 의료진이 의식하지 않는 사이에 이 실제 상황을 녹음했으며 이 녹음과 현장에서 함께 참여했던 필자의 기억을 더듬어 이 실제 사이코드라마를 기록화하였었다. 하지만 이러한 기록화를 위한 녹음이 가능했던 것은 5회 정도뿐이었다. 의료진은 실제 환자인 환자의 사생활을 보호한다는 측면에서 현장에서의 녹음과 사진 촬영을 금하고 있다고 했으며 의료진의 말에 충분히 수긍할 수밖에 없었던 필자는 현장 녹음을 포기할 수밖에 없었다. 필자 역시 필자가 쓰는 글들에 의해 개인의 사생활이 침해당하는 것을 원치 않기에 이 사이코드라마 사례의 주인공인 환자나 기타의 인물들의 이름은 모두 가명을 사용하고자 하며 이 사이코드라마가 이루어지고 있는 장소와 날짜를 밝힐 수 없음을 매우 유감으로 생각한다.

2. 음양과 카타르시스

1) 음양의 개념

음양설은 중국 철학에 바탕을 두고 있으며, 우주 자연의 이법을 음양론으로 설명하는 것이다. 이 음양설을 철학적으로 밝히는 것은 매우 많은 노력을 요하는 일이므로 이 글을 전개함에 있어 필요하다고 생각되는 한의학적인 의미의 음양설의 설명만으로 그 논의의 범위를 축소시키고자 한다.

한방의학에서는 병의 원인을 주로 기(氣)[5]에 있다고 보는데, 이 기(氣)가 소통되지 못하고 울체(鬱滯)되면 갖가지 병증이 초래한다고 본다. 다시 말해 정신적인 원인이 모든 병을 초래한다고 보는 것이다. 바로 이 기(氣)의 개념이 아리스토텔레스가 말한 카타르시스의 의미와 연결될 수 있다. 아리스토텔레스가 카타르시스의 개념을 축적된 감정의 배설적인 의미로 썼다면 이러한 관점은 한의학[6]적 시각에서 보면 기(氣)가 울체된 것을 해울 시킨다는 의미와도 통할 수 있다.

---

5) 동양철학에서 기(氣)는 여러 가지 의미로 사용된다. 보통 기분의 뜻도 되고, 육체적 신진대사의 의미도 되고, 또는 에너지의 의미도 된다. 한의학에서의 기는 혈(血)의 반대개념으로 사용되어, 혈이 음식을 통해서 공급받는 영양소를 의미한다고 하면, 기는 그 영양소를 가지고 육체의 신진대사를 활발히 운행해 나갈 수 있는 근원적인 힘을 가리킨다.

6) 인간과 우주의 모든 현상을 음과 양의 개념으로 해명하려 한 것이 음양사상인데, 이 음양사상을 가장 실천적·구체적으로 적용시킨 것이 바로 한의학 이론이다. 그런데 한의학에서는 음을 양보다 더 중요시 여긴다. 다시 말해 음의 역제력으로 양을 제압하는 것이 건강 상태를 유지함에 있어 무엇보다도 중요하다고 보는 것이다.

음(陰)은 죽음을 상징하고 양(陽)은 삶을 상징한다. 따라서 죽음이
나 죽음에 가까운 고통으로 일관되는 비극은 그 비극을 보는 이들에
게 음을 보강해 주는 효과가 있다. 아리스토텔레스가 비극을 통한
카타르시스 작용의 효용을 언급한 것은 사람에게 양(陽)을 보강시켜
주는 희극보다는 음(陰)을 보강시켜 주는 비극이 사람의 심신을 보다
안정시켜 균형을 유지시켜 준다는 사실을 암암리에 간파하고 있었기
때문이다. 하지만 체질의 특이성 때문에 비극을 통한 음의 보충이 아
니라 희극을 통한 양의 보충을 통해 카타르시스를 체험할 수 있는 사
람도 있다. 바로 이 지점에서 우리는 아리스토텔레스가 말한 카타르
시스 이론이 우리에게 전적으로 적용될 수 없는 근거를 발견하게 된
다. 육식성 인간인 서구인들은 확실히 양성(陽性)에 가까운 체질을 가
졌다고 볼 수 있다. 그래서 아리스토텔레스의 비극을 통한 음기를 보
강해 준다는 의미의 카타르시스 이론이 서구인들에게는 상당히 잘 적
용될 수 있는 이론임에 틀림없다. 그러나 이에 반해 채식을 주로 하는
우리나라 사람들은 확실히 음성(陰性)에 가깝다고 할 수 있다.[7] 우리나
라의 전통적인 연극의 양식들이 비극보다는 희극을 위주로 이루어지
고 있는 것도 이러한 맥락에서 이해가 가능하다.[8]

---

7) 그 단적인 예로 보양약(補陽藥)의 으뜸으로 치는 인삼이 한국인들에게 영약(靈
藥)으로 뿌리 깊게 인식되어 내려온 것도 여기에 원인이 있다.
8) 바로 이러한 맥락에서 카타르시스 이론이 우리나라의 전통연희에 맞지 않
음을 주장하면서 카타르시스 이론 대신에 신명풀이라는 이론을 들고 나온
사람이 조동일이다. 그는 『카타르시스·라사·신명풀이』라는 책을 통해 한
국 전통극의 특징인 '신명풀이'와 고대 그리스연극에서 유래한 '카타르시
스', 인도의 산스크리트연극에 근거를 둔 '라사'의 원리를 비교 고찰함으로
써 과연 신명풀이의 원리가 카타르시스나 라사의 원리와 어떻게 다르게 우
리 전통극에 적용되어 왔는가를 상세히 밝히고 있다. 조동일은 기(氣) 가운
데 흥(興)으로 발현되는 것을 '신명'이라고 규정할 수 있다고 보았다. 그는

인간을 생각할 때는 반드시 몸과 마음, 다시 말해 정신과 육체를 분리하지 않고 생각해야만 한다. 왜냐하면 생리적 변동에는 반드시 그에 관련된 심리적 변동이 따르며, 심리적 변동 또한 생리적 변동을 수반하기 때문이다. 생리적 변동과 심리적 변동은 도저히 분리하여 생각할 수 없으며, 이 둘은 따로 떨어져 있는 것이 아니며 동일한 현상을 두 방면으로 관찰한 것에 불과하다. 그러므로 사람의 심리상태와 감정의 발작을 관찰, 조사하여 그 체질과 건강 상태를 판단할 수 있는데, 이 심리 현상 역시 음양의 법칙에서 벗어나지 않는다.

최한기의 기학(氣學)을 차용해 신명에 대해 아래와 같이 좀 더 자세한 설명을 시도하고 있다.

천지만물과 함께 사람도 수행하는 '活動運化'를 표출해서 공감을 이루는 주체가 되는 氣를 '神氣'라고 하면, '神氣'가 바로 '신명'이다. '神'은 양쪽에 다 있는 같은 말이고, '氣'를 '明'이라고 일컬을 수 있다. 안에 간직한 '神氣'가 밖으로 뻗어나서 어떤 행위나 표현형태를 이루는 것을 두고 '신명'을 '푼다'고 한다. 그래서 '신명풀이'란 바로 '神氣發現'이다. 사람은 누구나 '神氣' 또는 '신명'을 지니고 살아가지만, 천지만물과의 부딪힘을 격렬하게 겪어 심각한 격동을 누적시키면 그대로 덮어두지 못해 '神氣'를 발현하거나 '신명'을 풀지 않을 수 없는 지경에 이른다.

그는 우리 전통 연희에서 참여자들이나 관중들 모두 함께 춤추고 놀면서 이르고자 했던 경지가 바로 이 신명 또는 신기, 신통의 경지였다고 설명하고 있다. 그런데 이 신명, 신기, 신통이라는 말에 공통으로 들어 있는 神은 사람과 분리되어 있는 별도의 존재가 아니고 사람이 지닌 속성이다. 이러한 원리는 동학의 시천주 사상과도 통하는 원리이다. 이를 다시 음양의 원리로 환원해 설명해 보면 다음과 같은 이해가 가능하다. 즉 우리나라에서는 귀신이라는 존재를 실재로 섬겨야할 존재로서가 아니라 단지 음양의 움직임으로 파악했을 뿐이다. 다시 말해 '神氣' 가운데 '鬼'는 '陰氣', '神'은 '陽氣'의 작용이라고 보았던 것이다. 바로 이러한 신기의 풀고 맺음 다시 말해 그 필요에 의해 음기와 양기를 보강해 주는 역할을 했던 것이 우리 전래의 굿이나 전통 연희였던 것이다.

양은 삶의 기운이며, 음은 죽음의 기운이라고 한다. 그러나 그렇다고 해서 인간의 삶에 있어 삶의 기운인 양의 기운만이 필요한 것은 아니다. 우리들의 모든 장기의 활동을 방해하고 정지시켜서 우리의 생명을 빼앗으려고 하는 죽음의 기운, 곧 '음'이란 힘이 몸 안에 작용하는 것이 우리의 건강을 유지하는데 있어서 반드시 필요하다.[9] 인간의 몸이란 삶의 기운인 양과 죽음의 기운인 음이 적절히 조화를 이루지 못하면 어떠한 식으로든 병적인 현상이 생기기 때문이다. 인간에게 일어나는 정신적인 질환 역시 이러한 음과 양의 부적절한 조화에서 기인한다.

양은 동(動)을 의미하고 음은 정(靜)을 의미한다. 양은 적극적이며 음은 소극적이다. 활동을 왕성하게 하면 많은 열량을 소모하여 체온이 높아지고, 활동을 적게 하면 체온이 내려간다. 그래서 더운 것은 양이며 추운 것은 음이라 할 수 있다. 인간의 심리 현상 역시 이러한 음양 이론에 의해 구별 할 수 있는데 인간의 정신적인 질환 역시 이러한 음양이 조화되지 않아 생리적 조절의 균형이 깨지면서 거기서 병적 현상이 생기는 것이라는[10] 설명이 가능하다.

음과 양의 심리 현상을 도식화 시켜서 나타내 보면 다음과 같다.

---

9) 이러한 음양의 작용을 생물에 대한 공기 중의 질소와 산소의 작용에 비유할 수 있다. 산소는 사람의 호흡에 필요한 기체인데 반해 질소는 동물을 질식시키는 기체이다. 그러므로 산소는 삶의 기체로, 산소는 죽음의 기체로 볼 수 있다. 이처럼 산소가 우리의 생명을 유지하는데 절대적으로 필요하지만 공기 중에 질소가 조금도 없고 산소만 있다면 만물이 다 타 없어지고 말 것이다. 따라서 우리의 생명을 해치는 질소가 공기 중에 적당히 섞여 있는 것이 우리의 생명을 보존하는데 절대로 필요한 것이다.
10) 김동옥,『알기 쉬운 동양의학』, 법조각, 1993, 84쪽, 김정암,『한의학 어떻게 할 것인가』, 태웅출판사, 1996, 52쪽.

〈음양 심리현상의 대조표〉11)

음	소극적	정적	원한	비탄	침울	비겁	사념적
양	적극적	동적	분노	환희	경쾌	용감	야욕적

이러한 음양의 부조화에 의해 일어나는 정신질환에도 여러 가지 종류가 있다. 정신질환을 음양으로 구분해 보면 광증은 양증에 속하고 간질은 음증에 속한다고 할 수 있다.12)

그러나 크게 음증에 속하는 간질도 음양의 상대성으로 인해 다시 그 자체의 양증과 음증으로 구분할 수 있다. 따라서 전문적인 지식이 없는 사람으로서 이러한 음양의 개념을 제대로 이해하기란 몹시 번거롭고 막연한 일임에 틀림없다. 대략적으로 이들 정신질환을 도표화하여 나타내 보면 다음과 같다.

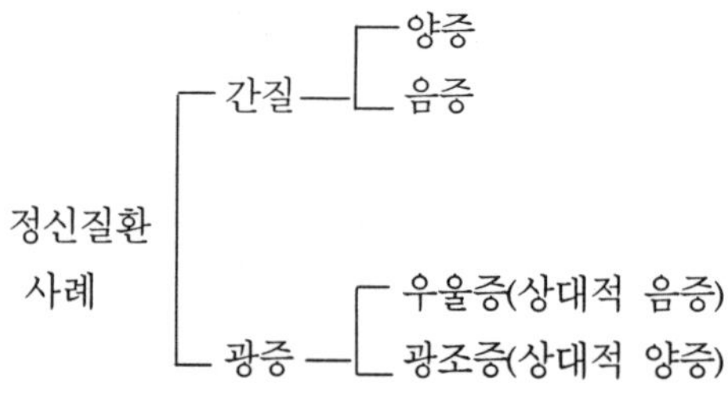

이 도표에서 의도하는 바는 정신질환의 큰 맥락 역시 음양의 과함

---

11) 조헌영·윤구병 주해, 『한방 이야기』, 학원사, 1992, 52쪽.
12) 조헌영·윤구병 주해, 위의 책, 64~66쪽.

과 부족함에 의해 발생하는 것임을 밝히고자 하는 것이지 정신병을 도표와 같이 확정적으로 나누어 분류할 수 있다는 뜻은 아니다. 따라서 같은 질환이라 하더라도 그 질환이 음증인지 양증인지에 따라 과도한 음이나 양을 사하시켜 주고 부족한 양이나 음을 보강시켜 준다면 정신질환의 치유가 가능해질 수 있다.

도표에서 확인할 수 있는 바와 같이 간질은 크게 양증과 음증으로 구분할 수 있다. 양증의 간질은 발작할 때 신열이 있고 맥이 펄펄 뛰며 소리를 지른다. 또한 흥분이 되거나 직사광선을 받거나, 여러 사람이 모인 곳에 가거나, 불 앞에 오래 있거나 하면 발작하기가 쉬우며 주로 낮에 발작을 잘 한다.

이와는 달리 음증은 발작할 때 맥박이 늦고 가늘어지며, 소리를 지르지 않으며, 무서움을 타거나 놀라고, 물가에 가거나 하면 발작하기 쉽다. 경련이 없는 대신에 그저 정신만 잃어서 의식이 몽롱해지거나 또는 현기증만 있고 별다른 증상이 없는 것 등은 음증의 간질이다. 음증의 간질은 밤에 또는 자다가 흔히 발작한다.

광증도 이와 비슷하게 나누어 볼 수 있다. 말이 많고, 쾌활하고, 몸의 움직임이 요란하고 큰 소리로 노래를 부르거나 폭행을 하고, 곧잘 화를 내거나 껄껄 웃고, 의처증이나 의부증 같은 질투망상, 나는 옥황상제다, 무슨 산신령이다 하는 식의 주장을 하는 류의 과대망상 같은 망상증, 아무 일에도 겁내지 않고 극히 대담한 것이 양증이다.

이와 반대로 기분이 침울하고 별로 움직이지 않고 말도 없고 늘 원한을 품고 서러워서 울고 때로는 자살을 기도하며, "나는 얼마 안 있으면 죽는다", "누가 나를 뒤쫓고 있다", "나는 파산해서 알거지가 되었다"와 같은 공포 망상증이 있거나, "누가 밥에다 독약을 넣어서 나를 먹였다" 등의 중독 망상증이 있으면 음증이다.

음양의 원리에 따르면 이처럼 정신질환도 음증과 양증에 따라 그 음양을 각기 다르게 보강해 줘야 한다. 허(虛)한 것을 보(補)하고 실(實) 한 것은 사(瀉)하는 것이 치료의 원칙이다. 만일에 허한 것을 사하면 부족한 것이 더욱 부족하게 되고, 실한 것을 보하면 과한 것이 더욱 과하게 되는 역효과가 발생하게 된다.

앞서의 도표에서 확인 할 수 있었던 바와 같이 정신병의 큰 맥락을 잘 이해하고 거기에 맞는 적절한 치료 행위가 뒤따라 줘야 한다. 도표 사례 중 전체적으로 큰 맥락에서 봤을 때 양증에 해당하는 우울증을 예로 들어 설명해 보기로 한다. 우울증은 양증이나 광조증에 비해서는 상대적으로 음증에 속한다고 볼 수 있다. 상대적 의미로 우울증이 음증이라는 것은 우리가 흔히 볼 수 있는 우울증의 증상 부분을 얘기하는 것이다. 그러나 우울증이라는 정신질환의 큰 맥락을 이해한다면 이 우울증의 치료는 이 우울증이 양증의 질환이라는 점을 간과해서는 안 된다. 따라서 우울증에 걸린 환자는 기분이 우울하니까 그 기분을 즐겁게 해 줘서 그 우울한 기분을 풀어 줘야한 다는 식의 단순한 사고를 가지고서는 우울증이라는 정신질환을 제대로 이해했다고 보기는 힘들다. 보통 염세적인 우울증의 원인이 지나친 성취욕구의 좌절에 있다고 볼 때, 지나친 성취욕구란 곧 양이 과다하게 성한 것이므로 과도한 양을 억제할 수 있는 음기의 보충이야말로 이러한 정신질환을 근본적으로 치유시킬 수 있는 방도가 된다. 따라서 이러한 양증의 우울증 환자에게는 아리스토텔레스식의 카타르시스 요법이 매우 적절한 효과를 발할 수 있는 사이코드라마의 원리로서 작용할 수 있다. 그러나 양증 이외의 환자들에게는 아리스토텔레스식의 카타르시스 요법이 오히려 역효과를 낼 수 있는 가능성도 있다. 따라서 음증의 환자들에게는 아리스토텔레스식의 카타르시스 요법이 아니라 우리네 전통 연희의 신명풀이적인 요소들을 적용시켜 음을 사해주고 양을 보강시켜 줄 수 있는 방법들을 적극적으로 모색해 보아야 한다.

2) 카타르시스의 개념

아리스토텔레스는 〈시학〉 제 6장에서 "비극은 연민과 공포를 환기시키는 사건을 통하여 감정을 카타르시스 시킨다"[13]고 하였다.

또한 〈정치학〉 제 8권 「음악론」에서는 음악의 선율에는 논리적인 것과 행동적인 것, 그리고 열광적인 것 세 가지가 있는데, 음악이 주는 이익을 교육적인 관점과 카타르시스의 관점의 두 가지 측면에서 고찰해야 한다고 말한 바 있다.[14]

그는 계속해서 "음악은 모든 사람에게 영향을 미치며 사람들의 마음은 신비적인 선율의 효과 덕분에 마치 의술의 치료나 몸의 청결을 받은 것 같은 평정으로 돌아간다."[15]며 음악의 카타르시스 작용

---

13) A tragedy, then, is the imitation of an action that is serious and also, as having magnitude, complete in itself; in language with pleasurable acces-parts of the work; in a dramatic, not in a narrative form; with incidents arousing pity and fear, where with to accomplish its catharsis of such emotion.

  Aristotle, *On Poetics*, berlin nos:1449 b P.25.
14) We say, however, that music is to be studied for the sake of many benefits and not of one only. It is to be studied with a view to education, with a view to a purge〔catharsis〕

  Aristotle, *The Politics*, berlin nos:1341b P.35.
15) when they have made use of the melodies which fill the soul with orgiastic feeling,

에 대해 언급하고 있다.

그러나 아리스토텔레스는 더 이상 카타르시스에 대한 부연 설명이나 해석을 가하지 않음으로써 정화 또는 배설을 의미하는 카타르시스는 비극 또는 문학이 독자에게 주는 직접적인 효용을 설명하는 개념으로 받아들여져 지금까지 많은 논란의 대상이 되어 왔다.

카타르시스라는 말은 원래 도덕적 의미로서의 순화(purificatio)라는 뜻과 종교적 의미로서의 깨끗하게 함(lustratio), 또는 속죄(expiatio)라는 뜻, 그리고 의학적 의미로서의 배설(purgatio)이라는 뜻이 있는 말이지만 때때로 복합적인 의미로 사용되기도 한다.

카타르시스라는 말을 피타고라스학파는 '의술을 통한 육체의 정화'라는 뜻으로 사용했고, 히포크라테스는 '고통스러운 요소의 제거'라는 뜻으로 사용했다. 〈시학〉과 〈정치학〉의 카타르시스에 대한 언급 내용을 통해 알 수 있듯이 아리스토텔레스는 이 카타르시스의 개념을 '배설'을 위주로 하는 의학적인 치료술과 유사한 '정서적 요법'의 의미로 사용하고 있다.

치료요법으로서의 카타르시스라는 개념은 브루어와 프로이트가 자신들의 초기 논문인 「히스테리에 관한 연구」에서 최초로 사용하였다. 그러나 이들은 환자의 치료 도중 의견 차이로 사이가 벌어지게 되었으며 그 결과 프로이드가 최면술에 의한 카타르시스 방식을 포기함으로써 이 용어는 곧 사용이 중단되었다. 결국 치료요법으로서의 카타르시스 개념은 1920년대에 심리극이 부활되어 그 완전한

---

they are brought back by these sacred melodies to a normal condition as if they had been medically treated and undergone a purge〔catharsis〕

Aristotle, Ibid, berlin nos:1342a P.8.

의미가 재발견될 때까지 사용되지 않았다. 모레노는 심리극에 대한 핵심적인 개념으로 정신적 카타르시스 개념을 주장하게 되는데 그는 정신적인 카타르시스의 주체를 그리스 시대의 비극을 관람하는 관객이나 비극 배우 대신에 사이코드라마의 주인공이 될 수 있는 우리 모두에게로 돌려놓고 있다.

모레노의 관점으로 보면 카타르시스는 구체적이면서도 가장 개인적인 방식으로 사이코드라마의 주인공의 내면에 생겨난다는 것이다. 사이코드라마의 주인공은 자신이 갖고 있는 비극을 무대 위에서 행동으로 표현하게 되는데 무대 위에서 표현되는 그의 과거의 고통이 아무리 현실처럼 생생하고 괴롭다 하더라도 실제로는 실제 상황이 아니므로 사이코드라마의 주인공에게는 안전한 느낌을 준다는 것이다. 모레노는 정신적인 질환을 앓고 있는 주인공을 치료하는데 가장 효과적인 수단으로 바로 이 정신적 카타르시스를 들고 있다. 환자에게 바로 이 정신적 카타르시스가 생겨나면 외부 상황에 아무런 변화를 가하지 않고도 슬픔이나 두려움으로부터 벗어나는 일이 가능해진다는 것이다.

모레노는 사이코드라마에서의 카타르시스를 육체적, 정신적 카타르시스로 나누어 설명하고 있다. 육체적 카타르시스란 강렬한 감정을 신체적인 표현으로 발산시키는 것을 말하며 정신적 카타르시스란 잊혀졌던 기억을 재발견하고 표현하는 것을 말한다.

다시 말해 모레노는 관객의 능동적인 참여, 환자 자신이 심리적으로 해방감을 얻기 위한 열쇠가 되는 개개의 역할, 그리고 연출로서의 치료자가 가지는 구조적 역할을 바탕으로 생겨나는 좀 더 확대된 개념의 카타르시스를 말하고 있는 것이다. 모레노가 이야

기하고 있는 바로 이 부분이 아리스토텔레스식의 전통적인 카타
르시스의 범주를 벗어난 우리네 전통 연희의 신명풀이의 개념과
근접하게 맞닿아 있는 부분이다.

제2장 모레노의 사이코드라마

모레노의 사이코 드라마를 이해하는데 가장 기본이 되는 주인공, 디렉터, 보조자, 관객, 무대 등 다섯 가지 기본 요소와 역할교환, 이중자아 기법, 미래투사 기법, 마술가게 기법, 빈 의자 기법 등으로 대표되는 중요기법들을 중점적으로 다루었다.

1. 기본 요소

모레노는 정통 사이코드라마의 기본 요소로 주인공(Protagonist), 디렉터(Director), 보조자(Auxiliary), 관객(Audience), 무대(stage) 등 다섯 가지를 들고 있다.

사이코드라마의 주인공은 주로 환자를 의미한다. 그럼에도 불구하고 모레노가 이들을 환자라고 부르지 않은 이유에 대해 그는 다음과 같은 설명을 하고 있다.

주인공이란 실연(Enactment)에서 주요 역할을 하는 사람을 가리키는 사이코드라마 용어이다. 주인공은 탐구할 문제를 제시하며, 이러한 주인공의 경험이 집단의 중심적 초점이 된다. '환자'라는 말을 안 쓰는 이유는 주인공이 되었을 때 자기 자신 이외의 많은 역할을 하기 때문이다. 따라서, 명료하게 말한다면 그 용어는 실연의 초점이 되는 사람을 지칭한다. …중략… '주인공'이 '환자'보다 더 유용한 용어인 이유는 또한 과정 중의 역동을 묘사하는 것과도 관련된다. 주인공은 자기 자신의 역할, 다른 환자의 역할, 친척, 자기 자신이 이중자아 역할을 하게 되는데 이 상황에서 보조자는 '신체상'의 환자—주인공—역할을 맡게 되는 것이다.[1]

사이코드라마의 주인공은 사이코드라마 탐색의 여러 장면에서 자기 자신의 삶에 있어 중요한 다른 사람들의 역할을 해 볼 수 있다. 연극에 있어서 배우는 자아를 버리고 각본 속의 인물이 되어야 하지만, 사이코드라마에서의 배우인 주인공은 자기 자신이 되어야 한다. 주인공이 충실한 준비작업을 통해 자기 자신으로 돌아갔을 때 비로소 자기의 내면생활을 집단 앞에 문제로써 제시할 수 있게 된다. 모레노에 의하면 바로 이때의 주인공은 자신의 감정대로 자유롭게 행동할 수 있는데 주인공의 이러한 자발성이 곧 표현 자유라는 것이다.

모레노가 사이코드라마의 디렉터, 즉 지도자라고 지칭한 사람은 주로 치료자를 말한다. 사이코드라마에서의 디렉터는 사이코드라마의 연출을 하고 준비 작업을 하며, 치료자로서 또 그 집단과 참석 구성원의 관찰자로서의 역할을 한다. 사이코드라마의 지도자는 실연 과정을 촉진시키는 사람이라고 할 수 있다. 대부분은 지도자가 집단 리더이거나 환자의 치료자이지만 때로는 이 치료자가 관객이 되고 방문하고 있는 자문인이 지도하기도 한다. 동료 지도자나 또는 조력

---

1) Adam Blatner, 최헌진 감수, 싸이코 드라마학회 옮김, 『싸이코 드라마의 토대』, 중앙문화사, 1997, 178~179쪽.

지도자가 있어서, 다양한 복합 역할을 하기도 한다. 모레노는 치료자도 다른 사람과 같이 집단의 일원이라는 것, 단지 별도의 역할을 하는 치료자로서 집단에 참가하며, 집단 내에 있는 것을 겉으로 끄집어 낼 수 있고 집단을 일정한 방법으로 이용할 수 있는 사람이라는 것, 치료자 자신은 자기를 개선하기 위해서라든가 집단에 무엇인가를 삽입하기 위한 사람이 아니라는 것을 말하고 있다.

사이코드라마에서 보조자는 주인공의 행위적 탐구를 돕는 공동치료자를 의미하거나 혹은 다른 환자에 의해 놀이되는 역할을 의미한다. 모레노의 초기 저서에는 이 보조자를 보조자아라는 용어로 사용하고 있기도 하다. 이 보조자 혹은 보조자아는 주인공이 모노드라마를 하는 것에 비해 다른 집단원이나 동료 치료자들을 포함시킴으로써 주인공들로 하여금 상황을 더욱 생생하게 경험할 수 있도록 돕는 역할을 한다. 보조자는 주인공에게 자극을 주어 그 반응자로서 역할을 하고, 주인공이 가지고 있는 문제와 대결을 하며 그 장애들로부터 벗어나는 것을 돕는다. 보조자는 디렉터인 치료자의 보조 치료자로서 결국 그의 손발이 되어 활동한다. 보조자는 주인공의 역할과 행동을 보다 쉽게 하기 위하여 이중자아가 되어 연기자와 같도록, 연기자로서, 연기자와 함께, 연기자 대신에 연기하기도 한다.

사이코드라마에서의 관객은 행위화에 직접 참여하지 않는 다른 환자들 혹은 스텝 요원들로 구성된다. 관객은 주로 치료집단이지만, 어느 집단이나 가능하다. 가족, 치료자 집단, 친구 등 주어진 실연에서 별다른 역할을 하지 않는 사람을 포함하기도 하지만 보통 사이코드라마에서의 관객 집단은 집합적 역할을 한다.

모레노의 의견에 의하면 사이코드라마에서 무대는 원래 중요한 부분이었다. 모레노는 무대를 설계할 때 소관객 집단에게 근접하도록 했으며 3계단의 원형무대로 설계하여 극적 행동감을 유발하도록 했다고 한다. 모레노에 의하면 3층으로 된 연단. 조명시설. 발코니 그리고 디자인 모두가 연기효과를 돕기 위해 경험적으로 발전되어 온 것이다. 예를 들어 중심무대는 적어도 직경 12~15피트[2] 정도 되어야 하는데 쉽게 올라갈 수 있는 높은 단은 참여자들이 '가상적 상황'을 잠재적으로 구성하는데 유용하다. 주인공이나 보조자가 무대를 향해 움직일 때 위로 올라가는 것은 그가 자신의 심리극적 현실로 들어가고 있다는 것을 의미하기 때문이다. 그러나 최근 들어 대부분의 사이코드라마는 집단실이나 빈 회의실 등 넓은 사무실과 같은 훨씬 덜 형식적인 상황에서 이루어지고 있다. 그렇다고 해도 학교 내의 높은 단이나 극장 무대는 피하는 것이 좋다. 왜냐하면 이러한 무대는 주인공과 관객이 쉽게 접근하기 어렵고 또 집단의 아늑함과는 너무 멀어져 있기 때문이다.

2. 중요 기법

사이코드라마 기법에는 300여 가지 이상이 있지만 이 책에서는 우리나라에서 시연되고 있는 사이코드라마에서 주로 사용되고 있는 아래의 5가지 기법을 중심으로 살펴보고자 한다.

---

2) 1피트는 12인치, 즉 30.48cm

1) 역할교환(Role Reversal)

이 기법은 다른 사람과 입장을 바꾸어 보는 것이다. 즉 남편이 아내의 역할을 하거나 학생이 교사의 역할을 하는 등 일상생활 속의 역할을 바꾸어 해 보는 것이다. 이러한 역할 바꾸기를 통해 주인공은 지금까지 알지 못했던 상대방의 기분이나 감정을 체험해 봄으로써 자신의 상대방에 대한 잘못된 감정을 정리하고 다른 사람에 대한 입장을 이해하게 된다. 주인공은 타인과의 역할 바꾸기를 통해 자기중심적 습관의 한계를 넘어서게 된다. 주인공은 상대방과 역할을 바꾸어 그 장면에서 상대방이 어떠한 식으로 행동하는지를 보여 준다. 바로 이 부분에서 보조자는 자신이 맡고 있는 역할에 대한 비언어적인 단서를 제공받음으로써 그들이 재연한 장면이 주인공의 경험과 흡사하게 진행될 수 있도록 자신이 맡은 역할의 성격을 재조정하게 된다.

2) 이중자아 기법(Double Technique)

이중자아 기법은 주인공의 또 다른 자아인 내적 자아를 연기하는 과정에서 보조자아를 사용하는 것을 말한다. 주인공의 깊은 내면 감정을 표현하는데 가장 효과적인 기법이기 때문에 이 기법을 심리극의 정수라고도 한다. 이중자아 기법의 중요한 기능은 이중자아가 주인공이 실제로 표현하기 꺼려하거나 주저하는 내면심리를 대신 표현해 줌으로써 다른 인물이나 대상과의 상호 작용을 자극하거나 주인공의 행위, 표현을 지지해 줌으로써 타인과의 상호작용을 좀 더 원활하게 해주는 것이다. 이러한 이중자아 기법은 둘 이상의 이중자아를 표현하는 다중 자아 기법으로 활용되기도 한다. 이러한 이중자아 기법은 주인공의 감정을 극대화하거나 주인공을 지지, 또는 주인공의 감정을 부인하는 등 다양한 기법으로 활용되는데 사이코드라마에서의 이러한 이중자아 기법은 주인공에게 강력한 자극제로써의 역할을 할 뿐 아니라 이중자아를 연기하는 사람에게 감정 이입 기술을 배양시키는 기회를 제공해 주기도 한다.

3) 미래투사 기법(Future Projection Technique)

미래투사 기법은 주인공의 목표를 명료화시키는 기법이다. 다시 말해 주인공의 생각이 미치는 장래의 범위 내지는 행위의 가능성을 탐색하고, 현실과 대결시킴으로써 보다 현실적으로 자신의 문제를 볼 수 있도록 하는 것이다. 주인공은 미래의 자기 자신의 모습을 그려봄으로써 자신에게 좀 더 현실적인 접근을 하게 되고, 성공을 성취할 수 있는 장면을 만들어 보면서 좌절감에서 벗어날 수 있게 된다.

이 기법은 미래의 상황을 말로 하는 대신에 주인공의 미래를 지금 이 순간에 일어나고 있는 것처럼 장면을 만들어 주고 그 상황에 주인공이 몰두할 수 있도록 해주는 것이다. 주인공의 핵심적인 욕구에 따라 미래의 장면을 만든다는 일 자체가 어떤 의미에서는 주인공의 억압이나 책임회피의 층을 드러내는 일일 수도 있다. 그럼에도 불구하고 이러한 미래투사 기법은 부정적인 요소보다는 긍정적인 요소가 훨씬 더 많은 기법이다. 왜냐하면 주인공은 결국 자신의 선택을 분명히 하는 행위를 하고 있기 때문이다.

4) 마술가게 기법(Magic Shop Technique)

이 방법은 인도의 마술에서 힌트를 얻어 모레노 연구소에서 1943년부터 사용하기 시작한 방법이다. 마술가게 기법은 공상적인 장면을 설정하여 거기에서 어떠한 물건이라도 사고 팔 수 있게 하는 것이다. 이 방법은 우선 처음에 치료자가 가게 주인 역할을 하게 하여 거기에 참석자 누구나 와서 현실적인 물건, 공상의 물건, 가능한 물건, 불가능한 물건, 과거, 현재, 미래의 물건 등 무엇이든 살 수 있게 한다. 마술가게에서 돈은 통용되지 않으며 사이코드라마의 지도자인 치료자가 이들 연기를 이끌고 정한다. 살 수 있는 햇수, 숙면할 수 있는 밤, 과거의 부활, 서비스의 중지 등을 값이나 대가로 정하기도 한다. 그러므로 매매가 아닌 교환도 행해진다. 이 마술가게 기법을 신중히, 그리고 절제 있게 사용한 경우에는 좋은 치료 효과를 나타낼 수 있다. 이 마술가게 기법은 개인의 문제를 상징적인 형식으로 그리면서도 개인과 집단에 있어서 접근과 수용이 쉽게, 신속하게 전개할 수 있는 방법이기 때문이다.

5) 빈 의자 기법 (Empty chair Technique)

보조의자 기법이라고도 불리는 이 기법은 보조인물 역할을 하는 사람 대신 빈 의자가 그 보조자의 역할을 대신하는 것이다. 이 기법은 주인공의 공격적이거나 착한 느낌을 보다 자발적으로 표현하게 해 준다. 주인공은 이 빈 의자를 통해 자신의 삶 속의 인물을 만나게 되고, 빈 의자로 대신했던 상대방과 역할 바꾸기를 할 수도 있다. 의자는 보통 원형 또는 반원형으로 둘러앉은 사람들의 안쪽 혹은 가까이에 둔다. 사이코드라마의 지도자는 주인공에게 의자에 누가 앉아 있는가를 상상하게 한다. 그리고는 자신이 앉아 있다고 상상한 사람과의 대화를 나누도록 하게 하는데 이 방법을 사용하면 주인공이 가지고 있는 문제를 빨리 찾아낼 수가 있다. 이 빈 의자 기법을 좀 더 확장시키면 하나의 의자가 아니라 여러 개의 의자를 동시에 사용할 수도 있다. 예를 들어 사이코드라마의 지도자는 주인공에게 몇 개의 의자를 고르게 하여 자기가 좋아하는 대로 놓게 하는 한편 의자로 모양도 만들게 한다. 그 다음에는 각 의자에 앉을 사람을 정하도록 하고 그 사람과의 관계라든가 거기에서 일어날 상황이나 사건에 대한 생각이 떠오르게 한 후 주인공으로 하여금 이들 의자에 앉은 사람과의 관계에서 일어나는 이야기를 만들게 한다. 주인공은 의자에 앉아 있다고 상상되는 인물과 자신이 일으키는 사건을 설명하기 위해서 독백, 방백, 대화, 역할 바꾸기 등의 기법을 사용하기도 한다.

제3장 사이코드라마의 단계

사이코드라마의 세 가지 단계인 준비작업 단계, 연기(행동화) 단계, 정리
단계 등에 대해 간략히 소개하였다.

1. 준비작업 단계

사이코드라마에서 준비작업이란 주인공이 연기화 단계로 들어가
는데 충분히 열중하도록 돕는 사이코드라마의 첫 번째 단계이다. 준
비작업 단계에서 가장 중요한 것은 참여자들의 자발성을 촉진시키
는 것이다. 참여자들이 자발적인 행동을 하는데 필요한 것은 믿음과
안전한 느낌, 비이성적이거나 직감적인 차원도 허용될 수 있다는 기
준, 위험을 감수하려는 용기와 새로운 것을 탐구하려는 시도 등이다.

사이코드라마의 준비작업은 (1)지도자의 준비, (2)집단의 응집력
형성, (3)집단의 주제 개발, (4)주인공의 발견, (5)주인공을 무대로 옮
기기 과정 등으로 나눌 수 있다.

사이코드라마의 지도자는 자신이 준비되었을 때 비로소 사이코드

라마의 기법들을 잘 사용할 수 있다. 그렇게 하기 위해서 지도자는 연극이 시작되기 전에 무대 위를 이리 저리 걷거나 의자 옮기기, 다양한 화제로 집단과 이야기를 나누거나 집단에서 무엇을 하게 될지, 언제까지 할 것인지에 대한 기본적인 도입을 해보는 등 신체적으로 적극적이어야 한다.

다음 단계로 지도자는 기본적으로 자기 소개와 준비를 한 다음 집단의 응집력을 키우도록 해야 한다. 집단의 정체감과 신뢰성을 갖게 하는 첫 단계는 집단 구성원 서로를 알게 하는 것이다. 이때 지도자는 다양한 소개기법을 사용해서 집단의 응집력을 향상시킬 수 있도록 해야 한다.

세 번째 단계에서 지도자는 이미 서로 알고 있는 집단에서 집단이 스스로 준비하는 동안 여러 가지 화제로 농담하거나 토론하면서 가만히 기다려 준다. 몇 분 후면 공동 화제가 나오게 되고 지도자는 그것을 연기화 시켜야 한다.

네 번째 단계는 주인공을 선택하는 단계이다. 주인공을 선택할 때는 주인공이 스스로 자원할 수도 있으며 지도자가 미리 정할 수도 있다. 여러 명이 자원했을 경우에 지도자는 관객들로 하여금 누가 하면 좋을 지에 대해 투표하게 할 수도 있고, 순서에 따라 임의로 정할 수도 있다.

주인공이 집단에서 선택된 후에 준비단계 중 마지막 단계로 남는 것이 바로 주인공을 무대로 옮기는 과정이다. 준비작업 중에 주인공은 점차로 무대 위쪽으로 나아가도록 격려 받으며 활동성이 증가하도록 도움을 받는다. 지도자는 주인공이 긴장을 풀고 극을 진행시킬 수 있도록 주인공에게 독백을 하도록 시키거나 불끄기, 등 돌리기

등의 기법을 통해 두 번째 단계인 연기단계로 들어갈 준비를 하게
한다.

2. 연기(행동화) 단계

　사이코드라마의 극적 연기상황은 매우 독특하다. 사이코드라마는
사건의 일정한 연속성이 없다. 그러나 일반적으로 극이 진행함에 따
라 핵심갈등으로 그리고 보다 깊은 정서적 표현으로 방향을 잡게 된
다. 연기 단계에서의 사이코드라마 지도자는 현재 시제로 계속 말을
하여 주인공이 지금 혹은 여기에서라는 상황에 몰입할 수 있도록 도
와주는 역할을 해야 한다. 때로는 주인공이 연기를 바로 시작할 수
있을 정도로 충분히 준비된 상태일 수도 있으나 대다수 주인공의 경
우 불유쾌한 과거와 직면하는 것을 피하기 위한 광범위한 저항을 시
도하게 된다. "우리는 주인공의 벽을 허물어뜨리지 않는다. 단지 우
리는 닫힌 여러 문의 손잡이를 돌려보아 열리는 것을 찾고자 할 뿐
이다."3)라는 모레노 박사의 말처럼 사이코드라마에서는 지도자가
주인공의 이러한 저항을 잘 다루는 것이 곧 주인공의 심층적 갈등을
점진적으로 탐색하는 방법이 될 수 있다.
　연기 단계에서의 지도자는 주인공의 이러한 저항을 적절히 고려
해 주변적인 문제에서부터 시작해 핵심적인 문제로 접근을 시도하
게 한다. 이렇게 극이 진행됨에 따라 주인공은 보조자와 함께 주변
적인 문제에서 핵심적인 문제로 접근하면서 연기하게 되고, 실제 생

---

3) Adam Blatner, 앞의 책, 67쪽.

활에서 표현하지 못했던 내적인 태도나 감정들을 표현한다. 이렇듯 사이코드라마 시연 중 주인공은 자신의 삶을 여러 측면에서 점진적으로 표현하고 탐색하게 되는 기회를 가지게 되는데 이때 지도자는 주인공이 자신의 문제를 탐색할 수 있도록 적절하게 상황을 바꾸고 심리극적인 여러 가지 기법들을 사용하는 등 주인공의 드라마 진행을 도와주며 끝날 때까지 극 진행에 동반하게 된다.

이 책에서 인용한 사이코드라마의 사례에서 지도자인 의사는 매 상황마다 주인공의 핵심적인 문제로 접근하기 위해 적절히 상황을 바꿔 주거나 역할 바꾸기를 지시하는 등 적극적인 노력을 보여 주고 있다 그러나 거의 대부분이 주변적인 문제에서 핵심적인 문제로 접근하는 데에는 실패하고 있다. 이는 주인공의 보이지 않는 저항을 잘 다루는 것이 사이코드라마에서 얼마나 어려운 일인가를 단적으로 보여 주는 예이다.

3. 정리 단계

사이코드라마 상연의 세 번째 단계이자 마지막 단계가 정리 단계이다. 사이코드라마에서 정리 단계 부분은 매우 중요한 위치를 차지한다. 정리 단계의 대부분은 행동연습으로 이루어진다. 주인공은 행동연습을 통해 연기 단계에서 자신이 하지 않은 역할을 맡아 다른 사람의 관점에서 그 상황을 그대로 재연함으로써 그 장면을 밖에서 관찰하게 된다. 바로 이러한 과정을 통해 주인공은 자신의 행동에 의해 얻어진 결과가 무엇인지를 알게 된다. 최종적으로 주인공이 다시 그 장면에 들어가 자신이 했던 역할을 해보면서 지금까지 자신이 한 행동들을 다른 방식으로도 행동할 수 있으리라는 생각을 갖게 된다. 이때 사이코드라마의 지도자는 주인공에게 그 상황에서 그의 기질에 맞으며 만족스럽게 대처할 수 있는 반응형태를 찾을 수 있을 때까지 행동을 되풀이할 수 있는 용기를 주게 된다.

필자가 이 책에서 인용한 사이코드라마 사례의 정리 단계에서는 이 행동연습 부분이 빠져 있었다. 그 대신 인용한 사례의 정리 단계에서 가장 중요하게 부각되었던 것은 주인공과 사이코드라마에 참석했던 관객을 포함한 모든 참여자들과의 감정공유 부분이었다. 연기가 끝나면 사이코드라마의 지도자는 주인공과 보조자를 무대에 이끈 다음 집단 구성원들에게 감정공유에 대한 설명을 한다. 지도자는 주인공이 자신의 생활 중 개인적인 부분을 구성원들과 함께 나누었다는 것을 얘기하게 한다. 또한 구성원들에게 주인공을 위해 자신들이 느낀 점을 얘기해 주는 것이 필요하다는 것을 역설한다. 이와 같은 방식으로 지도자의 지도에 따라 사이코드라마에 참석했던 구성원들은 주인공의 사이코드라마를 보고 느낀 감정들을 서로 나누게 된다. 정리단계에서 이루어지는 이러한 감정 공유방식은 매우 독특한 부분으로 사이코드라마에 관객으로 참여한 모든 이들에게 이 연극에 적극적으로 참여할 수 있는 기회를 제공한다는 점에서 열린 구조를 지향하는 사이코드라마의 특징을 가장 잘 드러내 주고 있는 부분이다. 이러한 감정 공유가 끝나면 사이코드라마의 지도자는 지금까지 진행된 사이코드라마에 대해서 요약하거나 또는 주인공을 지지해 주고, 다음 심리극을 계획하거나 기타 여러 가지 접근 방법으로 극을 끝내게 된다.

이 책에서 인용한 사이코드라마 사례에서는 지도자가 주인공으로 하여금 노래를 부르게 한 후 참석자들과 함께 그 노래를 따라 부르는 것으로 극을 끝맺고 있다.

제4장　내림굿

내림굿은 평범한 세속의 범인을 신의 사제자로 만드는 통과 의례적 의미를 갖는다. 본 장에서는 황해도 내림굿을 내림굿의 대표적 사례로 놓고 내림굿의 제차와 그 의미를 고찰하였다.

1. 내림굿의 의미

무병은 과연 정신적인 질환의 한 가지인가 아니면 현대의 정신의학으로 풀 수 없는 불가사의한 그 무엇인가, 이에 대한 논란은 아직도 여전히 분분한 편이다.

비교 신화학자 캠벨은 무병, 즉 신내림 현상에 대해서 다음과 같은 설명을 하고 있다.

샤만은 남자건 여자건 소년기 후반 혹은 청년기 초반에 심각한 심리적 격동을 경험하고 이로 인해 완전히 내면화해 버린 사람입니다. 이 격동은 일종의 정신분열증적 해리현상(解離現象)이라고 할 수 있지요, 그래서 샤만의 무의식은 늘 열려 있습니다. 그래서 샤만은 필요하다고 생각하면 언제든지 무의식에 빠져 들 수 있지요. 이러한 샤만의 체험에 관한 기록은 얼마든지 있습니다. 시베리아에서 아메리카 대륙의 저 아래쪽에 있는 티에라 델 푸어고에 이르기까지 모든 샤만은 대개 이런 경험을 공유합니다.[4]

캠벨의 주장처럼 무병을 일종의 정신분열적 해리현상으로 볼 수도 있다. 그러나 무병을 앓고 있는 이가 내림굿을 통해 무당이 된다면 그는 자신의 필요에 의해 언제라도 무의식의 세계에 빠져 들 수 있다는 점에서 일반적인 정신질환으로 분류되는 그러한 정신 분열적 해리현상과는 그 층위를 달리한다.

보통 무병에 걸리면 현대 의술로는 아무런 효험도 얻지 못하며, 음식을 먹지 못하는가 하면 불면증에 걸리기도 하고, 꿈을 자주 꾸게 되고 환청, 환상까지 일으켜서 심해지면 정신착란에 빠져 집을 뛰쳐나가 길을 헤매거나 환상에 이끌리어 행동하다가 땅속에서 무구(巫具)나 부처 등의 신물(神物)을 발견하는 경우도 있다고 한다. 무병의 이러한 증세와 발생원인에 대해 김태곤[5]은 다음과 같은 분류를 하고 있다.

1) 무원인의 발생형

원인 없이 시름시름 앓아서 밥을 못 먹어 몸이 말라 정신까지 허약해지는 증상이 나타난다. 이런 유형이 무병에서 제일 많이 나타나는 유형이다.

---

4) 조셉캠벨. 빌 모리스, 이윤기 옮김, 『신화의 힘』, 고려원, 1996, 175~176쪽.
5) 김태곤, 『한국무속연구』, 집문당, 1991, 197~220쪽.

2) 정신이상 돌발에 의한 발생형

이 경우는 갑자기 미쳐서 일어나는 증상인데, 일반적인 정신이상
증과는 달리 종교성을 배경으로 한다는데 그 특징이 있다. 결국 이
유형도 간신한 신을 받아서 내림굿을 하여 무당이 되어야만 이 증상
이 완치된다.

3) 신체질환 · 돌발에 의한 발생형

신체의 질병이 악화되면서 무병으로 발전하는 형태로 그 증상은
무원인의 발생과 비슷하다.

4) 현몽에 의한 발생형

이 경우는 꿈속에서 신(神)이나 사령(死靈), 기타 해괴한 일을 본 것
이 원인이 되어 발병한다. 이 경우는 특히 정신이상 증세가 급진적
으로 발생하며 신이 현몽했을 경우엔 계시의 형식으로 나타난다. 그
러나 이러한 현몽에 의한 발생형이 많이 나타나는 것은 아니다.

5) 충격에 의한 유형

외적 충격이 원인이 되어 정신이 허탈해진 상태에서 무병으로 발
전해 가는 유형인데 많이 발견되는 예는 아니다.

이러한 무병을 앓고 있는 이들은 내림굿을 통해서만이 비로소 병

을 치유하고 건강을 되찾을 수 있게 된다. 김태곤은『한국무속연구』[6]에서 무병사례로 들고 있는 20개의 예를 분석하면서 이중 18개의 예가 내림굿을 통한 성무 과정을 통해 무병이 완쾌되고 있음을 밝히고 있다. 두 개의 예외 사항 역시 무병을 앓고 있는 이들이 내림굿을 통해 성무하는 과정을 가진다면 충분히 완치될 수 있는 가능성을 내포한 사례들이다. 첫 번째 예외의 경우는 굿판을 따라 다니며 조무노릇을 통해 무병을 완치한 경우이며 두 번째 예외 사항은 점을 치면서 증상이 약간 호전된 경우이다.

내림굿을 통해 건강을 되찾아 무당이 되면 입무자는 몸주신을 모신 신당(神堂)을 차려 놓고 그 몸주신을 모시게 된다. 일반적으로 무당이 특별히 모시게 되는 몸주신은 무당이 그 신을 경험했다는 사실을 알림과 동시에 자신이 체험한 신을 구체화하여 표현하는 행위이다. 무당은 자신이 처음으로 체험하게 된 이러한 몸주신의 신력(神力)을 의지해 종교적 의식을 행하게 된다.

그러나 무병을 앓고 내림굿을 했다고 해서 바로 무당이 될 수 있는 것은 아니다. 내림굿이 끝나면 주무자와 입무자 사이에는 신연(神緣)[7]의 결합관계가 성립되어 신어머니와 신딸의 관계를 형성하게 된다.

신딸은 신어머니의 집에 머무르면서 오랜 세월동안 무당의 기능을 학습 받게 된다. 또한 신딸은 무당으로서의 삶이나 남을 위해 살

---

6) 김태곤, 앞의 책, 220~223쪽.
7) 신딸은 성무자가 신이 내려 기존의 무(巫)에게 굿하는 일을 배우게 될 때, 신의 인연으로 맺어진 관계란 뜻으로 이 무(巫)를 신어머니라고 부르고 성무자는 이 무(巫)의 신딸이 된다. 김태곤 앞의 책, 41쪽.

아가는 자세와 철학까지도 신어머니로부터 전수 받게 된다. 따라서 신어머니의 존재는 단순한 속세의 인간관계가 아니라 신성을 전수시키는 종교적 스승으로서의 매우 중요한 의미가 있다. 그렇기 때문에 신어머니는 기예도 뛰어나야 할뿐 아니라 무당으로서의 인품도 훌륭한 큰 무당이어야 한다. 그렇다면 결국 모든 내림굿은 이러한 미래의 큰 무당의 탄생을 전제로 하고 행해지는 의식이라고도 할 수 있다. 그렇기 때문에 내림굿은 무당이라고 하는 종교적 사제자를 임명하는 입사식으로서의 격식을 갖춘 제의절차와 상징적 행위들이 그 외형적 골격을 이루고는 있지만 그 내면적 의미에 있어서는 입무자가 신의 사제자로서 새로운 운명을 받아들이고 무당으로서 삶의 자세를 스스로 서약하도록 만드는 실존적 전환의 장인 것이다. 이처럼 평범한 한 인간이 무당이 되는 과정은 무병으로부터 시작되어 내림굿을 통해 성무하고 신어머니로부터 무업의 수련을 받는 단계까지를 거치게 된다. 따라서 내림굿은 평범한 세속의 범인을 신의 사제자로 만드는, 다시 말해 세속의 차원에서 성의 차원으로 바뀌게 만드는 통과의례적 의미를 갖는다.

2. 내림굿의 내용

우리나라 내림굿의 조사기록으로는 추엽륭(秋葉隆)이 1930년대 경기도 지역의 입무례에서 입무제에 대해 간단히 설명한 것이 남아 있으며 1970년대의 김태곤의 중부지역 내림굿 조사기록, 1981년과 1983년 김인회, 황루시 등에 의해 공동 조사된 황해도 내림굿, 1989

년 우성일에 의해 서울지역에서 조사된 내림굿 등이 현재 문헌으로 남아 있다. 하지만 이들 문헌은 거의 대부분이 대사나 사건 위주의 내용을 중심으로 채록된 것이기 때문에 필자가 주목하고 있는 내림 굿의 춤사위나 무악에 대해서는 그다지 자세한 기록을 남기고 있지 못하다. 필자 역시 남태령에 위치한 영진암 굿당에서 내림굿을 참관 하고 그 참관한 것을 기록으로 남긴 바가 있으나 내림굿 현상에서 이루어진 내림굿의 춤사위나 무악의 자세한 특징을 기록으로 남기 기란 현실적으로 불가능한 일이다. 사이코드라마와 마찬가지로 내 림굿은 무병을 앓고 있는 입무자를 대상으로 이루어지는, 다시 말해 관객을 위한 공연이 아닌 실제상황이기 때문에 그 현장에 사진기를 들이밀거나 비디오 등을 촬영하는 일을 하기란 상당히 꺼려지고 몹 시 어려운 일임에 틀림없다. 그러나 공연이 아닌 실제 내림굿의 현 장임에도 불구하고 그 현장이 전문가와 일반인들에게 공개되어 그 자세한 과정이 문헌과 비디오로 남아 있는 사례가 있는데, 그것이 김인회, 황루시 등에 의해 조사 기록된 김금화 만신의 황해도 내림 굿이다. 황해도 내림굿은 필자가 서울에서 관찰한 내림굿과 어느 정 도 차이가 나는 부분들도 있으나 비교적 그 춤사위와 무악에 대한 부분이 다른 내림굿들에 비해 잘 정리, 기록돼 있다는 점에서 이 책 에서는 황해도 내림굿을 내림굿의 대표적 사례로 놓고 논의를 전개 시켜 나가고자 한다.

황해도 내림굿의 전체적인 순서는 입무자와 큰 무당 등이 새벽에 산으로 가서 산신을 맞은 후 큰 무당 집으로 가서 허침굿과 내림굿 을 하고 일반적인 재수굿의 모든 절차를 진행한 후 입무자가 직접 작두를 타는 것으로 끝을 맺게 된다. 황해도 내림굿은 대략 다음과 같은 순서로 진행된다.

① 산맞이굿(명받기)-산신령을 받아들이는 것으로서, 대개 산꼭
   대기에서 거행된다.
② 신청울림(주당 또는 추당 물림)-모든 수호신들을 집안으로
   불러 들여 집안을 정화시키고 온갖 악령들을 쫓아낸다.
③ 상산맞이-마을의 수호신과 가장 우두머리인 산신령을 맞아
   들인다.
④ 일월성신맞이굿(물베바치기)-용왕의 혼령을 불러낸다.
⑤ 허침굿(허탄굿, 허튼굿)-입무자의 몸에서 악령을 씻어낸다.
⑥ 내림굿-무당이 될 사람에 대해 엄격한 검사를 한다.
⑦ 초부정굿-굿이 벌어질 장소를 정화하고 악령을 쫓아낸다.
⑧ 영정물림-여러 사소한 혼령들을 불러내어 그들에게 음식을
   먹임으로써 그 혼령들이 사람들의 근심, 질병, 비극 등에 간섭
   하지 못하도록 한다.
⑨ 제석굿(재수굿)-행운을 위해 추수신을 불러낸다.
⑩ 성주굿-소나무를 키우기 위해 제비원으로부터 솔방울을 모
   으고, 소나무로 집을 지을 자리를 정결하게 한다
⑪ 소대감놀이-행운을 기원하고 노래한다.
⑫ 성수굿(승수고리)-신당에 모신 여러 장군들과 신들을 즐겁게
   하기 위해 주문을 외고 춤을 춘다.
⑬ 대감놀이굿-성배를 돌리면서 춤과 재담으로 구경꾼들을 즐
   겁게 한다.
⑭ 서낭굿-행운을 기원하며 모든 서낭신을 부른다.

⑮ 조상굿-조상들이 극락으로 가도록 기원한다.

⑯ 솟을굿(작두굿, 비수거리, 장군거리)-네 가지 장군을 불러내기 위해 신들린 상태로 칼 위에서 춤을 춘다.

⑰ 마당굿-불쌍한 혼령들을 위로하는 음식을 제공하고 음식을 나누어 먹음으로써 굿을 마감한다.

김금화 만신에 의하면 무당이 되기 위해서는 허침굿, 내림굿, 그리고 솟을굿을 세 번에 나누어서 행하는 것이 원칙이지만 요즘은 시간과 경제적인 이유 때문에 한 번에 몰아서 하는 경우가 대부분이라고 한다. 허침굿은 신들린 사람의 몸에 실려 있는 잡귀와 잡신들을 벗겨내는 의식이며 내림굿은 잡신을 벗겨낸 연후에 행하는, 신을 몸에 받아들이는 의식이다. 또한 일명 작두굿이라 불리는 솟을굿은 무당으로서의 당당한 위세를 보여주며 무당의 신격성을 과시하고자 하는 의식절차이다.

새로운 무당을 탄생시키는 이러한 의식 속에는 다음과 같은 절차상의 특징이 있다.

첫째로 입무자는 신복과 무구를 찾아내는 일을 해내야만 하는데, 신복과 무구를 찾아내는 일은 무당으로서의 자격을 획득했다는 초자연의 능력을 남에게 보여주기 위한 증거라는 의미가 있다.

둘째로는 신의 제자가 되었으므로 말문 열기에 의해 앞 일을 내다보는 예언능력, 즉 공수를 할 수 있는 능력을 획득하게 되는 과정이다. 입무자의 말문이 열리지 않을 경우 내림굿은 며칠을 계속해서 행해질 정도로 내림굿에서의 공수는 다른 어떤 기능보다도 가장 기본적이고 핵심적인 부분이다.

셋째는 무당이라는 직업인으로서의 능력을 점치는 녹타기 과정을 들 수 있다. 녹은 봉록을 의미하는 것으로 상 위에 뚜껑을 덮은 주발 일곱 개를 놓고 입무자로 하여금 그 뚜껑을 열게 함으로써 그 주발 속의 내용물에 따라 입무자가 큰 무당이 될 것인지 아니면 재물만 탐내는 보잘 것 없는 무당이 될 것인가를 점치는 과정이다.

넷째는 새 무당이 되었으므로 소나무가지에 정한수를 적셔서 머리에 뿌림으로써 잡신을 깨끗이 씻고 다시 머리를 올림으로서 신의 세계에 진입하는 과정을 들 수 있다. 머리를 다시 올린다는 의미는 입무자가 무당이 되었음을 알리는 의식이다.

다섯 번째 특징으로는 입무자가 입무자 특유의 춤과 공수 그리고 작두 타는 기술 등 무당으로서의 능력을 충분히 과시하는 것들을 들 수 있다. 부당하게 삶을 저해하는 요소인 무병을 내림굿이라는 제의를 통해 극복을 꾀하고자 했던 이러한 노력들은 어떤 의미에서는 특별한 치료 방법이 없는 강신자들의 자기 생존 방식이라고도 이해할 수 있다.

제5장 내림굿의 치료적 기능

음악과 춤의 의학적 치료 효과에 대해서는 오랜 세월 동안 많은 사람들이 경험적으로 인지해 왔다. 그러나 근본적으로 그 치유 이유에 대해서는 어떤 이론도 명확한 설명을 해내지는 못했다. 본 장에서는 무악(巫樂)과 무무(巫舞)의 예를 통해 이러한 음악과 춤의 치료 효과를 음양 이론으로 설명하고자 했다.

1. 무악(巫樂)의 치료적 효과

『음악 속의 숨은 의학』[1]에서 임은희는 음악의 의학적 효과에 대해 말하면서 정신적 고통과 신경적인 고통으로 괴로움을 받는 사람에게 우리나라 전통 음악의 치료적 효과가 높음을 애기하고 있다. 그러나 임은희의 이러한 주장은 단지 자신의 실제 임상치료 경험에 의한 통계적 수치일 뿐 왜 민속음악이 의학적 치료효과가 뛰어난지에 대해서는 구체적인 언급을 하고 있지 않다.

치료를 위한 음악사용이 무려 3000년 전부터 시작되었으며[2] 지금에도 여전히 음악이 치료에 사용되고 있다는 점은 우리에게 시사하

---

1) 임은희, 『음악 속의 숨은 의학』, 청암출판사, 1992.
2) Juliette Alvin, 김종해 옮김, 『음악의 기원과 정신분석』, 오른출판사, 1980, 110쪽.

는 바가 크다. 분명 음악의 치료적 효과가 있기 때문에 지금도 여전히 의학적 치료가 요구되는 질병에 음악이 사용되고 있으리라는 생각이다.

하지만 어떠한 이유 때문에 음악이 의학적인 치료에 효과가 있는지에 대해서는 아직까지도 확실하게 밝혀진 바는 없다. 다만 몇몇 음악 치료자들에 의해 다음과 같은 원리 때문에 음악이 의학적 치료에 효과가 있는 것이 아닌가 하는 추정만이 있을 뿐이다. 비교를 위해 이들 음악 치료가들이 내세우고 있는 음악 치료의 원리에 대해 살펴보고자 한다. 이들 음악 치료가들이 내세우고 있는 음악 치료의 원리는 대략적으로 동질의 원리, 카타르시스의 원리, 균형의 원리와 같은 세 가지 원리로 세분화 할 수 있다.

동질의 원리는 환자의 그때 기분과 정신 템포에 맞는 곡을 사용하면 환자는 그 음악을 받아들여 유용하게 작용한다는 원리이다.[3] 흥분해서 초조할 때나 분노의 마음이 가라앉지 않을 경우에 동질의 원리에 바탕을 두고 음악을 사용하면, 흥분이 가라앉고 초조한 마음속의 응어리가 토해져 나와 분노의 마음도 자연히 사라져 버린다는 것이다. 그러나 음악 치료자들은 어떤 이유에 의해 이러한 동질의 원리에 의한 음악 치료가 일어나는지에 대해서는 정확한 설명을 하고 있지 못하다. 그저 동질의 음악을 들려줬을 때 음악치료의 효과가 뛰어났다는 정도가 이들이 내세우고 있는 음악 치료의 원리일 뿐이다.

---

3) 와다나베 시게오, 김동조 옮김, 『스트레스 시대의 음악 건강법』, 세광음악 출판사, 1990, 130쪽. 무라이 야스지외 3인 공저, 대한음악저작연구회 옮김, 『음악심리요법』, 삼호 출판사, 1990, 47~48쪽.

　필자는 논의의 진전을 위해 이들 음악 치료가들이 내세우고 있는 이 동질 원리를 음양의 원리로 풀어 설명해 보고자 한다. 우리는 흔히 이열치열이라는 말을 많이 사용하고 있고, 더운 삼복 더위에는 삼계탕을, 추운 겨울에는 냉면을 즐겨 먹기도 한다. 이는 일반적으로 우리가 가지고 있는 추울 때는 뜨거운 음식을, 더울 때는 차가운 음식을 먹어야할 것 같은 상식으로는 이해가 가지 않는 행위이다. 같은 맥락에서 음악 치료에 있어서도 우울할 때는 밝은 음악을, 흥분해 있을 때는 조용한 음악을 들려 줘야 할 것 같은 우리의 일반적인 상식으로 이미 임상적 검토를 거친 이러한 동질의 원리를 받아들이고 설명하는 일은 몹시 어려운 일이다. 하지만 바로 음양의 원리에 의해 이 동질의 원리는 그 해결이 가능하다. 사실 음악 치료가들이 동질의 원리로 이름 붙인 음악 치료의 원리는 음양의 원리로 그 명칭이 바뀌어야 한다는 게 필자의 기본적인 입장이다.

　좀 더 쉬운 이해를 위해 음식을 통해 이러한 원리에 대해 설명해 보고자 한다.

　한의학적인 개념에서 사람의 인체는 표면과 그 이면으로 분류된다. 여름이 되어 날씨가 더워지면 몸의 표면은 뜨거워지나, 몸의 이면은 차가워진다. 겨울에는 이와 반대로 몸의 표면이 차가운 대신 몸의 이면은 뜨거워진다. 따라서 여름에는 차가워진 속을 데우기 위해 뜨거운 음식을, 겨울에는 뜨거워진 속을 식히기 위해 차가운 음식을 먹게 된다.4) 물론 여기서 차갑다 뜨겁다 하는 뜻은 실제 온도를 말하는 것이 아니고 한의학적인 한열(寒熱)의 개념이다. 바로 이러

---

4) 전창선·어윤형, 『음양이 뭐지』, 도서출판 세기, 1994, 142~143쪽.

한 원리를 통해 음악 치료가들이 제대로 된 설명을 하지 못하는 동질의 원리를 해명할 수 있다. 음악 치료가들이 본 환자의 모습이 슬프고 우울해 보였을 때, 즉 그 환자의 표면이 음의 상태로 판단이 될 때 사실 그 환자의 이면은 그와 반대인 양의 상태가 넘쳐 나고 있다고 볼 수 있다. 그러한 이유 때문에 그 정신적인 이면의 양을 사해주고 음의 기운을 보강해 주는 음악이 의학적인 치료효과가 높았던 것이다.

음악치료의 두 번째 원리인 카타르시스 원리는 동질의 음악을 듣고 그 감정의 상태가 포화되어 응어리를 토해내고 그것을 계기로 자기 치료가 작용하기 시작한다는 원리이다. 이 원리 역시 앞서 설명한 동질의 원리 안에서 설명될 수 있는 부분이다.

세 번째 음악 치료 원리는 균형의 원리인데, 이는 듣고 있는 음악에 따라 몸과 마음이 일정한 폭을 가지고 균형을 유지한다는 원리이다. 이 부분 역시 음악을 통해 정신과 육체, 음과 양의 조화, 즉 균형을 이룸으로써 질병이 치료된다는 점에서 음양의 원리로 그 설명이 가능한 부분이다.

그러면 무악으로 시선을 다시 돌려 내림굿에서 쓰이는 무악이 과연 어떠한 원리에 의해 치료적 효과를 가질 수 있는지에 대해 알아보고자 한다.

보통 무악에서 주로 쓰이는 장단은 본능적인 신체반응을 유도해내는데 가장 직접적인 영향을 끼친다고 할 수 있다. 무당은 다양한 종류의 타악기와 장단을 사용하여 자발적인 육체적 반응들을 불러일으킨다. 그런데 이러한 단순한 형태의 반복적인 자극은 그것을 듣는 사람에게 상당히 설득적일 수 있다.

내림굿에 주로 사용되는 악기로는 징, 장고, 제금, 피리, 대금 등을 들 수 있다. 징을 기본으로 한 강한 장단은 웅장한 느낌을 주고 기쁨이나 무아지경 같은 자유분방한 움직임을 만들어 낼 수 있으며, 피리와 대금은 흥분과 긴장, 혹은 직감적인 감정을 자극하는데 쓰일 수 있다. 그리고 장고나 제금 등 같은 타악기의 의해 창조되는 소리의 단조로움들은 어떤 최면적인 단조로움을 만들어 낼 수 있으며 이러한 단순성과 반복성은 육체를 안정시킬 수 있다. 황해도 내림굿에서 사용하고 있는 장단으로는 빠른장단과 거상장단, 그리고 막장단 등이 있는데 거상장단과 막장단이 그 주류를 이루고 있다. 특히 황해도 내림굿에서는 분위기를 고조시키는 막장단을 많이 쓰고 있는데 이는 내림굿에서 이 막장단에 맞춰 입무자로 하여금 마구잡이 춤을 계속해서 추게 하는 것과 관련된다.

무악에 쓰이는 악기는 연주에 따라 다르게 나타날 수 있는 소리의 상대성으로 인해 음양의 원리에 따라 분류하는 것이 어쩌면 현실에서는 불가능한 일인지도 모른다. 그러나 내림굿에 쓰이는 무악기의 음양의 비중을 가늠해 보는 의미에서 대략적으로나마 이들을 음양원리에 의해 분류해 보면 징, 장고, 제금 등 타악기는 양적인 성향을 지닌 악기로, 그리고 피리 대금 등 관악기는 음적인 성향을 지닌 악기로 이해할 수 있다.

황해도 내림굿의 경우에는 신맞이굿에서 제금만을 사용하였던 한 가지 예외만을 제외하곤 모든 제의 절차에 징, 장고, 피리, 제금이 함께 사용되고 있었다. 이 네 가지 악기를 음양의 분류에 따라 그 비율을 따져 보면 양적인 악기가 3, 음적인 악기가 1로, 황해도 내림굿에서는 양적인 성향의 악기가 훨씬 많이 사용되고 있음을 알 수 있다.

김태곤이 소개한 중부지역의 내림굿 역시 양적인 성향의 악기인 장고와 제금을 기본으로 피리, 해금 젓대 등 음적인 성향의 악기를 보충적으로 사용하고 있다.

이상에서 살펴본 바에 의하면 황해도 내림굿에 주로 사용되고 있는 무악기는 양적인 성향이 강한 악기들이며 각 제의 절차마다 분위기를 고조시키기 위해 주로 쓰이고 있는 막장단 역시 양적인 성향이 강한 장단이다. 만약 이러한 내림굿에 의해 무병을 앓고 있는 입무자가 그 무병이 완치되었다면 그리고 내림굿에 쓰인 이러한 무악이 그 무병 치유에 조금이라도 일익을 담당했다고 가정한다면 그 무병을 앓고 있던 입무자는 확실히 양이 허하고 음이 과한 음증의 사람이었다고 할 수 있을 것이다.

2. 무무(巫舞)의 치료적 효과

음양의 원리에 입각해 보면 사람의 동작에도 음양의 구분이 있다. 뻗어 나가고 펼쳐지는 것은 양이고 구부러지고 움츠러드는 것은 음이다. 사람들은 더울 때 네 활개를 피고, 추우면 사지를 오그리며, 자신만만할 때는 가슴을 펴고, 겁날 때는 몸을 오그린다. 이것을 병의 증세에도 관찰할 수 있는데 한방의학에서 말하는 양증은 대개 사지를 펴고, 음증은 대체로 몸을 오그린다고 한다. 바로 이러한 동작의 음양 원리에 의해 무무(巫舞)의 치료효과가 얘기될 수 있다.[5]

---

5) 국선도를 비롯한 우리나라 전통 선도 수련에서 수련법으로 제시하고 있는 도인 체조 등은 여기서 한 걸음 더 나아가 각 동작들을 목, 화, 토, 금, 수 오행의 동작으로 분류하여 사용하고 있다. 그런데 이 오행의 동작 중 목과 화는 양적

김명호[6]는 음양의 원리에 따라 행동을 다음과 같이 분류한 바 있다.

〈행동의 음양〉

양	동(動)	펴다(伸)	서다(立)	벌리다(開)	잠깨다
음	정(靜)	굽히다(屈)	눕다(臥)	다물다(闔)	잠들다

조헌영은 한방 이야기[7]에서 형태의 음양에 대해서 언급한 바 있는데 이러한 형태의 음양도 동작의 음양과 같은 선상에서 이해될 수 있는 부분이다. 조헌영은 이 책에서 둥근 것은 양이요, 모난 것은 음이라는 설명을 하고 있다. 다시 말해 양은 동적이고 음은 정적인데 원은 고정되지 않고 늘 움직이기 쉽기 때문에 양이며 모난 것은 안정되어서 움직이기가 어렵기 때문에 음이라는 것이다. 그의 계속되는 설명에 의하면 직선은 음이며 곡선은 음이라는 것이다.[8]

내림굿의 춤 동작 역시 이러한 음양의 원리에 입각해 분류해 볼 수 있다.

1) 내림굿의 전 과정에서 나타남 – 양손을 어깨에 걸치면서 무릎을 약간씩 구부리며 출렁이듯 한발씩 땅을 딛듯이 계속 반복

인 동작으로, 토는 음과 양의 중화적인 동작으로 금과 수는 음적인 동작으로 분류 된다.

6) 김명호,『자연, 사람 그리고 한의학』, 역사비평사, 1995, 103쪽.

7) 조헌영, 앞의 책, 76~77쪽.

8) 흔히 남성미는 직선으로, 여성미는 곡선으로 표시되는데 이 역시 음양이론에 의해 설명이 가능하다. 즉 남자는 양이기 때문에 직선 곧 음으로 조화시키고 여자는 음이기 때문에 곡선 곧 양으로 조화시킨 것이라고 볼 수 있다.

적인 춤 사위로 리듬에 맞추어 추는 동작.

2) 상산맞이에서 거상춤을 추며 팔을 들고 돌 때, 허침굿에서 바
구니를 머리에 이고 팔을 수평으로 들어서 몸을 어를 때, 무구
나 신복을 찾을 때, 녹타기에서 맴돌때ー팔을 수평으로 들고
회전하는 동작.

3) 산맞이굿과 산신맞이굿에서 쇠를 내릴 때나 일월대를 양손에
잡고 신을 받을 때ー 손바닥을 위로 해서 두 손을 가슴 앞으로
모으는 동작.

4) 공수를 줄 때, 사설을 할 때ー 두발을 버티고 선 동작.

5) 신을 고할 때ー 엎드리는 동작.

6) 상산맞이, 허침굿, 일월맞이ー 원을 그리는 동작.

7) 상산맞이에서 막춤을 추고 난 후, 허침굿과 녹타기에서 맴돌 때
ー 빙글 빙글 도는 동작.

8) 막춤을 추면서 위로 치솟는 도무를 할 때ー 발을 구르는 동작

9) 상산맞이, 허침굿, 녹타기에서 막춤을 출 때ー 모듬 뛰기 동작

10) 신맞이굿에서 산신다리를 잡고 신을 받을 때, 상신맞이에서
쇠를 내리며 청배를 할 때, 일월맞이에서 일월대를 들고 신을
받을 때 ー움찔하는 동작.

11) 신을 받고 난 후ー전신경련 동작.

1)번과 같은 동작은 음양 모두의 동작으로 분류할 수 있다. 다시
말해 음과 양의 맺고 푸는 반복적인 동작을 통해 몸의 불균형한 기
의 흐름을 조화하려는 동작으로 이해할 수 있다. 2)번과 같은 동작은
완벽히 양적인 동작으로 분류할 수 있다. 일단 두 팔을 수평으로 들

었다는 자체가 양적인 동작이며 그 상태에서 회전, 즉 입무자가 원운동을 했다는 것 역시 가장 양적인 동작임을 증명하는 것이다. 3)번과 같은 동작은 음적인 동작으로 분류할 수 있다. 두 손을 가슴 앞으로 모았다는 것은 구부러지고 움츠러드는 동작의 하나이기 때문이다. 4)번과 같은 동작은 구체적인 행위가 없는 직선적인 동작이기 때문에 음적인 동작으로 분류할 수 있다. 5)번과 같은 동작 역시 몸을 땅 아래로 엎드리는 즉 몸을 구부리는 동작이라는 점에서 음적인 동작으로 분류할 수 있다. 6)번과 같은 동작은 양의 형태인 원을 그리는 동작이라는 점에서 양의 동작으로 분류할 수 있으며 7)번과 같은 동작 역시 원운동을 하는 동작이라는 점에서 양의 동작으로 분류할 수 있다. 8)번과 같은 동작은 위로 솟구치는 동작이기 때문에 양의 동작으로, 9)번과 같은 동작 역시 위로 뛰어 오르는 동작이라는 점에서 양의 동작으로 분류할 수 있다. 10)번과 같은 동작은 음의 동작으로, 11)번과 같은 동작은 가장 양적인 동작으로 분류할 수 있다.

이상에서와 같이 내림굿의 여러 동작을 음양의 원리에 따라 분류해 보았다. 그 결과 모두 열 한 가지 내림굿의 춤사위 동작 중 양적인 동작이 6개, 음적인 동작이 4개, 음양 모두의 성향을 가진 동작이 1개였다. 만약 기존 학자들의 주장처럼 내림굿의 치료적 효과가 카타르시스 작용에 의한 것이라면 내림굿의 춤사위 동작은 그 입무자의 양기를 사하시켜 주는 음적인 동작 위주로 이루어져 있어야 한다. 그럼에도 불구하고 이상에서 살펴보았던 바와 같이 내림굿의 춤 동작은 음적인 동작보다는 양적인 동작이 다소 그 우위를 차지하고 있음을 확인할 수 있었다. 따라서 이러한 내림굿의 동작 역시 아리스토텔레스식의 카타르시스 이론에 의해서라기보다는 우리 민족의

특수한 체질과 성향을 감안한 음양의 원리에 의해 설명하는 것이 좀
더 그 타당성을 가질 수 있을 것이다.

제6장 사이코드라마 사례

실제 정신병원 심리극장에서 시연되었던 다섯 가지 사이코드라마 사례를 소개하였다. 이 다섯 가지 사이코드라마 사례에서 확인할 수 있는 바와 같이 인간의 가장 근원적인 상처는 바로 가족관계에서 유래한다는 것을 알 수 있다.

이 사이코드라마의 주 참석자들은 대부분 정신질환자이며 이 밖의 의료진들과 장차 의료진이 될 실습 학생들, 그 밖의 심리학과 학생들이나 필자처럼 이 연극에 관심 있는 약간의 외부 사람들이다. 이 사이코드라마는 매주 A정신병원 심리극장에서 고정적으로 열리고 있는데 그동안 여러 차례 이 사이코드라마에 참여해온 필자의 시각에 의하면 환자들은 이러한 사이코드라마에 자신들이 참여하고 있는 것을 매우 즐거워하고 있는 듯 보였다. 마치 이 A정신병원의 즐거운 오락시간 같은 분위기가 이 사이코드라마 분위기였다.

이 날 시연되었던 사이코드라마에는 의외로 많은 인원들이 참석하는 바람에 관객석이 모자라 뒤에 서서 참관하는 이들이 꽤 많았고 환자들은 상당히 적극적으로 참여하는 분위기였다.

이 날 진행되었던 사이코드라마를 문자로 옮기기 전에 필자가 미리 밝혀 두고 싶은 점은 이 사이코드라마의 주인공격인 환자가 정신 질환자라는 점이다. 따라서 이 연극을 따라가다 보면 앞 뒤 모순되는 대사뿐 아니라 대사 자체의 사실여부가 의심되는 대사들이 여러 군데 보이고 있다. 그렇기 때문에 이러한 대사들을 정상적인 연극의 대본처럼 논리적으로 이해하려 한다면 상당히 무리가 따르리라는 것을 이 글을 읽는 독자들이 미리 염두에 두었으면 한다. 또한 이 시연 사이코드라마 사례에서 필자는 앞서 모레노 박사가 사용한 주인공이나 보조자라는 용어 대신 환자와 남·여라는 명칭을 그대로 사용한 후 그들의 역할을 함께 병기하였다. 이는 사이코드라마 실연 당시의 상황을 이 글을 읽는 독자들에게 현장감 있게 전달하는데 있어 이러한 명칭의 사용이 좀 더 유용하리라는 필자의 개인적인 판단 때문이었다.

시연 사이코드라마 전문을 한정된 지면을 통해서라도 굳이 소개하고자 하는 필자의 의도는 우리나라에서 행해지는 사이코드라마가 블래트너 박사의 「ACTING— IN」이론을 얼마나 철저히 신봉하고 있는가에 대한 예증 차원인 동시에 한국적 사이코드라마의 창출을 위한 비교 차원에서이다.

1. 사이코드라마 사례

1) 준비작업 단계

(1) 필자가 A정신병원 심리극장에 들어선 시각은 정확히 오후 2시

55분이었다. 필자가 극장 왼편 의료진들이 앉는 좌석 옆에 자리를 잡고 앉았을 때는 이미 여러 명의 환자와 실습간호학생, 그리고 의료진들이 삼단으로 구성된 원형 무대 위에서 춤을 추고 있었다. 흘러나오는 음악은 마치 나이트클럽에서 틀어주는 음악과 같은 종류였으며 거기에 맞춰 조명 역시 이들의 흥을 돋우는데 한몫하고 있었다. 무대 위에 있는 이들은 자신들이 잘 알고 있는 동료 환자들이나 실습간호학생, 의료진들을 무대 위로 이끌었으며 이들의 이끌림을 받은 사람들은 거의 대부분 무대 위에 올라가 이들과 함께 춤을 추었다. 음악이 몇 차례 바뀔 때마다 춤추는 인원은 교체가 되었는데 이들의 수는 열 두서너 명에서 대략 스무 명까지 되었다. 흥을 돋우는 춤 시간이 끝나면 무대와 객석이 암전되면서 사이코드라마 시작을 알리는 음악이 흘러나온다. 음악이 끝나면서 무대 밝아지면 사이코드라마를 진행할 남과 여가 등장한다. 관객석에서 보았을 때는 왼편에 여, 오른편에 남이 위치한다.

(2) 여: 오늘 이 시간을 위해서 장기자랑 준비하신 분 있으세요?

(3) 여환자: (큰소리로) 저요!

(4) 남환자: 저번에 했잖아!

(5) 여환자, 무대 위로 걸어 나온다.

(6) 남: 무슨 장기자랑을 하시려고요?

(7) 여환자: 사랑을 위하여를 부르려고요.

(8) 이른 아침에 잠에서 깨어-로 시작하는 노래를 부른다. 노래가
    끝나면 참석자들 박수를 쳐준다.

(9) 남: 네. 그러면 심리극을 시작하기 전에 각자의 마음을 하나로
    모으는 의미에서 연가를 부르도록 하죠.

(10) 참석자들, 비바람이 치던 바다-로 시작하는 연가를 박수를 치
    며 부른다. 노래가 다 끝나면 본격적인 연극 시작을 알리는 음
    악이 흐른다.

(11) 남: 심리극 시작하기 전에 청소를 좀 해야 되겠어요.
(12) 여: (청소하는 동작을 취하며) 그렇지 않아도 청소를 하고 있었
    어요.
(13) 남: 대충 됐으면 우선 가게문부터 열죠.

(14) 남과 여, 판토마임 식의 동작으로 가게문을 여는 동작을 해 보
    인다.

(15) 남: 오늘 참 많이들 오셨네요.
(16) 여: 그런 것 같네요. 그럼 저희 가게에 처음 오신 분들을 위해
    간단히 소개부터 해드리도록 하죠.
(17) 남: 저희 가게는 마음을 팔고 마음을 사는 그런 가게입니다. 여
    러분들의 행복한 마음이나 고통스러운 마음, 과거에 아름

다웠거나 고통스러웠던 마음을 주시고 대신에 저희들한테 여러분들은 여러분이 미래에 되시고자 하는 것이나 갖고자 하는 마음을 사 가실 수 있습니다. 저희 가게에 마음을 파시고 싶은 분들이 있으시면 무대 위로 올라와 주시기 바랍니다.

(18) 여섯 명의 남환자와 여 환자가 무대 위로 올라간다.

(19) 의사: 사이코드라마 스타분들이 많이 올라오신 것 같네요. 이 사이코드라마 스테이지에 처음 올라오신 분 손들어 보세요.
(20) 두 명이 손을 든다.

(21) 의사: 한 번이라도 하신 분은 다른 분들을 위해 양보를 좀 해 주시죠. 저번에는 남자분들이 여자분에게 양보를 하셨으니까 이번에는 여러분들이 한 번 정해 보세요.

(22) 의사 말이 떨어지자 여자 두 명과 남자 한 명이 무대 아래로 내려가려고 한다.

(23) 의사: 선물을 받아 가셔야죠.

(24) 환자 세 명, 남과 여를 따라 관객석에서 보았을 때 무대 왼편에 마련된 가상의 가게에 무언가를 주고받는 동작을 보인 후 무

대 아래로 내려간다. 남자 세 명만 무대 위에 남는다.

(25) 의사: 그럼 첫 번째 분부터 자신이 왜 사이코드라마를 하셔야
하는지 각자 30초씩 관객들에게 말씀해 주세요.

(26) 환자1: 저는 그동안 기도원에도 들어갔었고 S병원에도 입원을
했었고 이 병원에 입원을 했다가 퇴원도 했었는데 제 감정
적인 나쁜 성격이 고쳐지지가 않아서 제 감정적인 나쁜 성
격을 주고 편안한 마음을 갖고 싶어서 나왔습니다.

(27) 환자2: 전 스물 세 살인데 그동안 제가 너무 삶을 헛되게 산
게 아닌가 하는 생각이 들어서 약간이나마 저에 대해 보여
주고 싶어서 나왔습니다.

(28) 환자3: 뭔가 보여주기 위해서 왔는데 내가 여기 열 번도 더 올
라왔는데 한 번도 못했거든요. 의사 선생님이나 여기 앉아
계신 여러분들이 너무 양심이 없는 거 아닙니까?

(29) 의사: 그럼 각자의 소감을 들었으니까 어떤 분이 심리극을 하
시면 좋을지 박수로 여러분들의 의견을 나타내주시기 바
랍니다.

(30) 의사: 첫 번째 분!

(31) 박수가 세게 나온다.

(32) 의사: 두 번째 분!

(33) 박수가 약하게 나온다.

(34) 의사: 세 번째 분!

(35) 박수가 세게 나온다.
두 번째 환자가 무대 아래로 내려가려 하자

(36) 의사: 선물 받아 가셔야죠.

(37) 여를 따라 환자2, 가상의 가게에서 물건을 주고 받는 동작을 한
후 무대 아래로 내려간다.

(38) 의사: 두 분 남으셨는데 (세 번째 환자를 보고)이 분은 여러 번
하신 것 같은데 양보를 좀 하시죠.
(39) 환자3: 자주 올라오긴 했는데 시켜주질 않아요. 내가 여기 한
십 년이나 이십 년 동안은 올라 온 것 같은데 시켜주질 않
아요.(그냥 내려가려 하자)
(40) 의사: 선물 받아 가셔야죠.

(41) 남과 함께 가상의 가게에 간다. 남이 환자3의 애기를 듣고 가상
의 선물을 환자3에게 준다.

(42) 환자3: 이거 참 돈도 안 되는 거 자꾸 주면 뭘 하나. (무대 아래
로 내려간다.)

(43) 무대 암전된다. 무대 위에 약간의 조명이 들어오면

② 〈연기(행동화) 단계〉

(1) 의사: (남환자에게) 성함이 어떻게 되시죠?

(2) 남환자: 박정한입니다.

(3) 의사: 몇 병동이시죠?

(4) 남환자: 21병동입니다.

(5) 의사: 이 의자에는 원하시는 어떤 분이라도 앉히실 수가 있어요.
어떤 분을 앉히시겠어요?

(6) 남환자: 어머님이요.

(7) 의사: 어머님이 이 의자에 앉아 있다고 생각하시고 얘기해 보세
요.9)

(8) 남환자: 기도원에서 정말 영문도 모르고 갇히자마자 개네들 여
러 명이 한꺼번에 제 다리를 뒤로 묶고 저는 어딘지도 모
르는 공간 안에서 인간 이하의 취급과 협박을 당했어요.
병원을, 이 병원을 택한 것도 저였어요. S병원을 택한 것도
저였고요. 제가 이 병원에서 나가서는 정말 열심히 했어요.
제가 너무 과도하게 하는 바람에 문제가 됐던 것 같아요.
컴퓨터도 열심히 했고 아버지 일도 도와 드리고, 거긴 사
람이 있었지만 제 앞에서 사람 다리가 부러지는 것도 봤어
요. 내가 뭘 잘못해서 여길 와 있는지, 어렸을 때 저는 집
에만 들어가려면 가슴이 탁 막히는 것 같았어요. 미안하다

---

9) 이는 사이코드라마의 여러 기법 중 빈 의자 기법에 해당하는 부분이다.

는 말 한 번 못 들었고.

(9) 의사: 어머니가 되어서 거기에 대한 답을 한 번 해보세요.

(10) 남환자: (어머니 역할) 정한이 널 나는 진짜 세상의 누구보다도
사랑한단다. 근데 사는 게 힘들어. 니가 너 같지 않으니까
엄만 두려웠단다. 정한아, 니가 잘 지내야지.

(역할 바꾸기 1, 어머니 역할)

(11) 의사: 본인 입장이 돼서 답해 보세요.

(12) 남환자: 제가 어머니한테 하고 싶은 말이 많이 있었어요. 저 많
이 힘들었어요. 퇴원하고 나서부터 밑바닥부터 돈벌어 가
면서 사는 게 힘들었어요. 어머니 아버지는 매일 싸우시고
동생은 허구한 날 집 나가서 만날 새벽에야 들어오고 그날
도 그래요. 동생이 진짜로 안 그런다 그래놓고 아버지하고
어머니하고 싸우시다가 아버지가 그러더라구요. 어머닐 병
원에 입원시켜야 한다구. 저도 지칠대로 지쳤어요. 근데 여
동생도 진짜 이해가 안가요. 메스를 들이대려면 겉으로 들
이대던지.

(13) 의사: 바꿔 보세요.

(14) 남환자: (어머니 역할) 정한아, 너의 잘못된 성격이 좋아지길
바래서 그랬던 거야 내가 너를 왜 미워하겠니? 자식을 위
하는 엄마의 마음을 정한아 네가 이해해라. 그리고 병원
생활도 이걸로 마지막이길 바란다.

(역할 바꾸기2, 어머니 역할)

(15) 의사: 지금 집에 가면 누구 누구 있죠?[10]

---

10) 이 부분은 사이코드라마의 지도자인 의사가 빈 의자 기법을 통해 환자에 대해

(16) 남환자: 지금 집에 가면 아버지, 어머니, 고등학교 2년인 여동
　　　 생 이제 고 3 올라가요. 그리고 4월에 제대하는 남동생.

(17) 의사: 집에 외박 가는 걸로 할까요? 본인이 설정해 보세요. 누
　　　 굴 만나고 싶으세요.

(18) 남환자: 동생, 여동생.

(19) 의사: 동생이 지금 어디 있을까요?

(20) 남환자: 지금쯤 집에 있을 거예요.

(21) 의사, 여에게 지시, 여 무대 위로 등장

(22) 여: (여동생 역할) 어- 오빠 웬일이야? 오빠 병원에 있어야 되
　　　 잖아. 지금.

(23) 남환자: 그냥 왔어.

(24) 여: (여동생 역할) 외박 왔구나. 엄마도 지금 없는데, 도망친 거
　　　 아니지?

(25) 남환자: 잘 있었어?

(26) 여: (여동생 역할) 그냥 그렇지 뭐. 공부하기도 싫고 또 엄마는
　　　 잔소리 심하잖아. 오빤 잘 지냈어?

(27) 남환자: 그냥 뭐.

(28) 여: (여동생 역할) 이제 오빠도 빨리 퇴원해야지.

(29) 남환자: 너 지금도 매일 집 나가고 그러니?

얻은 정보를 가지고 새로운 장면으로의 전환을 시도하고 있는 부분이다. 사이
코드라마는 이처럼 지도자의 자유로운 설정에 따라 얼마든지 시.공을 넘나들
수 있다는 점에서 매 장면마다 시공을 초월해 에피소드식으로 구성되어 있는
우리의 굿과 상당부분 유사한 구조를 가지고 있다.

(30) 여: (여동생 역할) 사춘기니까 그렇지.

(31) 의사: 바꿔 보세요.

(32) 여: (남환자 역할) 집에 와 봤자 남자인 나도 가슴이 탁 막히는
    것 같은데 너는 오죽 그러겠니?

(33) 남환자: (여동생 역할) 사실 오빠 만나는 것도 무섭고 엄마도
    무섭고 그래. **(역할 바꾸기3, 여동생 역할)**

(34) 남환자와 여동생의 대화에서 더 이상 깊이 있는 심리 표출이
    보이지 않자

(35) 의사: 어렸을 때로 한 번 가볼까요? 언제쯤으로 가볼까요?

(36) 남환자: ……

(37) 의사: 숨 막힐 때가 많았다고 그랬는데 그때가 언제였죠?

(38) 남환자: 중학교 1학년 때.

(39) 의사: 중학교 1학년 때로 한 번 가볼까요.

(40) 남환자: 학교생활부터 아마 얘기해야 할 거예요.

(41) 의사: 학교생활이 어땠는데요?

(42) 남환자: 친구들은 친구들 나름대로 적응하기가 힘들었어요. 무
    슨 일이 있을 때마다 집에서는 해결할 수 없었거든요. 아
    버지는 제게 모범으로 비춰진 적도 있었지만 이때 아버지
    하고 어머닌 매일 싸웠거든요. 또 한 가지는 학교에서 생
    긴 문제를 집에서 해결할 수 없었어요.

(43) 의사: (남환자에게) 내려가 계시다가, 어머니 아버지가 집에 있
    을 거예요. 학교에서 돌아오시는 길이고요.

(44) 아버지와 어머니 역할의 남·여 등장

(45) 남: (아버지 역할) 별 일 없었어?
(46) 여: (어머니 역할) 당신 왜 이렇게 늦었어요?
(47) 남: (아버지 역할) 당신이 무슨 참견이야?
(48) 여: (어머니 역할) 아니 그게 아니라 전화를 하고 늦던지 하지.
(49) 남: (아버지 역할, 언성을 높여) 당신이 맨날 이렇게 간섭을 하
　　　니까 집에 들어오기가 싫어.
(50) 여: (어머니 역할, 더 한층 언성을 높여) 그럼 들어오지 말아요.
　　　애는 왜 이렇게 안 와. 학교에서.

(51) 남환자, 무대 위로 등장

(52) 남환자: 다녀왔습니다.
(53) 여: (어머니 역할) 넌 왜 이렇게 늦었어? 식구들이라고 내 말을
　　　들어주는 사람이 하나라도 있어야지. 지 아빠하고 꼭 닮아
　　　가지고 당신이 그러니까 애들도 나를 무시하고 내 말대로
　　　안 하려고 하잖아요.
(54) 남: (아버지 역할) 당신이 자꾸 그렇게 애를 들들 볶으니까 애
　　　가 지금 기가 죽어 있잖아.
(55) 여: (어머니 역할) 기가 죽긴 뭐가 죽어. 니가 뭐 기가 죽었니?
(56) 남: (아버지 역할) 당신이 그렇게 사사건건 간섭해 가지고 애가
　　　어떻게 크겠어 제대로.
(57) 여: (어머니 역할) 다 잘 크라고 간섭하는 거예요.

(58) 남: (아버지 역할) 애가 기가 죽어서 힘도 못쓰게 생겼잖아.

(59) 여: (어머니 역할) 힘을 못 쓰긴 뭘 힘을 못 써요. 이제 중학생
　　　이. 힘 쓸 일이 뭐 있어요? 공부만 하면 됐지. 뭐 힘 쓸 일
　　　이 있다고.

(60) 남: (아버지 역할) 당신이 애 기를 죽이니까 애가 학교에서 친
　　　구도 못 사귀고 그러는 거 아니야.

(61) 여: (어머니 역할) 너 말 좀 해봐. 너 학교에서 못하는 거 뭐 있
　　　어? 말 좀 해봐 하고 싶은 말 해봐.

(62) 남: (아버지 역할) 당신 좀 가만 있어봐.

(63) 여: (어머니 역할) 왜 나한테만 이래요. 니가 니 할 일 잘 하고
　　　공부 잘 하면 친구들이 다 따르게 돼 있어.

(64) 의사: 어머님이 이런 식으로 얘기하시나요?[11]한 번 어머님 역
　　　할을 해보시죠. 역할을 바꿔 보세요.

(65) 남: (아버지 역할) 당신이 애 기를 죽이니까 그렇잖아.

(66) 남환자: (어머니 역할) 당신은 매일 나한테만 그러고 당신은 정
　　　한이가 뭘 하고 싶은지도 모르잖아요.

(역할 바꾸기4, 어머니 역할)

(67) 여: (남환자 역할) 집에 들어오면 어머니하고 아버지가 맨날 싸
　　　우니까 제가 머리가 아프잖아요.

---

11) 보조자가 실제상황과 다른 방향으로 상황을 이끌어 나간다는 판단 때문에 사
　　이코드라마의 지도자인 의사가 이런 식의 확인을 하고 있다. 이러한 의사의 질
　　문 방식 역시 아래의 예문에서 확인할 수 있는 바와 같이 블래트너 박사에 의
　　해 이미 제시되었던 부분이다.
　　　보조자가 주인공의 실제 상황과는 다른 방향으로 끌고 간다면 지도자는 주인
　　공에게 이것을 확인해 볼 수 있다. "이런 식으로 하셨나요?" (「싸이코 드라마의
　　토대」, 179쪽)

(68) 남: (아버지 역할) 내가 안 싸우게 됐어?

(69) 남환자: (어머니 역할) 맨날 이래요. 맨날.

(역할 바꾸기5, 어머니 역할)

(70) 남: (아버지 역할) 당신이 맨날 그렇게 애한테 겁을 주니까 학
교에서도 애들하고 어울리지도 못하고 잘 못 지내잖아.

(71) 남환자: (어머니 역할) 애가 학교에서 어울리지 못하는 게 왜
내 잘못이에요? 당신이 맨날 잔소리를 하니까 애가 내 말
을 들어요?

(역할 바꾸기6, 어머니 역할)

(72) 남: (아버지 역할) 내가 무슨 잔소리를 했어 당신이 잔소리를
했지.

(73) 여: (남환자 역할) 이젠 그만 좀 하세요. 두 분 그만 좀 하세요.
제 가 머리가 깨질 것 같아요. 두 분 때문에 학교에 가면
학교에서도 그렇고, 집에 오면 집에서도 어머니 아버지 싸
우시고 그럼 전 어디 있어야 하죠?

(74) 남환자: (어머니 역할) 공부를 하란 말이야 공부를…….

(역할 바꾸기7, 어머니 역할)

(75) 여: (남환자 역할) 제가 하고 싶은 공부는 따로 있단 말이에요.
어머니 방식으로 강요하지 말란 말이에요.

(76) 남환자: (어머니 역할) 대학을 가야 성공을 한단 말이야.

(역할 바꾸기8, 어머니 역할)

(77) 의사: 바꿔 보세요.

(78) 여: (어머니 역할) 공부를 해야지. 대학을 가야 성공을 하지. 니
가 공부만 하면 될 거 아니야. 학생이 공부만 하면 되지 뭐

머리가 아프긴 머리가 아파.

(79) 남환자: 어머니는 어머니대로 아버지 무시하고 아버지는 아버
지대로 어머니 무시하고 양쪽 다 나한테 이래라 저래라 뭣
들 하는 거예요. 전 제 나름대로 할 일이 다 있다고요.

(80) 여: (어머니 역할) 나름대로 니가 무슨 할 일이 있어?

(81) 남: (아버지 역할) 애가 지금 반항하는 거야.

(82) 여: (어머니 역할) 너 왜 갈수록 엄마 말도 안 듣고 반항하고 그
러니? 너 왜 갈수록 애가 그렇게 삐뚤어지고 그래? 학생이
공부를 해야지 도대체 뭐 하고 다니는 애야 니가? 뭐라고
말을 좀 해봐!

(83) 남: (아버지 역할) 당신이 그러니까 애가…….

(84) 여: (어머니 역할) 가만히 좀 있어 봐요. 왜 나한테만 그래요.
왜 나 때문이에요. 너 학교에서 공부하는 거 말고 생각할
게 뭐가 있니? 니가 지금 영화 보러 다닐 때야?

(85) 남환자: 저도 책은 본다고요. 학교 공부도 중요하지만 그것보
다 더 좋은 공부도 많다고요. 그리고 운동도 전 하고 싶어
요. 저 책 사달라고 할 때 안 사주면 그만이라고 했어요.
제 나름대로 용돈 모아 샀는데 그거 엄마가 다 찢었어요.
그게 뭐에요?

(86) 여: (어머니 역할) 공부하라고 그랬지.

(87) 의사: 바꿔 보세요.

(88) 여: (남환자 역할) 엄마가 책도 다 찢었잖아요.

(89) 남환자: (어머니 역할) 학교 공부는 안하고 맨날 책만 보고 밤
에 자지도 않고 맨날 지각하고 그게 뭐야.

(역할 바꾸기9, 어머니 역할)

(90) 여: (남환자 역할) 저도 나름대로 생각이 있단 말이에요.

(91) 남환자: (어머니 역할) 소용 없어. 옆집에 현진이 봐라. 너랑 국
민학교 6학년 때 같은 반이었잖아. 그런데 지금 처음에는
그렇게 멍청하던 애가 전교 1등하고 맨날 학원 다니고 집
에서 얼굴 볼 생각도 못한데. 근데 너는 지금 뭐야?

(역할 바꾸기10, 어머니 역할)

(92) 의사: 바꿔 보세요. 아버지 들어오세요. (아버지 무대 아래로
내려온다)

(93) 여: (어머니 역할) 근데 지금 뭐야 걔는 지금 공부도 잘 하고 얼
굴도 못 본데. 학원도 열심히 다니고 공부하느라고 너는
지금 뭔데? 너 운동도 하고 싶고 다른 것도 하고 싶다고 그
랬지? 그런 건 나중에 해도 돼. 지금은 공부를 해야 될 거
아니야. 좋은 대학을 가야지. 그렇게 공부도 안하고 딴 짓
하니까 친구도 없고 그러는 거지 엄마 말이 틀렸어?

(94) 남환자: 그런 면만 있는 것도 아니에요.

(95) 여: (어머니 역할) 일단은 공부를 잘 해야 될 거 아니야.

(96) 남환자: 그러는 엄마는 생활의 모범이 되세요?

(97) 여: (어머니 역할) 엄마가 모범이 안 돼서 너도 안 한다 이거야
지금?

(98) 남환자: 말하고 싶지 않아요.

(99) 여: (어머니 역할) 그러니까 너네 아빠가 날 무시하니까 너도
날 무시한다 이거지 지금 너? 엄마가 만만하니까 엄마 무
시하고 말 함부로 해도 된다는 거야 지금?

(100) 남환자: 맨날 동생하고 비교하고.

(101) 여: (어머니 역할) 비교 안 하게 생겼어? 너는 형이니까 동생
      한테 모범이 돼야지. 모범이 돼야할 니가 맨날 그 모양이
      니.

(102) 의사, 남에게 남환자 뒤에 서서 남환자의 내면 심리를 말하도
      록 지시한다. 남, 무대 위로 올라가서 남환자 뒤에 선다.

(103) 의사: (남환자에게) 뒤에 계신 분이 본인 대신 말을 해 주시는
      분이에요.

(104) 여: (어머니 역할) 모범이 되야 할 애가 왜 그 모양이야 맨날.

(105) 남: (남환자의 심리) 당신이 엄마면 엄마지 왜 간섭이야. 엄마
      면 다야? **(이중자아 기법1)**

(106) 여: (어머니 역할) 니가 모범이 돼서 니가 공부도 잘 하고 해
      서 동생들도 따라하게 해야지.

(107) 남: (남환자의 심리) 힘들어 죽겠어 나도. 당신이 엄마면 다야?
      (이중자아 기법2)

(108) 남의 남환자 심리 역할의 생소함 때문인지 관객들 웃는다.

(109) 여: (어머니 역할) 너 모범이 된 적 있어? 동생들한테 모범이
      된 게 뭐가 있어? 동생들이 배우잖아. 너 따라서 배우잖아.

(110) 남: (남환자의 심리) 내가 뭘 하려고 하면 그때마다 간섭하고
      또 운동하려면 못하게 하고, 다른 엄마들은 안 그래. 어떻

게 이럴 수가 있어 정말.

(이중자아 기법3)

(111) 여: (어머니 역할) 어휴, 속상해서. 너 말 좀 해봐.

(112) 남환자: 그래도 어머니, 저도 괴로워요

(113) 의사: 바꿔 보세요.

(114) 여: (남환자 역할) 저도 괴로워요.

(115) 남환자: (어머니 역할) 그래도 다른 사람들처럼 행동을 해야
지. 다른 사람들처럼……. 그래야 세상을 잘 살 수 있어. 공
부를 잘해야 하는 거야.

(역할 바꾸기11, 어머니 역할)

(116) 여: (남환자 역할) 공부가 전부는 아니잖아요. 하고 싶은 게 있
어요. 운동도 하고 싶어요. 그런 것도 배울게 많단 말이에
요. 공부로만 배우는 게 아니잖아요. 왜 어머니 인생을 저
한테 강요하세요, 저한테.

(117) 남환자: (어머니 역할) 우리 땐 배우고 싶어도 못 배웠어. 너는
얼마든지 배울 수 있잖아. 행복한 줄 알아야지.

(역할 바꾸기12, 어머니 역할)

(118) 여: (남환자 역할) 그때하곤 달라요.

(119) 남환자: (어머니 역할) 정한아, 엄마가 널 얼마나 사랑하는데.

(역할 바꾸기13, 어머니 역할)

(120) 여: (남환자) 저도 알아요. 저도 어머니 좋아한단 말이에요. 하
지만 지금 너무 간섭이 심하시잖아요. 제발―

(121) 남환자: (어머니 역할) 엄마가 이러는 건 다 널 사랑하기 때문
에 그러는 거야 그런데 네가 이러는 건……

(역할 바꾸기 14, 어머니 역할)

(122) 여: (남환자 역할) 그건 간섭이에요. 사랑이라고 하시지만 그건 간섭이에요.

(123) 남환자: (어머니 역할) 니가 공부는 안하고 매일 책이니 여자니 전화니 하며 돌아다니니까 그렇지.

(124) 의사: 바꿔 보세요. **(역할 바꾸기 15, 어머니 역할)**

(125) 여: (어머니 역할) 그럼 앞으로 책이니 여자니 전화니 하며 앞으로도 계속 쫓아다닐 거야?

(126) 남환자: 어머니, 제가 집에 있잖아요.

(127) 여: (어머니 역할) 집에 있기만 하면 뭐해? 공부를 해야 될 거 아니야. 다 너 잘되라고 그러는 거지. 너 못되라고 그러겠니? 니가 내 자식인데.

(128) 남: (남환자의 심리 역할) 저한테 해주신 게 뭐가 있어요? 학교에 가면 적응도 못하고 집에 오면 답답해서 집에 오고 싶지도 않아요. 이렇게 사는 게 너무 힘들단 말이에요. 엄마 때문에 내 인생이 망가지고 있는 거예요. 괴롭단 말이에요. **(이중자아 기법4)**

(129) 여: (어머니 역할) 너 동생들에 비해 뭐 잘하는 거 있어? 동생들이 뭘 보고 배우겠어?

(130) 남: (남환자의 심리 역할) 어머니가 하도 무섭게 하니까 제가 화를 못 내지만 저 정말 화 많이 나요. 정말 저 미칠 것만 같아요. 운동을 하고 싶어서 하려고 하는데 엄마가 그것까지 못하게 하면 어떻게 하란 말이에요? 저 정말 공부하기도 싫고 공부 안 할 거예요. 어머니가 자꾸 이렇게 하는데

공부하면 뭐해요? 하기 싫어요. 되는 대로 살 거예요.

(이중자아 기법5)

(131) 의사: 네—

(132) 여: (어머니 역할) 말 좀 해 봐 얼른.

(133) 남환자: 잘못 했어요.

(134) 여: (어머니 역할) 진작 그렇게 나왔어야지. 하여간 너네 식구
들한테 질렸어. 너나 아버지한테 나만 나쁜 사람이야. 나
혼자 잘 되려고 그러는 거니?

(135) 남환자: 아버지는 그런 거 아니야. 큰아버지랑 비교하면 큰아
버지는 맨날 술 먹고 큰어머니가 시장에서 생선가게 하시
는 거 뜯어 먹고 그러는데.

(136) 여: (어머니 역할) 그렇게 안 되려면 공부를 해야 될 거 아니
야. 나 늙고 병들면 너 잘 되는 거 못 봐. 그런데 너도 그렇
고 너네 아버지도 그렇고 내가 잔소리하는 걸 마치 환자
취급하더라.

(137) 남환자: 어머니가 잘 모르시니까요. 전 아버지도 싫어요.

(138) 여: (어머니 역할) 아무튼 넌 학생이니까 공부를 열심히 해. 그
리고 그렇게 삐딱하게 나가지마. 진짜로 학원 열심히 다니
면서 공부 열심히 하는 거야. 그렇다고 학원만 다닌다고
다가 아니야. 가서 공부를 열심히 해야지.

(139) 의사: (남환자에게) 어머니를 좀 만나보시니까 어떠신가요?

(140) 남환자: 제가 그때 혼란이 좀 많았어요. 아버지, 어머니가 매
일 싸우시고 제가 사춘기가 좀 일찍 왔었거든요. 그리고
아버지는 아버지 나름대로 사업이니 뭐니 가정에 소홀하

시고 어머니가 거의 집을 돌보셨는데 저녁때 집에 돌아오
면 어머니하고 아버진 매일같이 싸움을 하고 계셨어요. 많
이 괴로웠어요. 말도 못하고. 그런데 오히려 그때가 좋았던
것 같아요.

(141) 의사: 네, 그럼 지금으로부터 10년 후로 한 번 가보실까요. 지
금부터 10년 후에는 뭐를 하고 있을 거 같아요?

(이하 160번까지 미래투사 기법)

(142) 남환자: 사회복지사업.

(143) 의사: 구체적으로 어떤 거죠?

(144) 남환자: 그러니까 일종의 서비스업인데 지금의 사회복지사업
형태로는 앞으로 정보화 사회에서는 불가능한 것들이 많
아요. 그래서 산업적인 서비스업을 하고 싶어요. 구체적으
로 카운셀러.

(145) 의사: 쉽게 말해서 카운셀링 같은 것을 하고 싶으세요?

(146) 남환자: 네.

(147) 의사: 그럼 10년 후에 본인이 카운셀링 하는 사람이 돼 가지
고 환자 한 명을 카운셀링 하는 기회가 있게 됐어요.

(148) 의사, 남에게 무언가를 지시하면 남 무대위로 올라가 남환자
와 마주 앉는다

(149) 의사: (남환자에게) 본인이 환자 한 명을 카운셀링 해주세요.

(150) 남: (상담자 역할) 저는 중학교 1학년인데 학교에서 애들하고
도 못 어울리겠고 집에 들어가면 맨날 어머니하고 아버지

가 싸우셔서 가슴이 탁 막히는 것 같아요. 전 나름대로 책
도 읽고 운동도 하고 싶은데 어머니는 절 자꾸만 간섭하면
서 그런 것들은 못하게 하세요. 가슴이 터질 것만 같아요.

(151) **남환자:** (상담원 역할) 본인이 인정하실 건 인정하시고 그러면
서 자기한테 맞는 방법을 찾아보세요. 어머니가 자꾸 간섭
하시는 건 약점일 수도 있고 강점일 수도 있는데 약점은
약점대로 인정하고 강점은 강점대로 인정하세요. 어머니는
어머니대로 인정하고.

(152) **남:** (상담자 역할) 좀 쉽게 말씀해 주세요.

(153) **남환자:** (상담원 역할) 그러니까 한마디로 예를 들면 어머닌
어머니 나름대로 사람들은 사람들 나름대로 살아가는 방
식이 다르니까 그 자체를 인정해야 된다는 거예요.

(154) 의사, 여에게 무언가를 지시하면 여 무대 위로 등장한다.

(155) **여:** (어머니 역할) 아휴— 선생님 안녕하세요? (남에게) 선생님
한테 드릴 말씀이 있으니까 넌 좀 밖에 나가 있어. (남이
의자에서 일어나 무대 아래로 내려가면 여가 의자에 앉는
다) 선생님, 정말 속상해 죽겠어요. 애가 공부도 안하고 맨
날 엄마한테 박박 대들기나 하고 저 보곤 자꾸만 잔소리를
한다고 그러지. 다 저 잘되라고 잔소리한 거지, 제가 세상
을 지 보다 더 많이 살았으니까 다 지 잘되라고.

(156) **남환자:** (상담원 역할) 어차피 서로 간에 문제가 있으니까 자
연스럽게 있는 그대로 인정하고 보여주는 게 중요해요. 그

렇다고 감정을 속일 필요는 없어요.

(157) 여: (어머니 역할) 애가 자꾸 대드니까 제 아들 같지가 않고 제가 뭣 때문에 살았나 하는 생각 때문에 허탈하고 그래요.

(158) 남환자: (상담원 역할) 어머니 입장에서 보면 자신의 어떤 부분이 사라지는 것 같기 때문에 그런 느낌이 들 수도 있어요. 자신의 생각을 한 번 바꿔 보세요. 반대쪽 입장에서 생각해 보시고. 어차피 사회에서 요구하는 게 있으니까 그냥 자양분이 필요하니까 아들한테 그 이상을 요구하거나 바라지 마세요. 지금 진짜 중요한 건 마음의 문을 열고 자신이 가족을 어떻게 사랑하고 있는가를 깨닫는 거예요

(159) 의사, 여에게 다가와 무언가를 지시한다.

(160) 여: (어머니 역할) 선생님 감사합니다. 많이 도움이 됐어요.

(161) 의사: (남환자에게 가상의 가게 아래에 있는 의자를 가리키며) 저기서 좀 주무시죠.

(162) 남환자 의자에 가서 앉으면 암전되면서 심리극이 끝남을 알리는 잔잔한 음악이 흘러나온다. 음악이 다 끝나면

③ 〈정리 단계〉

(1) 의사: (남환자에게) 기분이 좀 어떠세요?

(2) 남환자: 좀 졸려요.

(3) 여: 아까 저희 가게에 뭘 주시고 뭘 사신다고 그러셨죠?

(4) 남환자: 감정적인 나쁜 성격을 주고 편안한 마음을 갖고 싶다고.

(5) 남: 자, 그럼 감정적인 나쁜 성격을 주시고

(6) 남환자, 남에게 무언가를 주는 동작을 한다.

(7) 남: 편안한 마음을 받으시죠 (남환자에게 무언가를 주는 동작을
   한다.)

(8) 참여자들 모두 박수를 쳐준다.

(9) 남: 박정한씨 심리극을 보셨는데요. 박정한씨께서 말씀 듣고 싶
   은 분이 있으면 지적을 해보세요.

(10) 남환자, 남환자1을 지적한다

(11) 여: 나와 주시겠어요.

(12) 무대 위로 올라오는 남환자

(13) 남환자1: 10년 후에 사회복지 사업인가 뭔가 꼭 이루어지길 바
   라겠어요.

(14) 남: 다른 분 지적해 주세요.

(15) 남환자, 남환자2를 지적한다.

(16) 남: 심리극을 보시고 정한씨에 대해 느끼신 점이나 정한씨한테 해 주실 말씀을 좀 해 주시죠.

(17) 남환자2: 그냥 여기서 말할게요. 지금 보니까 어머니가 저 분 아들한테 수동적인 삶을 강요하시는 것 같은데 그런데 지금 보니까 그런 수동적인 삶이 능동적인 삶으로 변하고 있는 것 같아서 좋았어요.

(18) 여: 한 분만 더 말씀해 주시죠.

(19) 남환자: 21병동에 계신 분이 말씀해 주시면 좋겠어요.

(20) 실습간호학생: 저는 실습학생인데요

(21) 여: 나와 주시겠어요. 그래요. 그냥 거기서 말씀해 주세요.

(22) 실습간호학생: 박정한씨 보면 매우 적극적이고 평소에 다른 분들도 잘 챙겨 주시거든요. 정한씨가 사회에 나가서도 열심히 사셨으면 좋겠어요.

(23) 남: 네 그럼 하나로 모았던 각자의 마음을 되돌리는 의미에서 노래 한 곡하고 끝내도록 하죠. 정한씨께서 노래 하나 불러 주시죠.

(24) 남환자, 밤도 아닌데 그녀를 맨날 때면－으로 시작하는 노래를 부르고 참석자들 박수를 치며 노래를 따라 부른다. 노래가 끝나면 참석자들 모두 박수를 치면서 사이코드라마가 끝난다.

2. 사이코드라마 사례

① 〈준비작업 단계〉

 (1) 이 사이코드라마는 주로 의료진들이 주도한다. 연극을 시작하기 전에 환자들의 마음을 흥겹고 즐겁게 풀어주기 위해 무대 위에 여러 색 조명을 비추어 주고, 춤추기 좋은 음악을 틀어준다. 이 때 한 두 명의 의료진이 삼단으로 된 원형 무대 위에 올라가 춤을 추며 분위기를 주도하면 춤을 추고 싶은 환자들은 무대 위로 올라가 흥겹게 춤을 추게 된다. 이 날은 대략 열 두 서너 명쯤 되는 환자들이 무대 위로 올라가 춤을 추었다.

　춤을 통한 분위기 고조의 시간이 지나고 무대와 객석간 대략적인 자리 정돈이 끝나면 두 남과 여(의료인으로 추정)가 무대 위로 등장한다. 관객석에서 봤을 때 무대 오른쪽에 남자, 왼쪽에 여자가 선다.

(2) 남: 한 주 동안 잘 지내셨습니까?

(3) 관객들: 네.

(4) 여: 이 시간을 위해서 장기자랑 준비한 사람 있으세요?
(5) 여환자1: (손을 들며) 저요

(6) 여환자1의 주위에 있던 사람들 웃는다. 여환자1, 무대 위로 올라

간다.

(7) 남: 어떤 장기자랑을 준비하셨습니까?

(8) 여환자1: 노래를 부르려고요.

(9) 남: 여러분들에게 노래를 불러드리겠답니다.

(10) 여환자1, 노래를 부르기 시작한다. 그런데 점점 음정·박자 그
리고 가사까지 틀리자 관객석에서 즉각적인 반응이 나타난다.

(11) 관객1: 땡

(12) 관객들, 웃는다.

(13) 관객2: 땡땡땡―

(14) 관객들, 폭소를 터트린다.

(15) 관객들의 이러한 반응에 굴하지 않고 여환자1, 끝까지 노래를
다 부르자 관객들 여환자1에게 박수를 보내준다. 여환자1, 무
대 아래 자신의 자리로 가 앉는다.

(16) 남: 그럼 계속해서 서로의 마음의 문을 열기 위해 우리 함께
연가를 부르도록 하겠습니다.

(17) 무대 위의 남·여 손뼉을 치며 비바람이 치던 바다—로 시작하
는 연가를 부르기 시작하면 관객석의 사람들 모두 손뼉을 치
며 연가를 따라 부른다. 노래가 끝난 후 박수를 친다.

(18) 남: 그럼 가게문을 열도록 하겠습니다.

(19) 무대 좌·우에 선 남·여, 가게 문을 한쪽씩 여는 동작을 판토마
임식으로 한다.

(20) 남: 우리 가게는 여러분들의 과거에 아름다웠던 추억이나 고통
스러웠던 일들을 파시고 지금 현재 여러분들이 갖고 싶은
것들을 살 수 있는 그런 가게입니다. 여러분들의 과거의
사랑이나 우정, 아름다웠던 추억 혹은 고통스러웠던 일들
을 저희 가게에 주시면 지금 현재 여러분들이 가지고 싶은
것들을 여러분께 드리도록 하겠습니다. 저희 가게에 뭔가
파시고 싶은 것들이 있는 분들은 무대 위로 올라와 주시기
바랍니다.

(21) 일곱 명의 남·여환자가 무대 위로 올라간다.

(22) 여: 한 줄로 잘 서주세요.
(23) 남: (맨 오른쪽에 선 환자1에게) 저희 가게에서 무엇을 팔고 무
엇을 사시겠습니까?
(24) 환자1: 과거의 기억을 팔고 미래의 기억을 사고 싶습니다.

(25) 남: 이 분은 과거의 기억을 팔고 미래의 기억을 사고 싶다고
　　　 하셨습니다. 그 다음 분은 저희 가게에서 무엇을 팔고 무
　　　 엇을 사시겠습니까?

(26) 환자2(여): 여러 사람에게 하고 싶은 말이 있습니다. 예수께서
　　　 가라사대 네 이웃을 네 몸 같이 사랑하라. 여러분에게 이
　　　 말을 하고 싶었어요.

(27) 남: 그 대신에 저희 가게에 무엇을 주시겠습니까?

(28) 환자2(여): 몰라요.

(29) 남: 그 다음 분은 저희 가게에 무엇을 파시고 싶으십니까?

(30) 환자3: 마음을 팔고 싶습니다.

(31) 남: 그 대신 저희 가게에 무엇을 주시겠습니까?

(32) 환자3: 없어요.

(33) 관객들, 웃는다.

(34) 남: (환자4를 향해) 저희 가게에 무엇을 파시고 무엇을 사시겠
　　　 습니까?

(35) 환자4(여): 불신을 팔고 믿음을 사고 싶습니다.

(36) 남: (환자5를 향해) 무엇을 팔고 무엇을 사시겠습니까?

(37) 환자5: 전부터 여기에 올라오고 싶었습니다.

(38) 남: (환자6에게) 무엇을 팔고 무엇을 사시겠습니까?

(39) 환자6: 약을 먹고 나을 수 있다는 믿음을 갖고 싶습니다.

(40) 남: 그 대신 저희 가게에 무엇을 주시겠습니까?

(41) 환자6: ……. (고개를 갸우뚱한다.)

(42) 남: (환자7에게) 저희 가게에 무엇을 주시고 무엇을 받아 가시
　　　겠습니까?

(43) 환자7: 가족에 대한 미움을 주고 가족에 대한 사랑을 받아 가
　　　고 싶습니다.

(44) 남: (일곱 명의 환자들을 향해) 오늘은 너무 많은 분들이 나오
　　　신 관계로 전에 무대에 올라오셨던 분들이나 양보하실 수
　　　있는 분들은 양보를 해 주시길 바랍니다.

(45) 환자 세 명이 무대 아래로 내려가려 하자 남이 그들을 불러 세
　　　운다.

(46) 남: 그냥 가시지 마시고 저희 가게에서 물건을 바꿔 가셔야죠.

(47) 남의 말에 따라 환자 세 명이 다시 무대 위로 올라간다. 가게는
　　　상징적으로 나무를 바둑판 모양으로 얽어 만들어 놓았나, 관객
　　　석 쪽에서 보아 무대 왼쪽 끝이 가게다. 환자 세 명이 차례대
　　　로 무언가 여에게 주는 동작을 하면 여는 환자 각각에게 차례
　　　대로 무언가 주는 동작을 한다. 환자 세 명이 무대 아래로 내
　　　려가면 무대 위에는 여자 환자 한 명을 포함해 환자 네 명과
　　　남·여를 포함해 여섯 명이 무대 위에 남는다.

(48) 남: 더 양보하실 분 없으십니까. 오늘 하실 수 있는 분은 한 명
　　　밖에 안되니까 다음 기회에 해도 괜찮으신 분은 양보를 좀
　　　해 주십시오. 다음 기회가 있으니까요. 그럼 네 분께서 좀

상의를 해보세요.

(49) 환자 넷, 의논을 옥신각신 하는데 서로 절대로 양보할 수 없다
는 입장이다.

(50) 환자4(여): (이하 여환자, 큰 소리로) 저는 절대로 나갈 수 없어
요. 남자가 양보 좀 해요.
(51) 관객석: 여자 시켜 주세요.
(52) 관객석: 장미정! 장미정!
(53) 남: 남자분들이 양보를 하시죠.

(54) 남자 환자 셋, 마지못해 무대 아래로 내려가려 하자

(55) 남: 가게에서 물건을 바꿔 가셔야지요.

(56) 환자 세 명 가게에 다가간다. 환자 세 명이 차례대로 무언가를
여에게 주는 동작을 하면 여는 환자 각각에게 차례대로 무언
가 주는 동작을 한다. 환자 세 명 무대 아래로 내려가면 여환
자 한 명만 무대 위에 남는다. 흰 가운을 입은 남자 의사, 관객
석에서 보아 무대 왼쪽에 앉아 여환자에게 지시를 한다. 무대
중앙에는 의자 하나만 놓여 있다.

② 〈연기(행동화) 단계〉
(1) 의사: 여자분, 잠깐 가운데 서주세요. 무대 중앙에 서세요. 성함

이 어떻게 되세요?

(2) 여환자: 장미정이에요.

(3) 의사: 몇 병동이세요?

(4) 여환자: 36병동이에요.

(5) 의사: 저희 가게에서 원하는 물건이 어떤 물건이세요?

(6) 여환자: 어— 믿음이요.

(7) 의사: 구체적으로 어떤 믿음이죠?

(8) 여환자: 병에 대한 믿음과 약에 대한 믿음.

(9) 의사: 그 대신 저희 가게에 주실 물건은요?

(10) 여환자: 마음…….

(11) 의사: 뒤로 물러나실까요. 이 의자에 본인이 원하는 어떤 분이
든 앉힐 수 있거든요. 어떤 분을 앉히겠어요?

(12) 여환자: 언니요. 미영이 언니.

(13) 의사: 그럼 언니가 앉아 있다고 생각하시고 얘기를 좀 해 보세
요.

(14) 여환자: (울먹이며) 설날 연휴라고 집에 왔는데 약 두 시간 늦
게 먹었다고 어떻게 이틀도 못 돼서 날 병원으로 다시 쫓
아 보낼 수가 있지? 언니, 언니가 정말 나한테 어떻게 그럴
수가 있어. 난 그런 방법으로는 치료가 될 수 없을 거야.

(15) 의사: 언니 입장이 돼서 거기에 대한 대답을 한 번 해 보세요.

(16) 여환자: (언니 입장이 돼서 언니 대신 의자에 앉아서) 미정아,
난 닐 사랑한단다. 니기 걱정이 돼서, 걱정이 돼서, 걱정이
돼서 그랬던 거야. **(역할 바꾸기1, 언니 역할)**

(17) 의사: 바꿔 보세요.

(18) 여환자: 누가 내 병을 만들었는데, 누가 내 병을 만들었는데.
언니하고 엄마하고 미혜하고 아빠가 그렇게 만들었잖아.
내가 왜 조울증이야. 사람이 기분 좋으면 조울증이고 기분
이 별로 안 좋으면 우울증이고 도대체 나보고 어쩌란 말이
야. 내가 무슨 병이 있다고? 너무 힘들어서, 힘들어서 언니
때문에 너무 힘들어서 짐 싸가지고 나왔는데 왜 잡아? 난
언니한테 돈 달란 적 없고 엄마한테 돈 달란 적 없어.

(19) 의사: 바꿔 보세요.

(20) 여환자: (언니 역할) 미정이를 사랑하니까 약 먹을 때만이라도
너랑 같이 있고 싶었던 거야. 니 마음에 안들겠지만 엄마,
아빠가 없으니까, 물론 엄마 아빠는 있지만 아빠는 이발사
하시고 엄마는 미장원 하시고 아니 면도사 하시고 바쁘시
잖아. 미정아 네가 고3때 강간당한 건 니 잘못이 아니잖아.
니 마음만 정직하고 순결하면 괜찮아.
(역할 바꾸기2, 언니 역할)

(21) 여환자, 운다.

(22) 의사, 여 그리고 여2에게 무언가를 지시한다. 의사의 지시를 받
은 여 다시 환자에게 다가간다.

(23) 여: (언니 역할) 울었어? 왜 또 울어?

(24) 여환자: (울먹이며) 언닌 내 마음을 몰라.

(25) 여: (언니 역할) 내가 왜 니 마음을 모르니.

(26) 여환자: 언니가 날 한 번이라도 이해해 준 적 있어?

(27) 의사: 바꿔 보세요.

(28) 여: (환자 역할) 언니가 날 한 번이라도 이해해 준 적 있어?

(29) 여환자: (언니 역할) 미정아 너 정말 왜 이러니?

(역할 바꾸기3, 언니 역할)

(30) 여: (환자 역할) 언닌 날 이해 못해. 언니는 날 이해 못한다고. 언니가 언제 날 이해해 준 적 있어? 언니가 내 맘 알아 준 적 있냐고? 맨날 약 먹어라 병원가라 그 말 말고 언니가 나한테 뭐 따뜻한 마음 보여 준 적 있어?

(31) 여환자: (언니 역할) 너 생각도 안 나는구나. 네가 맨 처음 병원에 입원할 적에 내 돈 깨가지고 입원한 거 기억나지? 너 병원에 입원할 때 80만원 통장에 있던 거 깨서 너 병 고치려고, 나 여름에 졸업할 때까지 고생을 너 때문에 되게 고생을 했어. 그런데 니가 나한테 어떻게 이렇게 대할 수 있니?

(역할 바꾸기4, 언니 역할)

(32) 의사: 바꿔 보세요.

(33) 여: (언니 역할) 언니가 너한테 그렇게 했는데 니가 나한테 이럴 수 있니? 내가 니 병 고치려고 얼마나, 얼마나 노력을 했는데 니가 나한테 이럴 수 있어?

(34) 여환자: (울먹이며) 언니는 방식이 틀렸어. 정말 조금만 약을 안 먹고 조금만 돌아 다녀도 병원에 집어넣는 게 뭐야. 내가 정신병자 아니라고 그렇게 말했는데도 왜 날 믿지 않는 거야?

(35) 의사: 바꿔 보세요.

(36) 여: (환자 역할) 내가 정신병자 아니라고 그렇게 말했는데도 왜

날 믿지 않는 거야. 언니는 왜 맨날 날 병원에만 집어넣잖
아. 그게 언니가 뭐 나한테 잘 해주는 거야. 그게 언니가
말하는 사랑이야?

(37) 여환자: 내 애길 한 번만이라도 들어 줬으면 내가 말을 안 해.
아무에게도 말을 해 봤자 소용없으니까 내가 이렇게 된 거
지. 가족의 사랑이 얼마나 중요한 건데

**(환자는 이 부분에서 자신이 언니 역할을 하고 있고 여가 환
자인 자신의 역할을 하고 있다는 사실을 혼동하고 여의 말에 동
조해서 자신의 얘기를 해 버린다.)**

(38) 의사: (이 사실을 주지시키는 의미에서 환자에게) 언니 역할을
해 주세요.

(39) 여: (환자 역할) 언닌 정말 내 맘 몰라. 나한테 따뜻하게 말 걸
어준 적 있어? 나한테 왜 그러냐고 이유라도 물어준 적 있
어? 무조건 나한테 병이 재발됐다고 병원에 입원하라고만
하잖아. 언닌 정말 내 맘 몰라.

(40) 여환자: (언니 역할) 미정아, 우리가 널 붙잡고 있기엔 우리에
겐 너무 시간이 모자라.

(역할 바꾸기5, 언니 역할)

(41) 여: (환자 역할) 시간이 모자란다고? 내가 누구 때문에 병이 났
는데? 언닌 지금도 그렇잖아. 지금도 나만 문제라고 그러
잖아.

(42) 여환자: (언니 역할) 미정아, 내 마음 속에 마귀가 들어 섰나봐.
내가 교사시험 1차에 합격을 했는데, 2차 시험 공부 때문
에 정신이 없어. 미정아 날 이해해 줄 수 없겠니?

(역할 바꾸기6, 언니 역할)

(43) 여: (환자 역할) 그래도 언닌 말은 그렇게 하면서 행동은 그렇게 하지 않잖아. 항상 내 탓이잖아. 맨날 약만 먹으라고 하고 병원에만 가라고 하고 내가 조금만 어떻게 해도 증상이 재발됐다고 하고 사람이 기분 좋을 때도 있고 나쁘면 나쁘고 다 그런 거 아니야? 왜 나만 문제고 왜 나한테만 그래? 언니는 조금이라도 내 맘 이해하려고 한 적 있어? 언닌 항상 언니 입장만 얘기하잖아. 지금도 그렇잖아. 그래. 언니 말대로 내가 문제야. 항상 내가 문제야. 뭐라고 말 좀 해봐. 왜 말을 안 해? 말 좀 해봐.

(44) 여환자: (언니 역할, 울먹이며) 미정아, 미안하다. 내가 널 얼마나 사랑하는데. 공부하다가도 울고 찬양하다가도 울고, 반주하다가도 울고. 넌 그런 내 마음 모르겠니?

(역할 바꾸기7, 언니 역할)

(45) 여: (환자 역할) 언닌 말로는 날 사랑한다고 해도 그게 아니잖아 행동이. 그건 사랑이 아니야. 그건 사랑이 아니고 구속이야. 언닌 내 마음 몰라.

(46) 여환자: (언니 역할, 울먹이며) 니 마음 몰라줘서 정말 미안하다. **(역할 바꾸기8, 언니 역할)**

(47) 의사: 바꿔 보세요.

(48) 여: (언니 역할) 니 마음 몰라 줘서 정말 미안하다.

(49) 여환자: 세상에 나가면 무조건 논! 돈! 돈! 집에 들이가면 무조건 약! 약! 약!

(50) 여: (언니 역할) 다 널 위해서 하는 말이잖아. 왜 그렇게 남을

못 받아 들여. 다 너를 사랑하기 때문에 그러는 건데.

(51) 여환자: (울먹이며) 내가 알아서 할 수 있어. 약도 내 맘대로 먹을 수 있고.

(52) 여: (언니 역할) 이게 네가 알아서 하는 거야. 다 널 생각해서 그러는 건데 너 왜 이래?

(53) 여환자: 설날 때 두 밤 잤어. 언니, 꼭 그래야만 해? 언니, 오랜만에 정말 오랜만에 온 동생한테 어떻게 그럴 수가 있냐고?

(54) 의사: 바꿔 보세요.

(55) 여: (환자 역할) 설날 때 딱 두 밤 잤어. 언니 정말 오랜만에 온 동생한테 그럴 수 있어? 정말 그래야만 했어?

(56) 여환자: (언니 역할) 미정아, 네가 에어로빅복 입고 집 나가서 약 먹을 시간까지 들어오지 않아서 내가 얼마나 걱정했는지 아니? 게다가 어떤 미친 여자하고 집에 같이 들어오고.

(역할 바꾸기 9, 언니 역할)

(57) 의사: (환자에게) 설날 때 외박을 나갔었나요?

(58) 여환자: 네.

(59) 의사: 집에 누구 누구 있었어요?

(60) 여환자: 식구들하고 미영이 언니하고 엄마하고 아빠는 안 들어오셨고요. 딸 세 명하고 엄마하고.

(61) 의사: 그럼 설 날 때 상황으로 가볼까요.[12] 언니랑 엄마랑 그때 뭘 하고 있었어요?

---

12) 이 부분 역시 시·공의 자유로운 이동이 가능한 사이코드라마의 중요한 특징이 나타나고 있는 부분이다.

(62) 여환자: 전을 붙이고 있었어요. 딸 셋이. 엄마는 아직 안 들어
       오셨고. 미영이 언니랑 저랑 막내 동생이 전을 붙였거든요.
(63) 의사: 집에 엄마랑 언니랑 있는데 병원에서 집으로 외박을 오
       신 거예요.

(64) 의사, 여와 여2에게 무언가 지시를 한다. 의사의 지시를 받은
       여2 무대 위에 등장한다.

(65) 여2: (엄마 역할) 병원에서 잘 지냈어?
(66) 여환자: 응.
(67) 여2: (엄마 역할) 의사 선생님 말 잘 듣고
(68) 여환자: 응.
(69) 여2: (엄마 역할) 그래 인제 엄마가 좀 바쁘거든 언니랑 전 좀
       부칠래? 그런데 미정아, 너 뭐 먹고 싶니?
(70) 여환자: 생크림 케이크 먹고 싶다.
(71) 여2: (엄마 역할) 돈이 지금 없는데.
(72) 여환자: 한 조각도 팔아요.
(73) 여: (언니 역할) 무슨 생크림 케이크야. (가상의 전을 내밀며)이
       거 먹어.

(74) 관객들, 웃는다.

(75) 여환자: 조각으로 된 거 팔아요. 엄마, 빨리 갔다 와요.
(76) 여2: (엄마 역할) 알았어. 잠깐만 기다려.

(77) 여환자: 언니 동그랑땡이랑 파전이랑 뭐 하더라. 내가 동그랑
      땡 할 테니 언니가 파전 붙여. 언니 나 보고 싶었어?

(78) 여: (언니 역할) 그럼 보고 싶었지. 병원 생활 힘든 거 없어?

(79) 여환자: 다 괜찮은데 목소리 이상한 여자 때문에 좀 힘들어. 목
      소리가 되게 얇고 그런데.

(80) 관객들, 여환자가 지적하는 인물을 짐작하고 웃음을 터트린다.

(81) 여환자: 아무리 조그맣게 얘기해도 거슬리는 목소리 있지.

(82) 여: (언니 역할) 니가 이해해야지. 니 목소리는 뭐가 좋다고 남
      의 목소리 갖고 그러니?

(83) 여환자: 그러니까 난 아예 말 안 해.

(84) 여: (언니 역할) 행여나 니가 말 안 하겠다.

(85) 여환자: 부침개나 부쳐. 이렇게 부쳐야지.

(86) 여: (언니 역할) 간섭이 많아. 넌 내가 간섭이 많다고 하는데.
      니가 더 간섭이 많아 안 그래?

(87) 여환자: 맞지만 빨리 해야지. 타잖아.

(88) 여: (언니 역할) 미정아, 나한테 하고 싶은 말 있으면 해봐.

(89) 여환자: 언니가 날 조금은 이해해 줬으면 좋겠어. 사실 나 담배
      피거든. 그거 엄마도 알고 미혜도 알아. 언니하고 아빠가
      모르거든 그래서 담배 끊으려고 하니까 갑자기 담배 맛이
      떨어지는 거 있지. 일곱 갑이나 남았는데.

(90) 여: (언니 역할) 담배 안 피면 좋지 뭐.

(91) 여환자: 언니나 아빠는 이해를 못하니까.

(92) 여: (언니 역할) 내가 뭘 이해를 못했다고 이러니?

(93) 여환자: 언니는 무슨 말을 하면 언니 생각대로만 하고 언닌 나
한테 너무 심한 것 같아. 언니는 사람이 융통성이 있어야
지. 선을 딱 그어 놓고 이 선을 넘으면 나쁘다. 그렇게 생
각하면 어떻게. 그 아줌마 생각해봐. 그 아줌마가 나 데려
다주러 온 건데. 멀리서부터 내가 약을 먹어야 한다고 하
니까 데려다 주시겠다 해서 데려다 준건데 나가라고 어떻
게 그럴 수가 있어. 차 한잔 주기는커녕 그렇게 내몰았으
니 언니는 내 얼굴에 똥칠을 한 거잖아. 내가 어떻게 또 배
드민턴을 치러 가냐고. 또 내가 거기 가서 에어로빅 강사
를 한단 말이야. 그게 그렇게 잘못됐어? 그리고 약은 두 시
간 후에 먹어도 그렇게 상관없다는 거 알잖아.

(94) 의사의 지시에 의해 여2 무대 위에 등장

(95) 여환자: 많이 힘들었어.

(96) 여2: (엄마 역할) 힘들었지. 이게 되게 비싸더라. 생크림 케이크
먹어라.

(97) 여환자: 엄마는 왜 내가 다 알아서 하는데 왜 약 먹어라 참견을
하는 거야.

(98) 여2: (엄마 역할) 왜, 싫어?

(99) 여환자: 짜증나. 들어오자마자 약 먹어라 하니까 다들 나만 쳐
다보고.

(100) 의사: 바꿔 보세요.

(101) 여2: (환자 역할) 온 식구가 나만 쳐다보고 정말 짜증나.

(102) 여환자: (어머니 역할) 그런 게 아니야. 미정이가 약을 제 때에
　　　먹지 않고 그러니까 그러는 거지.

(역할 바꾸기10, 어머니 역할)

(103) 여2: (환자 역할) 내가 다 알아서 먹는데 나만 보면 약! 약! 약!
　　　언니는 아예 한 술 더 떠가지고 약 두 시간 늦게 먹었다고
　　　맨날 나만 구박하고 내가 스트레스 받아서 못살겠다고. 내
　　　가 그것 때문에 병이 났다고.

(104) 여환자: (어머니 역할) 그러니까 병원 가서 완쾌 돼야지. 너 다
　　　시 병원에 다시 들어가고 싶으냐고?

(역할 바꾸기 11, 어머니 역할)

(105) 여2: (환자 역할) 하여간 난 병원에 다시 안 들어가려고 하는
　　　데 (환자를 손가락으로 가리키며) 그러는 거 아니야?

(106) 여환자: (어머니 역할) 손가락질 하는 거 아니야.

(역할 바꾸기12, 어머니 역할)

(107) 여2: (환자 역할) 알았어.

(108) 관객들, 웃는다.

(109) 여2: (환자 역할) 그런데 외박이라고 왔는데 언니랑 엄마랑 날
　　　자꾸 구박하니까 내가 얼마나 화가 나겠어. 엄마도 입장
　　　바꿔 한 번 생각을 해봐. 오랜만에 딸이 병원에서 지금 왔
　　　는데 그렇게 딸을 못살게 구니까 내가 화가 안 나겠어? 그
　　　런데 그거 갖고 다 병이라고 얘기하고 왜 날 이해를 못해.

(110) 여환자: (어머니 역할) 너 밤에 잘 못 자지?
   (역할 바꾸기 13, 어머니 역할)

(111) 여2: (환자 역할) 좀 못 자고 그럴 수도 있는 거 아닌가.

(112) 여환자: (어머니 역할) 너 밤 한 시에 자서 다섯 시에 일어나
   지? **(역할 바꾸기14, 어머니 역할)**

(113) 여2: (환자 역할) 엄마가 그걸 어떻게 알아? 그리고 그게 뭐가
   어때서?

(114) 여환자: (어머니 역할) 너 먹지도 않지?
   (역할 바꾸기15, 어머니 역할)

(115) 여2: (환자 역할) 다이어트 좀 하겠다는데, 다른 여자 애들도
   다 조금씩 밖에 안 먹어요. 엄마는 모든 걸 다 그런 식으로
   병으로 연관시키니까 내가 답답하지. 엄마가 약! 약! 약! 하
   는 게 정말 싫어요. 내가 필요한 건 약이 아니라 사랑이에
   요.

(116) 여환자: (어머니 역할) 미정아, 너 사랑이 필요하다고 했지? 사
   랑 받으면 병 다 나을 수 있다고 그랬지? 너 남자 친구 많
   지? 동민이 같은 애 어때 잘생기고.
   (역할 바꾸기16, 어머니 역할)

(117) 여2: (환자 역할) 결혼? 나보고 결혼하라고? 엄만 날 쫓아내려
   고 만하고 있고.

(118) 여환자: (어머니 역할) 네가 동민이가 좋다고 했잖아.
   (역할 바꾸기17, 어머니 역할)

(119) 여: (언니 역할) 엄마, 우선 미정이 병이 낫고 봐야지. 결혼은
   무슨.

(120) 여환자: (어머니 역할) 애는 사랑이 필요하다면서? 결혼해야
　　　　 돼. 사랑하는 사람이 생기서 결혼하면 이제 안 아플거야.
　　　　 동민이랑 형준이 중에 동민이는 E대학 특차로 들어간 애고
　　　　 형준이는 모델하거든 둘 중에 누가 좋아?
　　　　　　(역할 바꾸기 18, 어머니 역할)

(121) 여2: (환자 역할) 엄만 누가 좋은데?

(122) 여환자: (어머니 역할) 나는 마음은 형준이야. 동민이보다 형
　　　　 준이가 잘 생겼잖아. **(역할 바꾸기 19, 어머니 역할)**

(123) 여2: (환자 역할) 약 두 시간 늦게 먹었다고 나 구박한 거 따
　　　　 졌는데 엄마는 주제를 이상한 대로 돌리네.

(124) 여환자: (어머니 역할) 니가 결혼하면 모든 걸 다 니 남편한테
　　　　 맡길게. **(역할 바꾸기 20, 어머니 역할)**

(125) 여2: (환자 역할) 나한테 맡기세요. 남편 그런 거 상관없이 나
　　　　 한테 맡겨달라고요.

(126) 여환자: (어머니 역할) 혼자 살려고?
　　　　　　(역할 바꾸기 21, 어머니 역할)

(127) 여2: (환자 역할) 혼자 산다는 게 아니라 날 믿어 달라는 거예
　　　　 요. 엄마가.

(128) 여환자: (어머니 역할) 믿는데 분가를 해라.
　　　　　　(역할 바꾸기22, 어머니 역할)

(129) 여: (언니 역할) 엄마 분가는 무슨 분가야? 쟤가 제대로 하는
　　　　 게 뭐가 있다고.

(130) 여환자: (어머니 역할) 고시원이라도 들어가라.
　　　　　　(역할 바꾸기23, 어머니 역할)

(131) 여: (언니 역할) 고시원은 무슨 고시원이야. 쟤 나가면 약도 제
　　　　대로 못 먹을 텐데. 집에서도 안 먹는데 난 쟤 못 믿어요.
(132) 여환자: (어머니 역할) 그게 넌 문제야.

(역할 바꾸기24, 어머니 역할)

(133) 관객들, 웃는다.

(134) 여: (언니 역할) 동생을 생각하니까 그런 말을 하는 거지. 엄마
　　　　는…….
(135) 의사: 바꿔 보세요.
(136) 여2: (어머니 역할) 미정아, 니가 병 다 나으면 그때 니가 하고
　　　　싶은 거 해도 되잖아. 뭐가 하고 싶니?
(137) 여환자: 뮤지컬 배우. 엄마가 난 노래도 잘하고 춤도 잘 추고
　　　　얼굴도 예쁘고 하니까 뮤지컬 배우하면 잘 할 거라고 했잖
　　　　아.
(138) 여2: (어머니 역할) 힘들잖아.
(139) 여환자: 엄마가 하래 놓고 엄마가 힘들다고 하면 어떻게?
(140) 여2: (어머니 역할) 그거야 엄마가 지나가는 말로 한 걸 갖고.
(141) 여: (언니 역할) 뮤지컬 배우가 뭐야.
(142) 여환자: 언니는 가만 있어.
(143) 여2: (어머니 역할) 다른 건 없어?
(144) 여환자: 간호사가 되고 싶어요. 칭준가 이디에 C병원에서 의
　　　　사하고 간호사하고 모집하는데 등록금이 전부 다 공짜래
　　　　요. 그러니까 공부만 잘하면 된데요. 그런데 간호사는 좀

힘들 거 같아요. 간호사는 더러운 것 다 만지고 그것 때문에 걱정을 했는데 그래서 교원대학에 가서 교사가 되고 싶어요. 너무 많은데 지금 결정했어요. 교원대학으로.

(145) 의사: 그럼 설날 연휴가 다 끝나서 어머니하고 병원에 와서 의사 선생님을 만나고 있다고 생각해 봅시다.

(146) 여2: (어머니 역할) 선생님, 안녕하셨어요? 아휴 미정이가 이번에 외박을 왔는데 엄마한테 대들고 약도 안 먹고 언니하고 자꾸 싸우고 그래서 일찍 미정이를 데리고 왔어요.

(147) 여환자: 약 안 먹은 게 아니라 제가 배드민턴 회원은 아니지만 제가 배드민턴 하는데 우연히 갔는데 에어로빅 시간이 됐는데, 저한테 에어로빅을 해달라고 그래서 그 다음 날에 어로빅복을 입고 갔는데 아무도 안 나온 거예요. 내가 올지 안 올지 몰라서 아무도 안 나온 거예요. 내가 두 시간이나 기다렸는데 아무도 안 온 거예요. 제가 원래 에어로빅 강사를 하려고 했는데 발목을 다쳐서 못했거든요. 내가 설날 때 옷장에 옷도 다 꺼내어 입어보고 에어로빅복도 입어보고 그랬더니 그러는 거예요. 만약 잘 지내면 약 안 먹고 지내도 되나요?

(148) 의사: 그럼 앞으로 미래에 병이 나았다고 생각하시고 미래로 가 보세요. **(이하 171까지 미래투사 기법)**

(149) 여환자: 어ー 사실은 J대 연극영화과에 가고 싶었어요. 우리 아버지가 연예인협회 회장이시거든요. 그래도 연예인은 딴따라다 그래서 교원 대학에 가서 선생님이 되고 싶어요.

(150) 의사: 그럼 미래에 선생님이 되셨다 생각하시고, 여기 있는 사

람들이 불량 청소년들이라 생각하시고 여기 있는 불량 청
소년들에게 한 마디 해주세요. 지금 선도 시간이라고 생각
하시고 선생님이 되셨는데 지금 선생님께서 불량청소년들
을 선도하시는 거예요. 박수!

(151) 관객들, 박수를 친다.

(152) 의사: 지금 앞에 다 불량 청소년들이니까 부담 없이 얘기하세
요.

(153) 여환자: 청소년 시행법이 나와서 청소년들에게 술. 담배 못 파
는 거 아시죠? 근데 XX 프론지 어디 봤는데 J박사 그 분이
항상 XX프로에 나와서 청소년은 열린 마음으로 생활해야
한다고 말하고 있어요. 제가 그분한테 진료를 받았거든요.
J박사는 우리들을 사람 취급도 안하고 너무 힘들어서 탈출
하다가 어떤 언니가 걸렸거든요. 그 언니는 생리 중이었는
데 그 언니를 침대에 묶어 놓고 애들 다 불러 와 가지고 여
기 좀 보라고 이 여자 좀 보라고…….

(154) 의사: 불량 청소년들을 선도하는 애길 해주시라고요.

(155) 여환자: 이 얘기에서 청소년 얘기가 시작되는 거예요.

(156) 관객들, 웃는다.

(157) 여환자: 너무 심하고, J박사님이 나와서 얘기하는데 어떻게 자
기가 뻔뻔하게 열린 마음을 이야기 하냐고요. 내가 너희들

한테 하고 싶은 말은 무엇이냐면 서로 사랑하고 아무리 이 아이가 생선가게 아이라서 냄새가 나도 사랑하고 돈이 없어도 서로 사랑하고 감싸주고……

(158) 관객들, 박수를 친다.

(159) 의사: 그럼 불량 청소년들을 지목해서 하고 싶은 말을 한 번 해 주세요.

(160) 여환자, 남자 환자를 가리키면 남자 환자 무대 위로 나온다.

(161) 여환자: 뚱뚱한 여학생이 좀 나왔으면 좋겠는데요.

(162) 여환자의 말이 떨어지자 여환자2도 무대 위로 올라간다.

(163) 여환자: (남환자를 가리키며) 넌 이름이 뭐지?
(164) 남환자: 대표적 불량 청소년입니다.

(165) 관객들, 웃는다.

(166) 여환자: (여환자2를 가리키며) 내가 너한테 숙제를 정해 줄 테니까, 넌 학교 끝나고 운동장 세 바퀴 돌고 집에 가야 돼. 선생님하고 같이 알았지?
(167) 여환자: (남환자를 가리키며) 그리고 넌 밤에 버스들 지나다니

는데 오토바이를 타고 그렇게 휙휙 지나다니다 사고 나면
어떻게 하려고 그래?

(168) 남환자: 스릴 있잖아요.

(169) 여환자: 너 스릴 있다고 너 죽으면 좋아?

(170) 남환자: 난 항상 헬멧을 쓰고 다니니까 괜찮아요.

(171) 여환자: 그래도 죽어. (남환자의 머리 부위를 손으로 만지며)
여기만 괜찮다고 (남환자의 몸통과 다리를 가리키며) 여기,
여기도 다 다치는데 (머리를 가리키며) 여기만 막는다고 되
냐?

(172) 관객들, 웃는다.

(173) 의사: 시간이 많이 지났으니까 마지막으로 한 마디만 해주세
요.

(174) 여환자: 간디 아시죠?

(175) 관객들: 네-

(176) 여환자: 간디가 하루는 기차를 타고 가는데 플랫폼에서 올라
가다가 신발 한 짝을 떨어뜨렸데요. 그래서 어떻게 할까
고민 하다가 다른 신발 한 짝까지 버리더래요. 그래서 제
자가 왜 신발 한 짝까지 버리냐고 물었데요. 그랬더니 하
나만 있으면 아무 소용이 없다고 두 짝이 있으면 주어 가
는 사람이 짝이 맞으니까 신을 수 있을 거라고.

(177) 의사: 감사합니다(박수를 친다)

(178) 관객들, 박수를 친다. 이와 동시에 사이코드라마가 끝났음을
알리는 잔잔한 음악이 흘러나온다. 음악이 끝나면

③ 〈정리 단계〉

(1) 남: (여환자에게) 어떠셨어요?

(2) 여환자: **시원하고요. 기분이 좋아요.** (강조 필자)

(3) 남: 저희 가게에 악한 마음을 주신다고 했지요?

(4) 여환자: 예, 악한 마음….

(5) 남: 악한 마음을 주시고 저희들에게 약을 드실 수 있는 마음을
달라고 하셨죠? 자, 믿음을 받으시고 (판토마임식으로 여환
자에게 무언가를 주는 동작을 해 보인다.)

(6) 관객들, 박수를 친다.

(7) 남: 그럼 오늘 심리극을 하셨는데 오늘 하신 심리극에 대해 소
감을 듣고 싶은 분을 한 번 지적해 주세요.

(8) 여환자, 남환자를 한 명 지적한다. 지적 받은 남환자 무대 위로
올라온다.

(9) 남환자: 미정씨께서 결혼을 하시면 약을 끊으실 수 있다고 말씀
하셨는데 17년을 병실에 있는 저로서는 결혼한다고 약을
끊을 수 있다고는 생각하지 않습니다. 평생 결혼을 하든

말든 의사 선생님께서 약을 그만 먹어도 된다고 할 때까지
이 약은 평생 먹어야할 약입니다.

(10) 남: 다음 분 지적해 주세요.

(11) 여환자, 실습간호학생을 지적한다. 무대 위로 올라오는 실습간
호 학생.

(12) 간호학생: 전 36병동 실습생인데요. 전 미정씨하고 그동안 사
이가 안 좋았거든요. 그런데 이 연극을 보고 미정씨를 좀
더 잘 이해할 수 있게 돼서 참 좋았어요.

(13) 남: 다음 꼭 소감을 듣고 싶은 분이 있으면 지적해 주세요.

(14) 여환자, 어떤 남환자를 지적하자 그 남환자 무대 위로 올라온
다.

(15) 남환자: 잘 봤고요. 마음이 좀 여린 것 같아서 앞으로는 마음을
좀 강하게 먹었으면 좋겠어요.

(16) 남과 여가 이 연극을 처음 시작할 때와 같은 위치에 각자 자리
를 잡는다.

(17) 남. 여: 잘들 보셨어요?

(18) 남: 소감도 잘 들으셨지요. 그럼 한 곳으로 모았던 마음을 각자
의 마음으로 돌리는 의미에서 노래를 한 번 하고 끝내겠습

니다. (여환자를 돌아보며) 노래 한 번 하시죠.

(19) 관객들: 18번 해! 18번 해!

(20) 여환자, 정말 몰랐어요. 사랑이란 유리 같은걸―으로 시작되는
노래를 부른다. 이 연극의 모든 참여자들, 박수를 치며 노래를
같이 부른다. 노래가 끝나면 마지막으로 박수를 치고 이 사이
코드라마는 모두 끝나게 된다.

3. 사이코드라마 사례

① 〈준비작업 단계〉

(1) 필자가 A정신병원에 도착한 시각은 2월 X일 오후 2시 50분 경이
었다. 이 날은 기분 좋게 날씨가 포근한 날이었다. 이런 날씨 탓
인지 사이코드라마에 참여하기 위해 병동에서 심리극장으로 왔
던 환자들은 전과 다르게 곧바로 심리극장 안으로 들어가지 않
고 극장 바깥에서 간호사들과 햇볕을 쬐며 담소를 즐기고 있었
다. 그런 이유 때문인지 연극 시작 10분전인데도 심리극장안은
썰렁했고 무대 위에는 환자 2명만이 춤을 추고 있을 뿐이었다.
이런 상황은 거의 3시 가까이까지 계속되었다. 하지만 연극 시
작 시간인 3시가 되자 바깥에 있던 환자들과 간호사, 실습간호
학생들이 극장 안으로 들어오면서 극장 안의 분위기가 급진전
되기 시작했다. 음악에 맞춰 무대 위에서 춤을 추는 사람들이
두 명에서 열 명 그리고 스무 명으로 순식간에 불어나더니 그동

안 이 심리극을 주도하던 '남'이 어느새 무대 위에 올라가 춤을
추면서 객석에 앉아 있던 환자와 외부 관객들을 이끌자 무대 위
에서 춤을 추는 사람들이 서른 명을 넘고 있었다. 분위기를 고
조시키는 춤이 3시 5분 정도까지 계속되다 음악이 그치자 무대
위에서 춤을 추던 사람들 박수를 치고 무대 아래 각자 자기의
자리로 가서 앉는다. 무대 위에 이 연극을 이끌어 나갈 남과 여
가 등장한다. 남은 관객석에서 볼 때 오른쪽에 여는 왼쪽에 선
다.

(2) 남: 한 주 동안 잘 지내셨습니까?
(3) 여: 장기 자랑 준비하신 분 있으세요?

(4) 이때 남환자 무대 위로 올라간다.

(5) 남환자: 저는 이름이 아— 저 1차 공연이 시작되겠습니다. 에
　　　　— 제 이름은 전영록이고 일단 한 번 들어 보세요. 시작
　　　　하겠습니다. 박수—

(6) 관객들, 박수를 쳐준다. 남환자, 나의 뜨거운 마음을—로 시작하
는 전영록의 노래를 부른다. 노래가 끝나면 관객들 박수를 쳐준
다. 이때 여환자가 무대위로 재빨리 올라가 무대 중앙에 자리를
잡고 선다.

(7) 여환자: 저는요. 부를 곡목은 애모에요. 애모 부를까 아니면 뭐

부를까요?

(8) 관객들: 애모! 애모!

(9) 여환자, 우리 만남은-으로 시작하는 노래를 부르자 관객석 웅성거린다.

(10) 관객석: 애모래. 그게 무슨 애모야?

(11) 관객석에서 여환자1(이 날 심리극의 주인공인 정선진씨) 무대 위로 올라가 여환자의 손을 잡고 애모를 같이 불러 준다. 노래가 끝나면 관객들, 박수를 쳐준다. 이때 서너 명의 환자들이 장기 자랑을 위해 무대 위로 올라가자

(12) 여: 다음 번에 해 주세요.

(13) 무대 위로 올라 왔던 환자들 무대 아래로 내려간다.

(14) 남: 오늘 많이들 오셨는데 각자 흩어졌던 마음을 한곳으로 모으기 위해 연가를 부르도록 하겠습니다.

(15) 사이코드라마 참여자들, 비바람이 치던-으로 시작하는 연가를 박수를 치며 부른다. 노래가 끝나면 박수를 친다. 이때 무대와 객석 전체 암전되면서 사이코드라마 시작을 알리는 음악이 흘러나온다. 음악이 끝나고 무대 밝아지면 암전 때 이미 무대위

로 올라와 무대 위 의자에 앉아 있는 여환자1의 모습이 보인
다. 관객들과 연극 진행자인 남·여 기가 막힌다는 듯이 웃는다.

(16) 여: 아니 — 손님, 여기서 밤새셨어요? 가게문도 아직 안 열었는
데. 좀 있다가, 좀 있다가 가게문 열면 들어오세요. 청소해
야 되거든요. (남을 바라보며) 가게문을 먼저 열까요?
(17) 남: 예 — 그러죠.

(18) 남·여 가게 문을 여는 동작을 판토마임의 동작으로 해 보인다.

(19) 여: 오늘도 많은 분들이 오셨네요.
(20) 남: 오늘도 많은 분들이 오셨는데 저희 가게 소개를 하죠. 저희
가게는 마음을 사고 마음을 파실 수 있는 곳이죠. 여러 분
들이 가지시고 싶은 마음, 사랑이나 우정, 행복 등을 저희
가게에서 사실 수 있고 또 미래에 여러분들이 되시고자 하
는 것들, 그런 것들도 가져가실 수 있고 또 과거에 아름다
웠거나 고통스러웠던 것들을 저희 가게에 맡기실 수 있습
니다. 대신에 또 저희 가게에 마음을 주실 수 있는데 불안
이나 혹은 망상이나 환상 등을 저희 가게에 주시면 됩니다.
그럼 저희 가게에서 물건을 사실 분 있으면 올라와 주시기
바랍니다.

(21) 여환자 세 명과 남환자 한 명이 무대 위로 올라간다.

(22) 남환자: 저도 시켜 주세요. 저는 3년 전에 저기 퇴원한 노XX라
고 하는데. 저 UFO요.

(23) 남: UFO? 그런 건 안 팔고요. 마음을 팔거든요.

(24) 남환자: 마- 마음? UFO 정말 안 팔아요? (무대 아래로 내려가
버린다)

(25) 남: 다음 분은 저희 가게에서 무얼 사시고 싶으세요?

(26) 여환자1: 어머니나 저-

(27) 남: 그걸 사시겠다고요? 그 대신 저희 가게에 무얼 주시겠습니
까?

(28) 여환자: ……

(29) 남: 다음 분은 뭘 갖고 싶으세요?

(30) 여환자2: 제 마음은 효도하고 싶거든요.

(31) 남: 마지막 여자분은, 저희 가게에서 뭐 사시고 싶은 것이 있으
면 말씀해 주세요.

(32) 여환자3: 환자들에게 마음의 평화와 안정감을 주고 싶어요.

(33) 남: 그럼 세 명 중의 한 분이 심리극을 하셔야 하는데요.

(34) 이때 남환자1이 무대 위로 올라간다. 관객들 웃자, 남환자1이
무대 아래로 내려오려 하자 의사 남환자1에게

(33) 의사: 소개하세요. 자기 소개하세요.

(34) 이때 또 한 명의 남환자(남환자2로 칭함)가 무대 위로 올라간다.

(35) 의사: 첫 번째 분 자기 소개 해보세요.

(36) 남환자1: 저는 정신병을 드리고 싶고 정상적인 사회생활을 받
      고 싶습니다.

(37) 관객들, 박수를 쳐준다.

(38) 의사: (남환자2에게) 저희 가게에서 어떤 물건을 사시고 싶으세
      요?

(39) 남환자2: 물건이요?

(40) 의사: 네.

(41) 남환자2: 제 시야가 좀 좁거든요. 시야를 넓게 하는 마음을 갖
      고 싶은데요.

(42) 의사: 저희 가게에는 어떤 물건을 주시겠어요?

(43) 남환자2: 저의 생각이요.

(44) 의사: 어떤 생각이죠?

(45) 남환자2: 따뜻하고 부드러운…….

(46) 의사: 오늘은 여자 세 분 남자 두 분이, 남자 두 분이 좀 늦게
      올라 오셨죠? 그런데 저희 가게에는 여기에 올라오신 분
      중 한 분밖에 주인공이 못되시거든요. 대신에 나머지 분들
      은 다음에 기회를 드리기로 하고 오늘은 보조자로 심리극
      에 참여하실 수 있는 기회를 드릴 테니까 양보를 하실 수
      있는 분들은 양보를 좀 해주세요. 내가 오늘 양보를 하시
      겠다 하는 분, 양보하실 분 안 계세요? 그래요. 그럼 여러
      분께서 결정을 한 번 해보세요. 여러분들이 뒤쪽으로 가셔

　　　서 결정을 한 번 해보세요.

(47) 환자들 뒤쪽으로 가서 상의를 한다.

(48) 의사: 결정 하셨어요? 결정이 안 되셨더라도 이리로 오세요.

(49) 환자들, 다시 무대 앞쪽으로 온다.

(50) 관객들: 박수로 결정해요.
(51) 의사: 양보하실 분은 안 계시나요? 말씀드렸듯이 양보하신 분
　　　　께는 보조자를 하실 수 있는 기회를 드릴 테니까요.

(52) 남환자2가 무대 아래로 내려가려 하자

(53) 의사: 뒤에 가셔서 선물 받아 가셔야지요.
(54) 의사: 어떤 선물을 받고 싶다고 하셨죠?
(55) 남환자2: 시야를 좀 넓혔으면……. 제 따뜻한 마음을 드리고요.

(56) 남환자2가 여에게 가상의 선물을 받자 관객들 박수를 쳐준다.

(57) 의사: 그럼 관객들에게 한 번 물어 봅시다. 그럼 왼쪽 여자 분
　　　　이 하셨으면 좋겠다고 생각하시는 분?

(58) 관객들의 박수가 약하게 나온다.

(59) 의사: 두 번째 여자분이 하셨으면 좋겠다고 생각하시는 분?

(60) 역시 관객들의 박수가 약하게 나온다.

(70) 의사: 세 번째 여자분이 하면 좋겠다 생각하시는 분?

(71) 관객들의 박수가 약하게 나온다.

(72) 의사: 그럼 네 번째 유일한 남자분.

(73) 함성과 함께 관객들의 박수가 세차게 나온다.

(74) 의사: 그럼 오늘은 남자분이 하는 걸로 하죠.
(75) 여환자1: 이러는 게 어디 있어요?
(76) 의사: 오늘만 날이 아니니까 다음에 기회를 드릴게요.
(77) 관객들: 박수 끝났어요.

(78) 여환자2, 3이 무대 아래로 내려가려 하자

(79) 의사: 선물들 받아가세요.

(80) 여환자들, 여를 따라 무대 왼쪽에 놓여진 가상의 가게에서 선
    물을 받고 무대 아래로 내려간다. 이때까지도 여환자1 무대 위

에서 꿈쩍도 안하고 그냥 가만히 서 있는다.

(81) 의사: 그럼 남자 분과 상의 한 번 해보세요. 오늘 꼭 하셔야겠
　　　다는데.
(82) 여환자1: 남자분은 늦게 올라왔잖아요.
(83) 의사: 일리가 있네요.
(84) 남환자1: 전 처음이자 마지막으로 한 번 해 보고 싶어요.
(85) 의사: 두 분 중 한 분은 보조자를 시켜드릴게요. 한 분밖엔 못
　　　하거든요.
(86) 여환자1: 전 엄마도 만나고 싶고…….
(87) 의사: 그럼 남자분이 양보하세요. 다음 시간에 오시죠. 오늘 넓
　　　은 아량으로 여자분에게 양보해 주시죠. 박수 한 번 쳐주
　　　세요.

(88) 관객들, 박수를 쳐준다. 아래로 내려가려 하자,

(89) 의사: 선물 받으셔야죠.

(90) 남환자1, 남을 따라 가상의 가게에서 선물을 받고 무대 아래로
　　　내려간다.

(91) 의사: 잠깐 아까 남자 분 두 분은 (무대 아래를 가리키며) 잠깐
　　　여기 좀 앉아 계세요. 좀 있다 보조자를 시켜 드릴 테니까
　　　요.

(92) 여환자1: (이하 여환자) 죄송합니다.

　　② 연기(행동화)단계

(1) 의사: 죄송하실 거 없어요. 이쪽으로 무대 가운데 서실까요. 성
　　　함이 어떻게 되신다고 하셨죠?
(2) 여환자: 정선진입니다.
(3) 의사: 몇 병동에서 오셨어요?
(4) 여환자: 505동
(5) 관객들: (웃으며) 55병동!
(6) 의사: 저희 가게에서 받고 싶은 게 어떤 상품이시죠?
(7) 여환자: 양심이요.
(8) 의사: 저희 가게에 어떤 것을 주시겠어요.
(9) 여환자: ……．
(10) 의사: 이 의자를 한 번 보실까요. 이 의자에는 본인이 원하는
　　　어떤 분이라도 앉힐 수 있거든요
(11) 여환자: 엄마요. 엄마!
(12) 의사: 그럼 어머니가 이 의자에 앉아 있다고 생각하시고 말씀
　　　을 해보세요.
(13) 여환자: 엄마, 엄마가 아픈데 도와 드리지도 못해서 미안해요.
　　　내가 자꾸 아파서 진주, 해남 병원에서 여기까지 병원에
　　　오고 제가 빨리 병 나아서 시골 농사도 다 짓고 할 테니까
　　　엄마 걱정하지 마시고 빨리 병 나으세요.
(14) 의사: 어머니 입장이 돼 가지고 거기에 대해 대답을 한 번 해

보세요.

(15) 여환자: 선진아!

(16) 의사: 앉아서 하세요.

(17) 여환자: (어머니 역할) 선진아, 너는 어떤 일이 있어도 다 잘 해
낼 거야. 선진아, 니 마음만 강하면 그 어려움을 헤쳐 나갈
수 있고 남들에게 항상 떳떳하게 그렇게 살 수 있을 거야.
남들이 뭐라 해도 난 너를 따뜻하게 치료해 주고 너 병이
빨리 나아야 할텐데. 니가 따뜻하게 해준 박씨 아줌마가
병이 나은 것처럼 너도 병이 빨리 나아서…….

(역할 바꾸기 1, 어머니 역할)

(18) 여환자: 제가 박씨 아줌마 역 할게요.

(19) 여환자: (어머니 역할, 이때 여환자는 자신이 박씨 아줌마 역할
을 한다고 해 놓고 사실은 자신의 어머니 역할을 한다.) 선
진아, 언제 들어 왔니? 아니, 쓰러진 사람을 그렇게 업고
들어오면 어떻게 하니?[13]

(20) 여환자: (의사의 지시도 없이 자기 혼자 배역을 바꿔서) 약 사
러 갔다가 쓰러진 사람이 있어서 업고 왔어요.

(21) 의사: 그럼 본인 입장이 다시 돼 가지고 거기에 대해서 말씀해
보세요.

(22) 여환자: 엄마, 지난 날에 우리가 쓰러진 사람 업어다 병 다 낫
게 해주고 그랬잖아요. 엄마, 걱정 마세요. 엄마 병도 다 나

---

13) 이 부분도 넓게 보면 역할바꾸기 기법에 해당한다고 볼 수 있으나 지도자인
의사의 지시없이 환자 임의대로 혼란스런 역할 바꾸기를 하고 있다는 점에서
필자는 이 부분을 역할 바꾸기의 예에서 제외하였다.

을 거예요.

(23) 의사: 어머니 입장이 되셔서 본인한테 이야기 해주시는 거예
요.

(24) 여환자: (어머니 역할) 선진아, 니가 중학교 1학년 때 노트 산다
고 돈 달랄 때 남들은 천원씩 주는데 나는 300원밖에 못
줘서 미안하다.

(역할 바꾸기2, 어머니 역할)

(이때 여환자 자신이 어머니 역할을 하고 있다는 사실을
혼동한 채 자신이 하고 싶은 말을 해 버린다.) 제가 중학교
1학년 때 아빠도 돌아가시고 노트 산다니까 엄마가 300원
을 주면서 그것만 주라고 하시고. 제가 중학교 때 수학을
좋아했어요. 1+1=2니까 4+4=8이죠. 거기에 1을 더하면 9
가 나오죠 맞죠? 맞으면 박수 쳐주세요.

(25) 관객들, 박수를 쳐준다.

(26) 의사: 관객들께 하고 싶은 말이 많으세요?
(27) 여환자: 예
(28) 의사: 그럼 앉아서 한 번 해 보세요.
(29) 여환자: 저는요 어려운 환경에서 태어났지만 훌륭한 어머니 아
버지도 있고요. 저는 중학교 1학년 때 탤런트가 되고 싶었
거든요. 그럼 제가 그 때 있었던 일을 한 번 해 볼까요 (자
리에서 일어나서)
(29-1) (여환자 역할): 엄마 나 100원만 줘.

(29-2) (어머니 역할): 뭣하게 100원만 주라니? 이것 갖고 사먹으
려고 그러지?

(29-3) (여환자 역할): 아니요. 이걸 갖고요. 하나는 노트 사고 하
나는……. 다른 애들은 천원씩 주는데 엄마는 고작 300원
주면서. 다른 애들은 다 천원씩 주는데 저는 왜 300원밖에
안 줘요?

(29-4) (어머니 역할): 애야, 없으면 없는 대로 살고 가난하면 가난
하게 살아야지 이애-

(29-5) (여환자 역할): 엄마, 노트 300원 주고 샀거든요. 노트 사고
남은 거 여기다 돼지- 돼지 저금통에다 갖다 넣었어요.[14]

(30) 여환자: 사랑하는 우리 엄마, 육남매를 키우시면서 얼마나 고
생이 많으셨어요. 저는 항상 엄마의 따뜻한 보살핌 속에서
잘 살았어요. 식구들은 국민학교 밖에 안나왔는데 저는 고
등학교까지 나왔는데 엄마, 죄송해요. 앞으로는 돈도 열심
히 벌고 엄마 위장병도 고쳐드릴게요. 그리고 제가 하고
싶은 말은요. 제가 열아홉 살 때 가출을 해 가지고 엄마가
요 우리 엄마가 암에 걸렸어요. 약을 사야 하는데 돈이 없
어요. 제가 식모살이 해서 4만 5천원을 벌었거든요. 그걸
가지고 집에 갔더니 엄마가 어디 갔다 오니? 하니 제가 엄
마 4만 5천원 벌어가지고 왔어요. 하니까 니가 쪽지만 달
랑 써 놓고 집을 나가서 오빠가, 오빠가 막 바닷가에도 가

---

14) 이 부분은 앞서의 주와 마찬가지로 사이코드라마의 지도자인 의사의 지시없이
여환자 임의대로 혼자서 상황을 재연한 부분이기 때문에 이 부분 역시 역할 바
꾸기의 예에서 제외하는 것이 타당하다는 필자의 판단에 따라 역할 바꾸기의
예에 포함시키지 않았다.

보고 저수지에도 가보고 그랬다고 하더군요. 지금까지 오
빠 공을 모르고 살았거든요. 그게 지금 양심에 걸려요. 오
빠가 교통 사고로 작년에 돌아 가셨거든요. 저는 어려운
사람들을 보면 도와주고 싶고 봉사하면서 살고 싶거든요.
여러분 생각은 어떠세요? 제 생각이 틀리면 박수치지 마세
요.

(31) 관객들, 박수를 쳐준다.

(32) 의사: 병원엔 언제 오셨나요?

(33) 여환자: 1997년 12월24일

(34) 의사: 그럼 병원 들어오기 전의 상황으로 가볼까요?[15] 병원 들
　　　 어오기 전에 어머니랑 만나는 상황으로 가시는 거예요. 어
　　　 머니께서 나와 주실 거예요.

(35) 의사의 지시에 따라 여, 여환자의 어머니 역할로 무대 위에 등
　　　 장한다.

(36) 여환자: 엄마—

(37) 여: (어머니 역할) 너 뭐 하고 있었어? 너 요즘 잠 잘 못 자잖아.

(38) 여환자: 약이 독해서 혀가 갈라졌어요. (혀를 내민다.)

(39) 여: (어머니 역할) 뭐 멀쩡하네. 약을 먹어야지 그래도. 그러니

---

15) 사이코드라마의 지도자인 의사의 지시에 따라 시·공의 자유로운 이동이 이루
　　어지고 있는 부분이다.

까 약을 안 먹으니까 잠도 안자고 너 약 안 먹었지? 몇 번
이나 안 먹었어?

(40) 여환자: 세 번.

(41) 여: (어머니 역할) 그러니까 니가 그렇지. 약 잘 먹으라니까 왜
안먹어? 엄마가 꼭 확인을 해야 해?

(42) 여환자: 아니요.

(43) 여: (어머니 역할) 너 아무래도 요즘 행동하는 게 이상하니까
엄마가 걱정이 되니까 병원에 좀 가보자.

(44) 의사, 무대 위에 의자 셋을 갖다 놓고 아까 보조자를 시켜 주겠
다고 약속했던 남환자 중 남환자 1을 의사 역할로 무대 위로
내보낸다.

(45) 의사: 담당 선생님이세요.

(46) 여: (어머니 역할, 여환자가 그냥 의자에 앉으려고 하자) 인사
하고 앉아야지 그냥 앉아?

(47) 여환자가 의사 역할자에게 인사를 하고 자리에 앉는다.

(48) 여: (어머니 역할) 얘가 엉뚱한 말만 하고, 약은 안 먹고 자꾸만
본인은 안 그런다고 하는데 이 말 했다 저 말 했다 하고.

(49) 남환자1: (의사 역할, 여환자에게) 본인이 생각하기에 지금 마
음이 어떠세요?

(50) 여환자: 지금은 괜찮아요.

(51) 남환자1: 집에서는 어떠세요?

(52) 여환자: 집에서는 약을 안 먹어요.

(53) 남환자1: (의사 역할) 왜 안 먹어요?

(54) 여환자: 약이 너무 독해서 입이 타고 혀가 갈라지고 그래요.

(55) 남환자1: (의사 역할) 약을 먹으면 재발이 20%가 되는데 약을
안 먹으면 재발이 80%가 된데요. 약을 꾸준히 먹어야지 그
러지 않으면 병원 또 들어오고 약 안 먹으면 병원에 또 들
어오고.

(56) 여: (어머니 역할) 봐, 약 안 먹으면 재발한데잖아. 선생님이. 근
데 선생님, 애가 자꾸 말도 안 되는 소릴 해요. 이 말 했다
저 말했다…….

(57) 남환자1: (의사 역할, 여환자에게) 친구들 있어요?

(58) 여환자: 없어요.

(59) 남환자1: (의사 역할) 외롭겠네요. 친구들이 없으면, 직장 다닐
생각은 안 했어요?

(60) 여: (어머니 역할) 탤런튼가 뭔가 하겠다고 제대로 된 직장 한
번 다닌 적 없잖아.

(61) 남환자1: (의사 역할) 직장이 문제가 아니고요. 약을 잘 챙겨
먹어야지 그렇지 않으면 재발되니까 본인이 생각할 때 약
을 안 먹으려고 맘먹고 있어요?

(62) 여환자: …….

(63) 남환자1: (의사 역할) 이건 죽을 때까지 먹어야 하기 때문에 아
무리 사회에서 그런다고 해도 사회에서 받아주지 않는다
고 해도 다시는 병원에 오지 않겠다, 그런 마음을 가지면

약을 꾸준히 먹어야 해요.

(64) 여환자: 예.

(65) 여: (어머니 역할) 애가 말만 이렇지 집에 가면 또 약을 안 먹고
　　　　다 나았다고 그러면서 이 말했다 저 말했다 하는데, 나는
　　　　무슨 말을 하는지 모르겠고 탤런트가 되겠다잖아요.

(66) 남환자1: (의사 역할) 탤런트가 되고 싶어요?

(67) 여환자: 네, 한 번 해 볼까요? (일어난다.)

(68) 남환자1: (의사 역할) 앉아서 해 보세요.

(69) 여환자: 엄마, 나-

(70) 여: (어머니 역할) 어휴- 몰라, 선생님, 이래도 되요? 맨날 이
　　　　러고 이 말했다 저 말 했다 무슨 말을 하는 지 하나도 모르
　　　　겠다니까요. 선생님, 그런 것도 병인가요?

(71) 남환자1: (의사 역할) 어머니는 딸을 너무 구박하지 마시고요.

(72) 관객들, 웃는다.

(73) 여: (어머니 역할) 자꾸만 이 말 했다 저 말 했다 하기 때문에.

(74) 남환자1: (의사 역할) 어머니, 먼저 가정환경이 문제이기 때문
　　　　에 어머니께서 자꾸 이러시면…….

(75) 여환자: 엄마, 아빠 맨날 싸워요.

(76) 남환자1: 맨날 싸우죠?

(77) 관객들, 웃는다.

(78) 여환자: 제가 노트를 천 원어치 달라고 하면 300원만 주고.

(79) 여: (어머니 역할) 아버지 돌아가신 지가 언젠데 아직도 그 말
     을 하고 그래.

(80) 남환자1: (의사 역할) 어쨌든 퇴원하면 약 잘 먹고 열심히 잘
     사세요.

(81) 의사: 됐어요. 들어오세요.

(82) 여와 남환자1이 무대 아래로 내려온다.

(83) 의사: (여환자에게) 병원에 가셔서 의사 선생님을 만나 보셨어
     요?

(84) 여환자: 예.

(85) 의사: 뭐라고 하시던가요?

(86) 여환자: 약을 잘 먹으라고.

(87) 의사: 돌아가신 오빠가 있다고 하셨나요?

(88) 여환자: 예.

(89) 의사: 오빠를 좀 한 번 만나 보실까요?[16]

(90) 의사, 남환자2에게 무언가를 지시

(91) 의사: (여환자에게) 돌아가신 오빠를 만나는 거예요.

---

16) 죽은 오빠를 만나볼 수 있는 이러한 설정자체는 우리 망자천도굿의 영실 부분
   에서 무당을 매개로 죽은 자와 산자가 만나는 설정 부분과 매우 유사하다.

(92) 남환자2가 무대 위에 등장

(93) 여환자: 오빠, 잘 있었어? 그동안 난 약 잘 먹고 잘 있었어.

(94) 남환자2: (오빠 역할) 괜찮았니? 많이 아파?

(95) 여환자: 아니.

(96) 남환자2: (오빠 역할, 가상의 먹을 것을 내놓으며) 오빠가 너
　　　　　주려고 먹을 거 사온 건데.

(97) 이때, 관객석에 있던 한 관객이 음료수를 무대위로 갖다 준다.
　　　이러한 관객의 갑작스런 참여에 참여자들 폭소를 터트린다.[17]
　　　(관객 개입 부분)

(98) 남환자2: (오빠 역할, 관객이 갖다 준 음료수를 여환자에게 내
　　　　　밀며) 내가 사온거야 내가.

(99) 여환자: 인자 보니까 오빠가 참 많이 여위었다. 결혼하고 나서
　　　　　더 그런 것 같다.

(100) 남환자2: (오빠 역할) 여위긴. 너 이거 먹고 건강하고 나는 내
　　　　　가 사랑하는 동생이 마음의 짐이 너무 많은 것 같아서 마
　　　　　음이 아파. 다른 건 필요 없고 니가 니 자신을 사랑하면 그
　　　　　러면 된다고 생각해.

(101) 여환자: 근데 내가 환자들하고 싸워 가지고 자꾸만 다른 환자
　　　　　들이 나한테 뭐라고 해.

---

17) 이러한 관객들의 적극적인 참여는 사이코드라마의 열린 구조를 단적으로 증명
　　하고 있는 적절한 예라 할 수 있다.

(102) **남환자2**: (오빠 역할) 싸우지 말아야지. 그리고 빨리 건강해져
서 시집가야지. 오빠 아는 친구들 소개시켜 줄까?

(103) 이때, 의사, 여환자2에게 지시해서 여환자와 싸운 환자를 무대
위에 등장시킨다. 의사는 이 사실을 여환자에게 주지시킨다.
무대 위에 등장하는 여환자2

(104) **여환자**: 언니, 언니 누구야? 언니가 날 발로 찼잖아. 왜 찼어?

(105) **여환자2**: 싫어서.

(106) **여환자**: 언니가 발로 내 발을 차서 내가 얼마나 아팠는데 왜
날 찼어?

(107) **여환자2**: 니가 예뻐서.

(108) **남환자2**: (오빠 역할) 따르릉 따르릉- (전화 받는 시늉을 하
며) 어- 여보세요? 자기야? 자기 내 아들 잘 있지? 미안해
알았어. 이따 밤에 봐.

(109) **여환자**: 밤에는 무슨 밤에 봐.

(110) **남환자2**: (오빠 역할) 오빠가 거래처에도 들려야 되고 바빠서.
병원 밥 잘 먹고 뭐 할 말 없어?

(111) **여환자**: 엄마 아프잖아. 내가 엄마 걱정이 돼서.

(112) **남환자2**: (오빠 역할) 걱정하지마. 내가 장남인데. 병원 생활
잘 하고 대인관계 잘 하고 오빠도 스물 세 살 때 조울증으
로 고생했거든.
(남환자2는 여환자의 오빠 역할을 하고 있는 중에 실제 자기 자
신의 이야기를 해 버림)

너는 모를 거야 너 학교 다니느라고. 조울증이란 거는 감
정 억제가 안돼서 갑자기 울다가 막 때려 부수는 거야.

(113) 여환자: 이젠 가.

(114) 남환자2: (오빠 역할) 갈게. 건강해져서 빨리 시집가야지. 집
에서 엄마랑 살림하는 걸 배우고 음식 하는 걸 배워야 신
랑한테 예쁨 받지.

(115) 여환자: 시집 안 간다니까.

(116) 남환자2: (오빠 역할) 그러면 안 돼. 오빠도 장가갔잖아.

(117) 여환자: 오빠는 나이가 서른 여덟이지만 난 인자 스물 셋인데.

(118) 남환자2: (오빠 역할) 스물 셋이야? 그래도 가야지.

(119) 여환자: 어떻게 스물 셋인데 시집을 가? 서른에 갈게. 서른에.

(120) 관객석 여환자: 언니 서른 살이잖아. **(관객 개입 부분)**

(121) 관객들, 웃는다.

(122) 여환자: 아— 옛날 이야기하는 거잖아.

(123) 남환자2: (오빠 역할) 난 아무 것도 바라지 않을 테니 그냥 한
명만 물어. 서태지를 물든가.

(124) 여환자: 서태지 싫어.

(125) 남환자2: (오빠 역할) 사람을 볼 때는 눈을 봐야 해. 눈이 또렷
한가 아닌가 그걸 봐야해.

(126) 여환자3, 무대 위로 등장 (연극과 실제 상황을 혼동한 듯)

(127) 여환자3: 나 눈 좀봐 **(관객 개입 부분)**

(128) 남환자2: (오빠 역할) 실례지만 누구세요?

(129) 여환자: 친구예요.

(130) 이야기가 자꾸만 중심에서 벗어나 엉뚱한 곳으로 흐르자 의사
　　　 남환자2에게 다가가 무언가 지시.

(131) 남환자2: (오빠 역할) 오빠 지금 빨리 가봐야 되거든 들어가.
　　　 오빠 갈게. (무대 아래로 내려온다.)

(132) 관객들, 박수를 쳐준다. 무대 위에 올라갔던 여환자3도 무대
　　　 아래 자기 자리로 가서 앉는다.

(133) 의사: (여환자에게) 네— 오빠를 만나셨죠? 그럼 잠시 눈을 한
　　　 번 감아 볼까요. 이번엔 아버지를 한 번 만나 볼까요? 눈을
　　　 뜨면 아버지를 만나실 수 있을 거예요.

(134) 의사, 여환자와 오빠와의 상면 장면에서 여환자의 심리를 제
　　　 대로 끌어 내지 못한 관계로 이번엔 여환자와 그녀의 죽은 아
　　　 버지와의 대화를 시도해 본다. 여환자의 아버지 역할을 맡은
　　　 남이 무대 위에 등장한다.

(135) 여환자: 아버지—

(136) 남: (아버지 역할) 어— 그래. 고생이 많지? 아버지가, 병원에
　　　 서 니가 고생하는 거 생각하면 아버지가 마음이 아프다.

어머니도 너 때문에 걱정이 많아. 아버진 항상 니 걱정뿐
이야.

(137) 여환자: 걱정 마세요. 병원에서도 잘해주고 나 괜찮아요. 오빠
도 오셨거든요.

(138) 남: (아버지 역할) 모두들 니 걱정이야. 약도 잘 먹고?

(139) 여환자: 네.

(140) 의사, 오빠를 만났을 때와 마찬가지로 아버지를 만난 여환자
가 이들과의 대화에서 어떤 내면 심리의 토로가 없이 그저 짧
은 대답 이상의 진전이 없자 의사, 남에게 다가가 무언가를 지
시한다.

(141) 남: (아버지 역할) 아빠 이만 가봐야 되니까 다음에 올 때까지
잘 있어라.

(142) 여환자: 악수 한 번 해야지. 안아주든가

(143) 남 그냥 무대 아래로 내려와 버린다.

(144) 의사: 미래의 자신의 모습을 한 번 그려 볼까요. 병원에서 퇴원
하고 얼마나 뒤로 가볼까요? **(이하 169까지 미래투사 기법)**

(145) 여환자: 3년 전.

(146) 의사: 아니, 미래로 한 번 가보시죠.

(147) 여환자: 제가 지금 뭘 하고 있느냐면요, 꿈이 이루어졌어요.

(148) 의사: 어떤 꿈이 이루어지셨어요?

(149) 여환자: 탤런트요.

(150) 의사: 탤런트 되는 꿈이 몇 년 뒤에?

(151) 여환자: 2000년대에.

(152) 의사: 2000년대에 유명한 탤런트가 되는 꿈이 이루어졌어요. 그래요. 그럼 2000년대로 한 번 가볼까요.

(153) 의사, 여와 남환자1에게 무언가를 지시하고 무대 위에 의자 세 개를 갖다 놓는다. 여와 남환자1 무대 위에 놓인 의자에 가서 나란히 앉는다.

(154) 의사: (여환자에게) 2000년대 유명한 토크쇼가 진행되거든요. 본인은 유명한 탤런트가 되셔서 토크쇼의 초대 손님이 된 거예요. 그럼 무대 뒤에서 멋지게 나오시는 거예요. (무대 뒤쪽을 가리키며) 저쪽에서 나오셔야지. 저쪽으로 가셔야 겠다.

(155) 의사의 지시에 따라 여환자, 무대 뒤쪽으로 가 있는다.

(156) 여: (토크쇼 진행자 역할) 오늘은 한창 인기 있는 인기 탤랜트 정선진씨를 모시고 얘기를 나눠 보도록 하겠습니다. (남환자1에게) 불러주시겠습니까?

(157) 남환자1: (토크쇼 진행자 역할) 정선진씨 나오셨습니까?

(158) 여환자가 무대 뒤에서 나와 인사를 하고 자리에 앉는다. 이때

관객들, 환호하며 박수를 쳐준다.

(159) 여: (토크쇼 진행자 역할) 요즘 한참 인기가 있다고 들었는데
     정선진씨는 자신의 인기비결이 어디 있다고 생각하십니까?

(160) 여환자: 제가요 저-

(161) 여: (토크쇼 진행자 역할) 정선진씨는 또 나름대로 어려움을
     겪으셨던 지난날의 역경이 있었다고 들었는데요.

(162) 여환자: 제가 어렸을 때요. 한 번은 쌀을 퍼 갖고요 거지에게
     쌀을 퍼 줬거든요.

(163) 여: (토크쇼 진행자 역할) 거지한테요?

(164) 여환자: 네. 그런데 엄마가 집에 와서 보고 화를 내시는 거예
     요. 쌀이 없는데 거지한테 퍼줬다고.

(165) 여: (토크쇼 진행자 역할) 혼 나셨어요? 그래도 착한 일 하신
     거예요.

(166) 여환자: 착한 일 한 건데 그래도 집에 쌀이 없는데 거지한테
     퍼줬다고 엄마가 화를 내셔서.

(167) 의사, 무대위로 가서 남환자1에게 무언가를 지시.

(168) 남환자1: 마지막으로 어려움을 겪고 있는 사람들에게 한 마디
     해 주세요.

(169) 여환자: 열심히 살고요. 다 먹고 살고 그냥 저냥 열심히 하면
     다 잘 살 거예요.

(170) 의사: 이상으로 심리극을 마치겠습니다.

(171) 참여자들 박수를 친다. 이때 무대와 객석 어두워지며 사이코
드라마가 끝났음을 알리는 음악이 흐른다. 음악이 끝나면 무대
와 객석이 밝아진다.

③ 정리 단계

(1) 남: (여환자1에게)저희 가게에서 뭘 사신다고 하셨죠?
(2) 여환자: 양심을 받고 싶다고.
(3) 남: 그 대신 저희 가게에 뭘 주시겠다고 하셨죠?
(4) 여환자1: …….
(5) 남: 그럼 다음 기회에 저희 가게에는 주시고요 (여환자에게 무
언가를 주는 동작을 하며) 선물 받으시고요. 오늘 정선진씨
심리극을 모셨는데요. 정선진씨께서 소감을 듣고 싶으신 분
이 있으면 지적해 주시기 바랍니다.

(6) 여환자가 지적도 하기 전에 여환자4 무대 위로 올라간다.

(7) 여환자4: 저는요. 소감을 노래로 불러 드릴게요. 어린 송아지가
큰솥 위에 앉아-로 시작하는 노래를 부른다.
(8) 남: 또 다른 분

(9) 여환자가 남자 환자3을 지적한다. 지적 받은 남환자3 무대 위로
올라간다

10) 남환자3: 저는 종신제로 약을 드신다니까 저도 그러려고 하거
든요. 장가 안 가고요. 약만 먹으려고 그러거든요. 스파클
이 일어나는 것 같네요.

(11) 남: (여환자에게) 다른 소감을 듣고 싶은 분 있으면 지적해 주
세요.

(12) 여환자가 남환자4를 지적한다. 무대 위로 올라오는 남환자4.

(13) 남환자4: 아무리 어렵고 힘들어도 앞으로 살 날이 더 많으니까
꿋꿋이 열심히 사세요.

(14) 참여자들, 남환자4의 조언에 동의의 박수를 쳐준다.

(15) 남: 다른 분 정선진씨에게 해 주시고 싶은 말이 있으신 분은
말씀을 좀 해 주세요.

(16) 남환자5: (무대 위로 올라가지 않고 자기 자리에서 선 채로) 오
늘 보니까 연예인이 되고 싶다고 하셨는데 연예인이 된다
고 하셨을 때 알맹이 없는 연기가 아니라 외적인 면에서
남한테 보이는 것이 아니라 내적으로 알맹이 있는 연기를
하셨으면 합니다. 예를 들어 텔런트가 되면은 텔런트가 된
다는 어떤 신념이 있어 가지고 어떤 목적이 신념화되었으
면 좋겠어요.

(17) 남: 심리극을 보시고 하실 말씀 있으신 분은 말씀해 주세요.

(18) 여환자5: (자리에서 일어서서) 네 저는 81병동에서 왔는데 오
늘 여기 처음 참석했거든요. 오늘 보니까 상대가 돼 가지
고 극을 하니까 그 드라마 속에서 얻는 것도 많고요. 이 많
고 많은 사람들 중에 무대에 나갔다는 게 복이라고 생각해
요. 모르고 지나가는 사람들도 많잖아요. 아픈 사람은 아픈
사람 마음을 안다고 다 같이 좋은 일만 있어 가지고 앞으
로 좋은 일만 있었으면 좋겠어요.

(19) 남: 그럼 심리극을 끝내면서 하나로 모았던 마음을 각자에게
돌리는 의미에서 노래를 부르고 끝내겠습니다.

(20) 여환자, 잊으려고 하는 사랑의 고통이라면-으로 시작하는 노
래를 부른다. 여환자의 노래가 끝나면 참여자들 박수를 친다.
이와 동시에 이 사이코드라마는 끝이 난다.

4. 사이코드라마 사례

① 〈준비 단계〉

(1) 연극이 시작되기 전에 환자와 참석자들 무대 위에서 춤을 추며
즐거워한다. 음악이 끝나면 남·여 무대 위에 등장해서 자리에
앉지 못하고 서 있는 환자들을 위해 실습학생들에게 자리를
양보해 줄 것을 부탁하는 등 자리 정돈을 한다.

(2) 여: 다 앉으셨어요? 일주일 동안 안녕하셨어요?

(3) 관객석: 안녕하세요!

(4) 남: 장기 자랑 준비하신 분 있으세요?

(5) 남환자: 저요 (무대 위로 올라간다.) 제가요. 전 노래에 일가견이
　　　있거든요. 어- 제 이름은 나훈아라고 합니다. 전 특별히
　　　출연료를 안 받고 여러분에게 무료로 노래를 불러드리겠
　　　습니다. 나훈아의 갈무리 박수-

(6) 관객들, 박수를 친다. 남환자, 이미 가버린 사랑인데 울기는 내
　　　가 왜 울러-로 시작하는 노래를 부른다. 노래가 끝난 후

(7) 남환자: 한 번만 더 부를게요.

(8) 남환자가 이른 아침에 잠에서 깨어-로 시작하는 노래를 음정.
　　　박자 모두 틀리게 부르자 관객들 웃는다

(9) 남: 그만 하시죠.

(10) 남환자: 시간이 없으니까 그만 하도록 하겠습니다. (무대 아래
　　　자기 자리로 가 앉는다.)

(11) 남과 여 무대 위에 등장.

(12) 남: 노래는 그만 하죠. 하시려고 마음먹은 분들은 다음 기회에
　　　하시고. 그러면 심리극 시작하기 전에 흩어져 있는 각자의
　　　마음을 하나로 모으기 위해 연가를 부르도록 하겠습니다.

하나 둘 시작—

(13) 참여자들, 박수를 치며 비바람이 치던—으로 시작하는 연가를
     부른다. 노래가 끝나면 무대와 객석 전체 어두워지며 사이코드
     라마의 시작을 알리는 음악이 흐른다. 음악이 끝나면서 무대
     밝아지면 남·여 무대 위에 등장.

(14) 여: 날씨가 따뜻해졌으니까 난로를 치워야겠어요.
(15) 남: 난로도 치우고 청소도 하고.

(16) 남·여, 청소하는 동작을 판토마임식으로 해 보인다.

(17) 남: 그럼 문을 열어 볼까요?

(18) 남·여 가게문을 여는 동작을 판토마임식으로 해 보인다.

(19) 남: 저희 가게 소개를 드릴게요. 저희 가게는 마음을 사고 마음
     을 파는 그런 가게입니다. 여러분들이 가지고 싶으셨던 사
     랑이나 우정, 행복 등을 저희 가게에서 가져가실 수 있고
     또 과거의 아름다웠거나 고통스러웠던 추억 속으로 가실
     수고 있고 미래에 여러분들이 되시고자 하는 그런 사람이
     되실 수도 있습니다. 대신에 저희 가게에 마음을 주서야
     하는데 고통이나 불안 불편한 마음 등을 주실 수 있습니다.
     망상이나 두려움을 주시든가, 그럼 오늘 저희 가게에서 물

건을 사실 분 있으시면 올라와 주세요.

(20) 남·여 환자 세 명이 무대 위로 올라간다.

(21) 남: 소개를 해 주시고.

(22) 남환자1: 저번에 오늘 시켜준다고 그랬는데요.

(23) 남: 그래요. 저희 가게에서 무얼 사시고 싶으십니까?

(24) 남환자1: 드리고 싶은 것은 정신병을 드리고 싶고요. 받고 싶은 것은 정상적인 삶입니다.

(25) 남: 다음 분은?

(26) 남환자2: 전 꿈을 드리겠고요. 사랑을 받고 싶어요.

(27) 남: 그 다음 분 말씀해 주세요.

(28) 여환자: 저는요. 자유 의지를 드리고 싶고요. 사랑을 받고 싶어요.

(29) 의사: 오늘은 지난번에 한 번 양보를 하셔서 오늘 하기로 하신 분이 하셔야겠네요. 지난번에 원래 저 분이 하셔야 하는데 여자 분에게 양보를 하셨거든요. 두 분께서는 오늘 선물만 받으시고 다음 기회에 하시도록 하죠. 오늘은 선물 받으시고.

(30) 남환자2, 여환자가 무대 뒤쪽 가상의 마술가게에 가서 여에게 선물을 받고 무대 아래로 내려간다.

② 〈연기(행동화) 단계〉

(1) 의사: 성함이 어떻게 되신다고 하셨죠?

(2) 남환자1: 김승철이요.

(3) 의사: 김승철씨, 저희 가게에서 어떤 것을 원하세요?

(4) 남환자1: 원하는 건 정상적인 삶이고요. 불안감. 두려움 같은 것
      이 없었으면 좋겠어요.

(5) 의사: 네- 이 의자 위에는 본인이 앉히고 싶으신 어느 분이나
      앉히실 수가 있거든요.

(6) 남환자1: 어머니를 앉히고 싶어요.

(7) 의사: 어머니요? 그럼 어머니가 의자 위에 앉아 있다고 생각하
      시고 한 번 말씀을 해보세요.

(8) 남환자1: (빈 의자를 바라보며) 어머니, 제가 자꾸 병원에 들어
      오고 못되게 군걸 죄송스럽게 생각합니다. 어머니 다시는
      그런 일을 안 할 테니까 어머니께서도 너그럽게 이해하시
      고 퇴원을- 퇴원을 시켜 주세요. 제가 학교 다닐 때는 어
      머니 혼자 돈 버시고 아버지는 술을 먹고 남동생도 학교
      다니고 여동생 학교 다니고 제가 고1때 신문배달 해서 어
      머니한테 돈도 안 갖다 주고 맨날 집 나가고 고등학교 1학
      년 때부터 담배 피기 시작해서 나이트장 가고 본드 불고
      술 먹고, 근데 저도 생각하기에는 그때부터 정신병이 약간
      있었던 것 같아요.

(9) 의사: 바꿔 보세요.

(10) 남환자1: (어머니 역할) 지금이라도 네가 그 깨달음을 알았으

니까 다행이다. 너도 성공한 사람이 될 수 있단 말이야. 니 아버지는 술 먹고 그래도 나하고 결혼해서 끝까지 살아 왔는데 니가 아버지를 용서하길 바란다. 지금은 니 아버지도 술을 안 먹지. 술을 안 하시지. 너도 어렸을 때부터 꼭 해내야겠다는 다짐을 하면 꼭 해내고 말았지. 승철아, 니가 고등학교 때 엄마가 리어카 끌면서 계란 팔러 다녀서 너 창피했지? 내 다 안다. 니가 군대 가서 군대에서 정신과 가고 면회 가고 또 제대해서 정신병원 가고 또 정신병원에 면회 가고 너도 정신 차릴 때가 됐으리라 믿는다. 정신 차려서 너도 결혼 생활도 하고 직장 생활도 해야지. 니 사촌들 봐라 H대학 나와서 D그룹 연구실에 있고 또 하나는 H일보 기자로 있으면서 결혼도 하고 지금 얼마나 잘 사냐? 너는 고등학교밖에 안나왔지만 그래도 너는 할 수 있어. 한 번 하겠다는 마음먹으면 그거 안될 거 같니? 니가 집 나가서 기다리고 그럴 때마다 나는 많이 울었단다. 지금 우리 집이 못살지만 너도 인제 사회생활 하면서 직장 다니면 그게 성공한 거란다. 이제부터라도 마음 굳게 먹고 퇴원해서 약 꼬박 꼬박 먹고 그래라.

(역할 바꾸기1, 어머니 역할)

(11) 의사: 본인의 입장이 돼서 대답해 보세요.

(12) 남환자1: 어머니, 죄송합니다. 이제부터라도 어머니한테 잘 해드릴게요. 퇴원해서 약 꼬박꼬박 먹고 어머니한테 맨날 짜증만 내고 이것저것 가릴 것 없이 집 안 다 때려부수고 여동생 병으로 날리고 아버지를 역도로 손 다치게 하고 어머

니 진짜 죄송합니다. 아버지한테도 미안하고 여동생, 남동
생한테도 다 미안하고.

(13) 의사: 병원에 들어오시기 전에 그런 일이 있었나요? 그럼 병원
에 들어오시기 전 집에서 있던 상황으로 한 번 가볼까요.
그때 집에 누구 누구 있었어요? 그 당시.

(14) 남환자: 학교 졸업하고 나서.

(15) 의사: 학교 졸업하고 나서 병원 바로 들어오기 전에. 그때 집에
누구 누구 있었어요?

(16) 남환자1: 여동생, 남동생.

(17) 의사: 어머님, 아버님은요?

(18) 남환자1: 집에 다 계시고요.

(19) 의사: (남과 여를 무대 위로 내보내며) 어머님, 아버님이에요.

(20) 여: (어머니 역할) 밥은 먹었어? 뭐 하고 있었어?

(21) 남환자1: 먹었어요. 그냥.

(22) 여: (어머니 역할) 먹었으니까 다행이다.

(23) 남: (아버지 역할) 이 녀석이 공부를 안 하더니 이젠 일도 안하
고 이렇게 삐딱하게 쳐다보는 것 좀 봐.

(24) 여: (어머니 역할) 애 말 좀 하게 내버려둬요. 할 말을 해야 될
거 아니에요.

(25) 남: (아버지 역할) 이 녀석이 아버지 말을 계속 들었어야지. 계
속 속이나 썩였잖아.

(26) 여: (어머니 역할) 아니, 아버지가 제대로 아버지 노릇을 해야
아버지 말을 듣죠. 당신은 그런 말 할 자격 없잖아요.

(27) 남환자1: 아버님, 어머님이 자꾸 그러니까 그렇죠.

(28) 의사: 아버지하고 한 번 바꿔 보세요.

(29) 남: (남환자1 역할) 아버님, 어머님이 자꾸 저한테 그러시니까
그렇죠. 저한테 자꾸 야단만 치시고 저한테 해 주신 게 뭐
가 있어요. 아버지가—

(30) **남환자1**: (아버지 역할) 난 너를 위해서 나는 뭐든 장사를 하면
서 너만을 위해서 나는 살아왔단다.
(역할 바꾸기2, 아버지 역할)

(31) **남환자1**: (남환자 역할) 저한테 도대체 뭘 해주셨어요?

(32) **남환자1**: (아버지 역할) 니가 그렇게 생각만 하니까 안되지. 니
자신을 돌이켜봐. 니가 받고 싶은 것 보다 남을 뭐 해주고
싶은가 그런 걸 생각해야지.
(역할 바꾸기3, 아버지 역할)

(33) 남: (남환자1 역할) 자꾸 저한테만 그러지 마시고요. 다른 형제
들보다 저한테 잘해 준 게 뭐가 있어요? 저한테 야단만 치
시고 그러니까 제가 화가 나서 자꾸 본드를 하잖아요.

(34) **남환자1**: (아버지 역할) 그래, 그건 미안하다.
(역할 바꾸기4, 아버지 역할)

(35) 의사, 무대 위로 올라가서 남에게 무언가를 지시한다.

(36) 여: (어머니 역할) 넌 그게 뭐 잘한 거라고 당신도 그래. 야단
그만 치고.

(37) 갑자기 남환자1 역할의 남이 무대 위에 있던 의자를 발로 세게

차 버린다.

(38) 남: (남환자1 역할) 아버지가 저한테 해준 게 뭐가 있어요.

(39) 관객들, 남의 과장된 연기에 웃는다.

(40) 여: (어머니 역할) 말려 좀 봐요. 너 왜 그러니? 화 난다고 이렇
게 부수고 그러면 되니? 무서워. 왜 그러냐? 어떻게 좀 해
봐요.

(41) 의사, 여환자에게 무언가를 지시, 여환자 무대 위에 등장한다.

(42) **여환자**: (여동생 역할) 오빠, 왜 그래. 왜 이러는 거야 침착해야
지. 엄마 오빠 어떻게 해.

(43) 의사의 지시를 받지 않은 남환자 무대 위에 등장
(관객 개입)

(44) **남환자**: 형 왜 그래?

(45) 남환자의 돌연한 연극 개입에 관객들 웃는다.

(46) **남환자1**: (아버지 역할) 집안이 이게 뭐야 집안이.
(역할 바꾸기5, 아버지 역할)

(47) 남: (남환자1 역할) 아버지 큰 소리 치지 마세요. 아버지가 뭐
      잘 한 일이 있다고 큰 소리 치시고 야단이세요.

(48) 여: (어머니 역할) 너 왜 이러니 왜?

(49) 남환자1: (아버지 역할) 너 때문에 니가 집에 들어 와서 집안이
      엉망이 됐잖아.

(50) 의사: 바꿔 보세요.

(51) 남: (아버지 역할, 언성을 높이며) 너 말이야 너 때문에 집안이
      엉망이 됐잖아 지금.

(역할 바꾸기6, 아버지 역할)

(52) 여: (어머니 역할) 왜 이래요.

(53) 남환자1: 죄송하게 생각하는데 아버지도 침착하게 말씀해 주
      세요.

(54) 남: (아버지 역할) 이제 이 자식이 아버지한테 막 말을 대꾸하
      고 훈계하네. 너 언제부터 이런 버릇 들었니?

(55) 여: (어머니 역할) 아, 그만 좀 해요.

(56) 여환자: (여동생 역할) 아버지- 오빠- 싸우지마. 왜 싸우려고
      해.

(57) 남: (아버지 역할)난 너 잘되라고 밤 새면서 돈 버는데 너는 뭐
      하는 거야?

(58) 남환자: (남동생 역할) 아버지, 우리 형한테 왜 이래요.

(59) 여: (어머니 역할) 당신 그만 좀 해요. 그만 좀 닥달해요. 당신
      이 자꾸 그러니까 이런 걸 자꾸 발로 차고 그러잖아요. 누
      구한테 배웠는데 이런 거를.

(60) 남: (아버지 역할) 누가 이 녀석을 이 따위로 버릇을 들였어. 너

언제부터 그랬어?

(61) 남환자1: 아— 아버진 잘 한 거 뭐가 있어요? 나하고 한판 해볼
　　 래요 진짜.

(62) 관객들, 웃는다. 남환자1이 아버지 역할의 남을 붙들고 싸우려
　　 하자 어머니 역할의 여와 여동생 역할의 여환자 남동생 역할
　　 의 남환자가 이들 사이를 떼어 놓는다.

(63) 남환자1: 아버지, 어머니하고 동생들 있는데서 너무 감정 높이
　　 지 마세요.
(64) 남: (아버지 역할) 이제 이 녀석이 아버지한테 막 대든다.
(65) 남환자1: 죄송해요.
(66) 남: (아버지 역할) 너 학교 다닐 때 말이야 응? 너 학교 다닐 때
　　 뭐 제대로 한 거 있어?
(67) 남환자1: 제가 학교 다닐 때 못한 게 뭐 있어요. 중학교 때 공
　　 부하고 그래서 20등 정도 하다가…….
(68) 남: (아버지 역할) 너 사촌들 봐라. 다 대학가고 그랬는데 넌 20
　　 등이 뭐야.
(69) 여: (어머니 역할) 왜 사촌들하고 비교하고 그래요.
(70) 남환자1: 머릿속에 안 들어오는데 어떻게 해요?
(71) 남: (아버지 역할) 니가 제대로 해봐. 열심히 해봐. 이 아버지야
　　 술 좀 마시고.
(72) 남환자1: 아버지는 뭐 중학교 졸업만 했으면서.
(73) 여: (어머니 역할) 아버지 때는 다 그랬지.

(74) 의사: 바꿔 보세요.

(75) 남: (남환자1 역할) 아버지는 중학교 졸업밖에 더 했습니까?

(76) 관객들, 웃는다.

(77) 여: (어머니 역할) 아버지 때 중학교 졸업하면 많이 한 거야. 넌
        왜 아버지 못 배운 거 가지고 그러냐?

(78) 남: (남환자1 역할) 아버지는 나한테 뭐 해준 것도 없고 자꾸
        술만 마시고 그러면서, 아버지는 맨날 술만 마시고 나면
        우리한테 행패를 부렸어요.

(79) 남환자1: (아버지 역할) 미안하다. **(역할 바꾸기7, 아버지 역할)**

(80) 남: (남환자1 역할) 아버지는 그러면서 뭐 저한테 하실 말씀 있
        으세요?

(81) 여: (어머니 역할) 그만해.

(82) 남: (남환자1 역할) 아버지가 아버지답게 해야지 술 마시고.

(83) 여: (어머니 역할) 아버지도 아버지답게 한 거 없지만······.

(84) 남환자1: (아버지 역할) 너희들 때문에 내가 술 먹은 거야.
            (역할 바꾸기8, 아버지 역할)

(85) 남: (남환자1 역할) 아버지가 술 먹고 싶어서 먹는 걸 왜 저희
        들 때문에 먹는다고 그러세요?

(86) 남환자1: (아버지 역할) 니들이 집안에서 자꾸 이러니까 내가
            술 안 먹게 됐어? **(역할 바꾸기9, 아버지 역할)**

(87) 의사: 바꿔 보세요.

(88) 남: (아버지 역할) 니들이 집안에서 자꾸 이렇게 하니까 아버지

가 술 안 먹게 됐냐?

(89) 여: (어머니 역할) 니가 잘못했다고 해.

(90) 남환자1: 잘못했습니다.

(91) 남: (아버지 역할) 술 안 마시면 못 살아. 니들 때문에 집안에
    들어오면 니들이 대들고.

(92) 여: (어머니 역할) 당신이 좀 잘 해봐요. 애들이 그러나.

(93) 남: (아버지 역할) 당신은 좀 가만 있어. 당신도 잘한 거 없어.

(94) 여: (어머니 역할) 당신이 제대로 아빠 노릇을 해봐요. 애들이
    이러나. 보고 배우니까 이러는 거지. 이런 거 화난다고 아
    무거나 집어 던지고 그런 거 누구한테 배웠겠어요.

(95) 남: (아버지 역할) 그럼 내가 먼저 그랬단 말이야?

(96) 여: (어머니 역할) 그럼 술 마시고 와서 먼저 행패 부린 게 누군
    데 그래요?

(97) 남: (아버지 역할) 나야 속이 상하니까 그렇지. 낸들 이러고 싶
    어서이래?

(98) 여: (어머니 역할) 애만 이렇게 몰아붙일 게 아니란 말이에요.

(99) 남: (아버지 역할) 이 녀석이 아버지한테 대들고 아버지 죽이려
    고 하고 세상에 어느 자식이 아버지한테 대들어서 아버질
    죽이려고 해. 아버지 때리려고 드는 자식이 어디 있어, 응?

(100) 남환자1: 지금이라도 정신 차려서 못난 자식이 아니라 잘된
    자식이 되겠어요.

(101) 남: (아버지 역할) 못 믿겠어. 언제 또 그럴지 몰라. 내 이러니
    술을 안 마실 수 있나.

(102) 의사: 어머님은 들어오시고 아버님은 자리에 앉으시고

(103) 의사의 지시에 따라 여는 무대 아래로 내려오고 남은 의자에
앉는다.

(104) 의사: 아버님이 갑자기 벙어리가 되셨어요 잠깐 동안, 본인이
애기를 해도 대꾸를 못하시고 벙어리가 되셨거든요. 본인
이 아버지한테 한 번 이야기를 해 보세요. 하고 싶은 이야
기를.

(105) 남환자1: 아버님, 저 때문에 말도 못하시고 아버님은 제가 술
을 먹건 본드를 불건 나이트를 가건 신경도 안 썼는데, 저
도 직장엘 다니려고 했는데 사회라는 게 약간 힘들어요.
말을 좀 해 보세요. 절 때려 주시든가, 지금부터라도 퇴원
해서 어떤 일이 있더라도 죽을 때까지, 나는 다른 병원에
있을 때부터 계속 마음을 먹고 있었어요. **여기 들어 올 때
는 답답해서 이 정신병원에 오자고 했는데 이렇게 사람
들이 보는 앞에서 애기를 하니까 마음이 확 터지는 것
같습니다.**(강조 필자)

(106) 의사: 아버님하고 입장을 한 번 바꿔 보세요. 본인이 앉으셔서
본인이 벙어리가 되시고.

(107) 의사, 남에게 다가가 무언가를 지시한다.

(108) 남: (남환자1 역할) 아버지한테 저는 많이 지쳤어요. 아버지가
지금까지 정말 뭐해 준 게 있다고 제가 뭘 하든지 간에 아

무 신경도 안 쓰셨잖아요. 다른 친구 아버지는 안 그래요.
얼마나 제 마음이 외로운지 아버지는 모르실 거예요. 외로
움이 지나쳐서 정말 화도 나고, 정말 아버지가 밉고 화도
나지만 제가 얼마나 화가 나는지 아버지는 잘 모르실 거예
요.

(109) 의사: 이젠 말씀하셔도 되요.

(110) 남환자1: (아버지 역할) 너도 사리분별을 할 수 있겠지만 남자
가 뭐 못하는 게 있냐? 힘을 내라!

(역할 바꾸기10, 아버지 역할)

(111) 남: (남환자1 역할) 그동안 저한테 너무 무심하셨고 저한테 해
주신 게 없잖아요. 그런데 이제 와서 잘 해 보라고요. 정말
자식한테 그렇게 무관심하시고 맨날 술만 마시고.

(112) 남환자1: (아버지 역할) 미안하다. 내가 술을 끊을 수는 없고
이제부터 내가 조금만 마시마.

(역할 바꾸기11, 아버지 역할)

(113) 의사: 바꿔 보세요.

(114) 남: (아버지 역할) 미안하다. 내가 술을 끊을 수는 없고 이제부
터 조금만 마시마.

(115) 여: (어머니 역할) 무슨 얘기를 그렇게 하고 있었어요?

(116) 남환자1: 아버지한테 죄송합니다 그 얘기를…….

(117) 여환자: (여동생 역할) 오빠, 이제 괜찮아? 이젠 안 싸우지?

(118) 여: (어머니 역할) 오랜만에 안 싸우고 말해봐. 너 말 너무 안
하니까 속병 생기는 거야. 당신은 뭐 할 말 없어요?

(119) 남: (아버지 역할) 이제 얘기를 좀 나눴으니까 속도 좀 풀리고.

(120) 의사: 들어 오세요. 언제로 한 번 가볼까요? 미래로 가볼까요
　　　 과거로 가볼까요? 현재 병원에 있는 상황으로 가볼까요?

(121) 남환자1: 과거로요.

(122) 의사: 과거 언제?

(123) 남환자1: 고등학교 2학년 때 친구들이 만나고 싶어요.

(124) 의사: 몇 명 정도?

(125) 남환자1: 네다섯 명 정도.

(126) 의사: 어디서 만나실래요?

(127) 남환자1: 학교 안이던가 정문 앞이던가.

(128) 의사, 남, 남1에게 무언가를 지시. 남환자 의사의 지시 없이 무
　　　 대 위로 올라간다. **(관객 개입)**

(129) 남: (친구 역할) 오랜만이다. 너 담배 아직도 피냐?

(130) 남환자1: 하루에 한 열 다섯 까치 정도. 야 우리 오랜만에 만
　　　 났는데 뭐 하고 놀까?

(131) 남환자: (친구 역할) 나이트 가자.

(132) 남환자1: 그거 좋지 그런데 너희들 여자 친구 없어?

(133) 남: (친구 역할) 나 없어.

(134) 남1: (친구 역할) 나도 없어.

(135) 남환자: (친구 역할) 여자 내가 책임질테니까 우리 미팅해 볼
　　　 까?

(136) 남환자1: 좋아.

(137) 의사, 무대 위로 올라와 남1에게 무언가를 지시.

(138) 남1: (친구 역할) 집에 가서 공부해야지.

(139) 남: (친구 역할) 그래 너 아버지한테 혼난다고 그랬잖아. 나도
　　　공부하러 가야 돼.

(140) 남환자1: 니들은 공부하고 싶으면 공부하러 가.

(141) 남환자: (친구 역할) 야, 오랜만에 만났는데 공부는 무슨. 넌
　　　공부가 재미 있냐?

(142) 남: (친구 역할) 난 자꾸 부모님이 공부 안 한다고 간섭하시고
　　　공부 안 하면 야단치시니까, 니들은 괜찮으냐?

(143) 남환자: (친구 역할) 우리 당구나 치러 갈까? 너 얼마나 쳐?

(144) 남환자1: 나 잘 못해. 한 50.

(145) 남환자: (친구 역할) 너는?

(146) 남: (친구 역할) 나도 50.

(147) 남환자: (친구 역할) 너는?

(148) 남1: (친구역할) 나도 50, 그러는 넌 얼마 치는데?

(149) 남환자: (친구 역할) 내가 제일 센데. 난 200치거든. 작년에 배
　　　웠잖아. 당구장에서 살았거든.

(150) 남: (친구 역할) 당구도 좋은데, 자꾸 스트레스도 쌓이고 그러
　　　는데 너 혹시 본드 해봤나?

(151) 남환자1: 나 안 해 봤어. 넌 해봤냐?

(152) 남1: (친구 역할) 나도 안 해 봤어. 부탁은 해봤는데.

(153) 남환자1: 사실은 다른 친구들하고 한 번 헤 본 적 있어.

(154) 남: (친구 역할) 그래 그럼 우리 본드나 한 번 해보고 나이트
　　　가자.

(155) 남환자: (친구 역할) 내가 가서 사올게.

(156) 남환자1: 아니, 본드는 장소가 마땅한 데가 없으니까 나중에
　　　　하기로 하고.

(157) 남환자: (친구 역할) 그럼 나이트나 락 카페 같은데 가자.

(158) 남: (친구 역할) 너 돈 있냐?

(159) 남환자: (친구 역할) 엄마한테 달라면 돼. 책 산다고 그러면
　　　　서…….

(160) 남: (친구 역할) 엄마가 확인 안하냐?

(161) 남환자: (친구 역할) 내가 공부해서 대학 간다고 그러면 주지.

(162) 남: (친구역할) 너는 부모님이 돈 좀 주셔?

(163) 남환자1: 차비는 주지.

(164) 남: (친구 역할) 너는 너한테 부모님이 관심이 있으시다면서
　　　　차비밖에 안주시냐?

(165) 남환자1: 너는 어떻고?

(166) 관객들 웃는다.

(167) 남환자1: 넌 그럼 얼마 있어. 자꾸 흐느적거리지 말고.

(168) 의사: 그럼 여기서 친구분들 하고 헤어지는 걸로 하고요. 두
　　　　분은 나오시고 (남1과 남환자 무대 아래로 내려간다.) 이
　　　　분은 본인한테 본드를 배우셔서 거기에 푹 빠져 가지고 병
　　　　원에 입원을 하셨거든요. 거기에 면회를 가는 상황이거든
　　　　요.

(169) 남환자1: 정신병원에요?

(170) 의사: 네.

(171) 남환자1: 제가 면회 가는 거예요?

(172) 의사: 예.

(173) 남(친구 역할), 맥이 빠진 모습으로 의자에 앉아 있다.

(174) 남환자1: 걸렸어? 쯧쯧쯧―

(175) 남: (친구 역할) 몸이 자꾸 힘이 빠지고, 본드 때문에 그렇데.

(176) 남환자1: 약 때문에 그런 거 아니야?

(177) 남: (친구 역할) 약은 무슨. 니가 본드 가르쳐 줘 가지고 이렇
　　　 게 된 건데.

(178) 남환자1: 내가 뭘 가르쳐 줬다고? 나는 너보다 더 불었는데
　　　 이렇게 멀쩡한데 너는 왜 그래?

(179) 남: (친구 역할) 누군 이러고 싶어서 이러냐? 니가 가르쳐줘서
　　　 이렇게 됐잖아.

(180) 남환자1: 웬만하면 불지 마. 본드 불 마땅한 장소도 없고, 사
　　　 람들 왔다 갔다 하고, 산에도 불만한데 없고 이젠 퇴원해
　　　 서 잘 살아야지.

(181) 남: (친구 역할) 넌 이제 본드 안 하냐?

(182) 남환자1: 난 이제 본드 안 해.

(183) 남: (친구 역할) 남들은 학교도 다니고 그러는데 나는 여기에
　　　 잡혀와 가지고 이렇게 되니까 날마다 아침에 같은 시간에
　　　 일어나야 하고 또 잘못하면 묶어놓고, 조그만 아이들도 놀
　　　 리고.

(184) 남환자1: 넌 본드 하면 안 되겠다. 몸이 허약한 거 같다.

(185) 남: (친구 역할) 많이 해서 그런 거 같은데.

(186) 남환자1: 많이 해서?

(187) 남: (친구 역할) 학교 가도 애들이 놀아 주지도 않을 거야. 정
 신병원에 갔다 왔다고.

(188) 남환자1: 너 여기 있다 학교를 가면 제대로 다니는 거냐?

(189) 남: (친구 역할) 늦어졌잖아.

(190) 남환자1: 그럼 1년 꿇은 거냐?

(191) 나: (친구 역할) 그래. 꿇은 거야.

(192) 남환자1: 이제 내 후배네.

(193) 남: (친구 역할) 후배들하고 공부하면 정신병원 갔다 왔다고
 사람 취급하지도 않을 거 아냐? 본드를 또 할 지 안 할지도
 모르겠고.

(194) 남환자1: 니가 결심을 해. 안 하겠다고.

(195) 남: (친구 역할) 얼마나 힘드는 데 니가 해왔으니까 알 거 아
 니야.

(196) 남환자1: 히로뽕 대마초는 한 번 맛들이면 안 되는데 본드는
 그렇게 심하지 않아. 본드는 자기가 이길 수가 있다고.

(197) 남: (친구 역할) 넌 많이 안 했으니까 그렇지. 이거하고 나면
 얼마나 하고 싶은데. 이제는 어떻게 할 수 없으니까 이러
 고 있는 거지.

(198) 남환자1: 너하고 있으니까 답답해서 미치겠다. 나, 가야겠다.

(200) 남: (친구 역할) 자식이 나한테 본드 가르쳐 주고 날 이 지경
 으로 만들어 놓고 이제 내팽개치는 거냐?

(201) 남환자1: 너하고 있으니까 답답해서 미치겠어.

(202) 의사: 네. 들어오시죠.

(203) 남(친구 역할), 무대 아래로 내려온다.

(204) 의사: 그럼 미래로 한 번 가볼까요? 몇 년 뒤로 가볼까요?
   (이하 261까지 미래투사 기법)

(205) 남환자1: 2년 뒤.

(206) 의사: 본인이 뭐 하시고 있을 거 같아요?

(207) 남환자1: 사회생활 하고 있을 거 같아요. 사회생활 아니면 집
     에 있을 거 같아요.

(208) 의사: 어떤 사회생활이요?

(209) 남환자1: 노동은 힘들어서 못할 거 같고 생산직 하고 있을 거
     같아요.

(210) 의사: 구체적으로 어떤 일이죠?

(211) 남환자1: 그냥 라인이 가다보면 손으로 조립하고 아니면 제가
     공고 전자과를 나왔으니까 전자제품 회사에 들어가든지
     직장이라는 게 참 힘들어요. 생산직은. 사무직은 안 해봐서
     잘 모르겠는데 생산직은 참 힘들어요.

(212) 의사: 직장 갔다 집으로 오는 걸로 한 번 해볼까요?

(213) 의사 지시에 따라 남·여 무대 위에 등장.

(214) 여: (어머니 역할) 요즘은 애가 회사 잘 다니는 거 보면 참 기

특해.

(215) 남: (아버지 역할) 약은 잘 먹어?

(216) 여: (어머니 역할) 약도 잘 먹고 회사도 잘 다니고 당신은 이
제 야단칠 거 없죠?

(217) 남환자1, 무대 뒤쪽에서 등장.

(218) 남환자1: 다녀왔습니다.

(219) 여: (어머니 역할) 어, 왔어. 배고프지. 고생했어.

(220) 남환자1: 고생은요.

(221) 여: (어머니 역할) 그래도 직장생활 하는 게 얼마나 힘든데, 잘
하고 있는 거 다 알아.

(222) 남: (아버지 역할) 밥 먹자.

(223) 여: (어머니 역할) 밥 차려 올게.

(224) 남환자: (남동생 역할) 형, 지금 퇴근하는 거야?

(225) 남환자1: 학교 갔다 왔니? 열심히 해라.

(226) 여: (어머니 역할) 너도 형처럼 열심히 해라.

(227) 남환자1: 직장 다니려면 참 힘들어요. 참고 하려니까……. 직
장다니면 버스 안에서 지하철 안에서 시달리면서 서서 가
야되고.

(228) 의사: 바꿔 보세요.

(229) 남: (남환자1 역할) 서서 가야 되고요. 힘들어요.

(230) 남환자1: (아버지 역할) 회사에서는 뭐라고 안해?
(역할 바꾸기12, 아버지 역할)

(231) 남: (남환자1 역할) 참고 일하니까 회사에서는 모르죠.

(232) 남환자1: (아버지 역할) 아무리 세상이 참고 일하라고 해도 힘
들면 쉬어야지. **(역할 바꾸기13, 아버지 역할)**

(233) 남: (남환자1 역할) 이제 겨우 생활에 적응해서 사회생활도 잘
지내는데.

(234) 여: (어머니 역할) 그래, 참고 일하는데 더 참고 일해야지. 너
또 몇 개월 하다 나오면 또 직장 들어가기도 힘든데. 참고
해.

(235) 남환자1: (아버지 역할) 넌 어때 참을 수 있어? 아니면 그만
둘 거야? **(역할 바꾸기14, 아버지 역할)**

(236) 남: (남환자1 역할) 참을 수 있어요.

(237) 여: (어머니 역할) 그래. 너도 남들처럼 떳떳하게 직장생활 해
야지.

(238) 남환자1: (아버지 역할) 너도 장가도 가고 남들처럼 떳떳하게
살아야지. **(역할 바꾸기15, 아버지 역할)**

(239) 남: (남환자1 역할) 힘은 드는데 아버지가 요즘은 잘해 주시니
까 노력해 볼게요.

(240) 남환자(남동생 역할)가 남환자1에게 무언가 귓속말을 한다.

(241) 여: (어머니 역할) 너 형한테 용돈 달라고 했지? 형이 무슨 돈
이 있다고? 형이 일해서 번 돈을 용돈으로 달라고 그래.

(242) 남환자: (남동생 역할) 어때 그게?

(243) 의사: 바꿔 보세요.

(244) 남: (아버지 역할) 당신은 밥 빨리 차려.

(245) 여: (어머니 역할) 다 차려 놨어요.

(246) 뒤로 가 둘러 앉는다.

(247) 여: (어머니 역할) 이거 맛있는 거 너 다 먹어라.

(248) 남: (아버지 역할) 열심히 하고.

(249) 남환자: (남동생 역할) 형, 나 여자 만나는 거 어때?

(250) 남환자1: 뭐 어때 여자 만나는 게, 아버지는 어떻게 생각하세
　　　 요?

(251) 남: (아버지 역할) 내 생각은 그래 아직은 좀.

(252) 의사: 네 들어오세요. 앞에 계신 분 한 열분 정도 나오실까요.
　　　 의자를 가운데 두고 한 번 둘러서 보시겠어요.

(253) 앞에 있는 환자와 참여자 아홉 명이 무대 위로 올라가 의자를
　　　 가운데 두고 둘러서서 손을 잡는다.

(254) 의사: 의자 안에 뭐가 있는 거 같아요?

(255) 남환자1: 의자 위에요?

(256) 의사: 네.

(257) 남환자1: 축구공이요.

(258) 의사: 그 축구공을 어떻게 하시고 싶으세요? 그 안에 들어 가
　　　 셔서 그 축구공으로 하고 싶은 대로 해 보세요. 축구공을
　　　 어떻게 하실 건가요?

(259) 남환자1: 축구공을…… 국가 대표 선수들한테…… 월드컵에
　　　 나가고…….

(260) 의사: 환자분들 나오시고 (의자를 둘러 서 있던 환자와 참여
　　　 자들 무대 아래로 내려온다.) 자리에 앉으세요.

(261) 사이코드라마가 끝났음을 알리는 음악이 흐른다. 음악이 끝남
　　　 과 동시에 무대 밝아지며 남과 여 무대 위로 등장한다.

③ 〈정리단계〉

(1) 여: 아까 저희 가게에서 뭘 받고 싶다고 하셨죠?
(2) 남환자1: 정신병을 드리고 정상적인 생활을 받고 싶다고 그랬는
　　　 데요.
(3) 남: 자, 선물을 받으시고
　　　 (판토마임식으로 남환자1에게 선물을 주는 동작을 한다.)

(4) 참여자들, 박수를 쳐준다.

(5) 남: 심리극을 보시고 느끼신 점이나 해주실 말씀이 있으신 분은
　　　 말씀해 주세요.

(6) 남환자2 무대 위로 올라간다.

(7) 남환자2: 밖에 나가셔도 생산직을 하든 뭘 하든, 하고 싶은 일

잘 하셨으면 좋겠습니다.

(8) 참여자들 박수를 쳐준다.

(9) 여환자2: 제가 생산직을 해 봤어요. 나중에 퇴원하시더라도 좋
　　　　　은 직장 잘 구하셔서 사람들하고 친하게 지내셨으면 좋겠
　　　　　어요.

(10) 참여자들 박수를 쳐준다.

(11) 여환자3: 항상 위축되지 말고 항상 자유롭게 마음을 넉넉하게
　　　　　여유롭게 사시면 자기에게 유익이 되니까 조그만 생각으
　　　　　로 속박되지 말고 자유롭게 사셨으면 좋겠습니다.

(12) 참여자들 박수를 쳐준다.

(13) 남: 심리극을 보시고 소감을 얘기하시고 싶으신 분이 있으면
　　　　자유롭게 말씀해 주시기 바랍니다.
(14) 여관객: (일어서서 울먹이며) 환자분들을 보니까 눈물이 나와
　　　　　서. 제가 2년 전에 이 병원에서 퇴원을 했거든요. 의사분들
　　　　　이나 간호사분들 모두 환자분들이 자기 가족이라고 생각
　　　　　하시고 잘해 주셨으면 좋겠습니다.
(15) 남: 또 다른 분 계십니까?
(16) 남환자3: 친구가 병에 걸려 가지고 있는데 그냥 가버리고, 아

까 밥 먹을 때도 주는 대로 다 받아먹고, 앞으로 인정을 많이 베풀었으면 좋겠습니다.

(17) 참여자들 박수를 쳐준다.

(18) 남: 그럼 하나로 모았던 마음을 각자의 마음으로 돌리는 의미에서 노래 하나 불러 주시죠.

(19) 남환자1, 나 사는 동안에 할 일이 하나 있지-로 시작하는 노래를 부르면 참여자들 박수를 치며 이 노래를 함께 부른다. 노래가 끝남과 동시에 이 사이코드라마는 모두 끝이 난다.

5. 사이코드라마 사례

① 〈준비 단계〉

(1) 이 날은 전과 달리 많은 실습 의대생들이 객석에 자리를 잡고 있었으며 그동안 연극을 이끌었던 남자 의사 대신 여자 의사가 이 사이코드라마의 지도자로 참가했다. 그리고 그동안 이 연극의 주 역할 배우였던 여 대신에 다른 여가 연극을 이끌었다. 그밖에 또 다른 여와 남 등 모두 네 명이 이 연극의 역할 배우로 참여하며 이 사이코드라마를 이끌어 나갔다. 이 날 역시 사이코드라마를 시작하기 전에 많은 환자와 연극의 참여자들이 음악에 맞춰 무대 위에서 춤을 추고 있었다. 음악이 끝나

자 무대 위에 남과 여가 등장한다.

(2) 남: 한 주 동안 잘 지내셨습니까?

(3) 여: 심리극을 시작하기 전에 장기자랑 준비한 사람 있습니까?

(4) 남환자: (손을 들며) 저요! (무대 위로 올라간다.)

(5) 남: 노래 하실 건가요?

(6) 남환자: 노래 같은 건 안 해요. 전 얘기를 하려고 합니다. 저―
　　　　일본에 말입니다. 큰 연못이 한 개 있었는데 거기에 지게
　　　　가 두개 있었걸랑요, 하나는 뭐냐면 좆 빠지게라고 하고
　　　　하나는……．

(7) 관객석 여환자: 음담패설 하려면 그만둬라!

(8) 관객석: 그만둬! 그만둬!

(9) 남: (뒤돌아 여의사의 눈치를 보며) 그만둘까요?

(10) 의사: 관객들이 원하지 않는 것 같으니까 나중에 다른 걸 준비
　　　　해서 하시죠.

(11) 남환자 멋쩍은 듯 무대 아래로 내려간다.

(12) 남: 그럼 가게 문을 열어 볼까요?

(13) 여: 그러죠.

(14) 남과 여 판토마임식의 문 여는 동작을 하는데 전과 다르게 문
　　　　을 옆으로 여는 동작이 아니라 아래에서부터 위로 밀어 올리
　　　　는 식의 동작을 한다.

(15) 남: 오늘 저희 가게 문 여는 방식이 좀 틀려졌지요.

(16) 여: 네 저희 가게가 좀 새롭게 변했습니다. 가게문도 열고 했으
니 저희 가게 소개를 드려야지요.

(17) 남: 저희 가게는 마술 가게입니다. 저희 가게에서는 여러분들
의 마음을 팔고 마음을 사실 수 있습니다. 저희 가게에서
는 여러분들이 원하는 사랑이나 행복, 우정 등을 사실 수
도 있고 여러분들이 미래에 되시고자 하는 것들 혹은 여러
분들의 과거의 아름다운 추억이나 고통스러웠던 추억 속
으로 돌아가실 수도 있습니다. 그 대신 여러분들은 저희
가게에 마음을 주셔야 하는데요. 여러분들의 고통스러운
마음이나 두려움, 공포, 망상이나 환청 등 무엇이든 여러분
들이 주시고 싶은 것들이 있으면 주시면 됩니다. 그럼 저
희 가게에 여러분의 마음을 팔고 싶으신 분들이 있으시면
무대 위로 올라와 주시기 바랍니다.

(18) 남환자 두 명 여환자 세 명 도합 다섯 명의 환자가 무대 위로
올라간다.

(19) 남: (첫번째 남환자에게) 저희 가게에 무엇을 팔고 싶으십니까?

(20) 남환자1: 전 가족간의 불화를 팔고 싶습니다.

(21) 남: 그 대신 서희 가게에서 무엇을 사시고 싶으시죠?

(22) 남환자1: 가족간의 사랑을 사고 싶습니다.

(23) 남: 다음 분은 저희 가게에서 무엇을 사시고 무엇을 팔고 싶으

십니까?

(24) 여환자1: 전 엄마도 보고 싶고 아버지, 언니 오빠들하고 사이
       가 좋지 않은데 그걸 주고 가족간의 화목함을 사고 싶어요.

(25) 남: 다음 분은?

(26) 여환자2: 전 제 비정상적인 생활을 드리고 사랑을 받고 싶습니
       다.

(27) 남: 다음 분은?

(28) 여환자3: 전 가족 때문에 생긴 제 고통을 드리고 싶고요. 그 대
       신 마음의 평화를 얻고 싶습니다.

(29) 남: 다음 분은?

(30) 남환자2: 전 기분이 나쁘면 마구 때려 부수는데 그런 생활들을
       주고 정상적인 생활을 받고 싶습니다.

(31) 의사: 네— 오늘은 세 분이 가족간 사랑에 대한 얘기를 해 주셨
       는데요. 그럼 오늘은 다른 분들이 좀 양보를 하시고 세 분
       이 함께 가족 문제에 대한 얘기를 꾸면 보면 어떨까요?

(32) 여환자2, 남환자2 무대 아래로 내려가려 하자

(33) 의사: 선물 받으셔야죠.

(34) 의사의 말에 따라 여환자2, 남환자2 무대 뒤 가상의 가게로 가
       서 남과 여에게 가상의 선물을 받는 동작을 한다. 남환자1, 여
       환자1, 여환자3, 무언가 자기들끼리 이야기를 주고 받는다.

(35) 남환자1: 같이 하기는 힘들 거 같고 오늘은 이세희씨가 너무
　　　　 하고 싶다니까 저희들이 양보를 하려고 하거든요.

(36) 의사: 그럼 오늘은 이세희씨 혼자 하는 걸로 하도록 하죠. 네
　　　　 그러면 두 분은 선물을 받으시고 다음 기회에 하실 수 있
　　　　 는 기회를 드리도록 하죠.

(37) 남환자1, 여환자3 무대 뒤 가상의 무대로 가 남과 여에게 선물
　　　　 을 받는다.

② 〈연기(행동화) 단계〉

(1) 의사: 이세희씨, 심리극을 시작하기 전에 관객들에게 하고 싶은
　　　　 애기가 있으시면 하시죠. 어떤 내용으로 심리극을 하실 건
　　　　 지 말씀하셔도 좋고.

(2) 여환자1: 전 엄마가 보고 싶어요. 엄마는 제가 여기 있을 때 암
　　　　 으로 돌아 가셨거든요. 엄마가 죽었다고 해서 집에 갔는데
　　　　 관속에 뉘여 놓고 보여 주지도 않고 전 그 관 뚜껑을 열어
　　　　 제치고 엄마를 보고 싶었어요. 엄마가 죽고 나니까 아버지
　　　　 와 오빠들이 막 싸우고.

(3) 의사: 어머니가 돌아가신 게 언제죠?

(4) 여환자1: 2년 전이요.

(5) 의사: 어머니가 돌아 가셨을 때 여기 계셨다고요? 그럼 임종을
　　　　 지키지 못하셨겠네요?

(6) 여환자1: 네.

(7) 의사: 그럼 2년 전으로 돌아가셔서 어머니가 돌아가시기 바로
    직전에 어머니를 한 번 만나 보시는 걸로 합시다.

(8) 의사, 여에게 무언가를 지시하면 여 무대 뒤 의자에 가서 앉는
    다.

(9) 의사: 어머니예요. 어머니가 위급하다는 소식을 전해 듣고 병원
    에서 집으로 가신 거예요. 그럼 어머니를 한 번 만나 보세
    요. 이세희씨, 이 무대 아래를 세 번 돌면 집에 도착하는
    겁니다.

(10) 의사의 지시에 따라 여환자1 무대 아래를 세 번 돈다.

(11) **여환자1**: 됐나요?
(12) 의사: 네. 어머니를 만나보세요.

(13) 여환자1, 의자에 누워 있는 여에게 다가가 흔들며

(14) **여환자1**: 엄마, 엄마! 내가 왔는데 죽으면 어떻게 해?(흐느끼며)
    엄마! 엄마!
(15) 의사: 이세희씨, 아직 어머니께서 돌아가신 건 아니고 돌아가
    시기 직전에 집에 와서 어머니를 만나 보시는 겁니다.
(16) 여: (어머니 역할) 세희야, 엄마가 너를 얼마나 기다렸는데.
(17) **여환자1**: 엄마, 어떻게 된 거야? 엄마가 이렇게 될 때까지 아빠

는 뭐 하고 언니, 오빠들은 대체 뭘 했냐는 말이야?

(18) 여: (어머니 역할) 세희야, 엄만 괜찮아 난 니가 걱정이 돼서, 니가 몸도 성치 않는데 엄마가 먼저 죽으면 어떻게 하지?

(19) 여환자1: 엄마, 엄마 죽으면 안 돼.

(20) 여: (어머니 역할) 세희야, 미안하다. 이제 더 이상 버틸 힘이 없구나.

(21) 의사: 바꿔 보세요.

(22) 여환자가 여 대신에 어머니 역할을 하기 위해 의자에 앉는다.

(23) 여: (여환자1 역할) 엄마, 엄마, 죽으면 안 돼!

(24) 여환자1: (어머니 역할, 흐느껴 울며) 세희야, 내 딸 세희야 내가 아픈 널 두고 어떻게 죽을지, 나 죽으면 누가 돌봐 줄지 세희야, 세희야 내 딸 세희야.

(이 부분 대사에서 필자는 안경을 벗고 눈물을 닦아야만 했다. 여환자1은 무언가 맺힌 것이 많은 듯 어머니 역할을 맡자마자 너무도 실감나게 자신의 서러운 감정을 한껏 분출하고 있었다.)

(역할 바꾸기1, 어머니 역할)

(25) 여: (여환자1 역할) 엄마! 엄마가 이렇게 될 때까지 아빠는 대체 뭘 하시고 언니 오빠는 대체 뭘 한 거야?

(26) 여환자1: (어머니 역할) 세희야, 아빠나 언니 오빠를 미워하지 말아라. 엄마가 죽으면 아빠하고 언니 오빠하고 그렇게 살아야 할텐데.

(27) 의사, 남1, 남2와 여2에게 무언가를 지시, 이들 무대 위로 나온
다.

(28) 의사: 아빠하고 언니하고 오빱니다. 어머니는 이제 돌아가셔서
관속에 눕혀져 저 뒤에 모셔 놓았다고 생각하시고, 어머니
는 일어 나셔서 뒤쪽으로 가 주시고요.

(29) 의사의 지시에 따라 어머니 역할을 하던 여, 의자에서 일어나
가상의 가게로 쓰던 나무 대 뒤로 가 앉는다.

(30) 의사: 어머니가 돌아가신 날 가족들끼리 많이 싸웠다고 하셨는
데 그때 가족들하고 어떤 일 때문에 그러셨는지 그 때 상
황으로 한 번 가 볼까요. 가족 중에 누굴 제일 만나보고 싶
으세요?

(31) 여환자1: 언니요.

(32) 의사: (여2에게 무언가를 지시) 이 분이 언닙니다. 말씀을 나눠
보시죠.

(33) 여환자1: 언니가 엄마한테 어떻게 그럴 수가 있어. 엄마가 언
니한테 얼마나 잘 했는데.

(34) 여2: (언니 역할) 나도 할 만큼은 다 했어.

(35) 여환자1: 할만큼은 다했다고? 엄마 아프다는데 병원 한 번 안
데려가고 맨날 나무껍질이나 한약 같은 거나 먹이고

(36) 의사: 바꿔 보세요.

(37) 여2: (여환자1 역할): 맨날 나무껍질이나 한약 같은 거나 먹이
고.

(38) 여환자1: (언니 역할) 그건 엄마가 원해서 그런 거야. 병원 가
기 싫다고 한 것도 엄마고 나무뿌리 같은 것만 먹은 것도
엄마라고, 니가 엄마하고 한번 같이 있어봐. 맨날 술 먹고.
닭 목을 칼로 찌르고 끔찍해. **(역할 바꾸기2, 언니 역할)**

(39) 여2: (여환자1 역할) 그래도 엄마는 언니한테 잘했어.

(40) 여환자1: (언니 역할) 그건 나도 알아. 하지만 엄마가 우리 친
엄마가 아니라는 걸 안 순간 난 엄마가 미워서 견딜 수가
없었어. 그래. 난 국민학교 때까지도 엄마가 우리 친엄마인
줄 알았어. 근데 국민학교 6학년 때 우리 진짜 외할머니가
나한테 그러셨어. 니 친엄마는 따로 있다. 지금 엄마는 니
친 엄마가 아니다. 니 친엄마는 널 낳다가 임신 중독증으
로 죽었다고. **(역할 바꾸기3, 언니 역할)**

(41) 여2: (여환자1 역할) 어쨌든 엄마는 언니한테 잘했어. 엄마가
술 먹고 그런 건 사실이지만 그것도 언니가 엄마한테 너무
못되게 그래서 그랬던 거야.

(42) 여환자1: (언니 역할) 나도 알아, 아빠가 맨날 다른 여자들 만
나고 다니고 닭 목 찔러 죽인 건 시골에서 원래 닭 그렇게
잡았으니까. 그래도 난 끔찍하고 싫었어.
(역할 바꾸기4, 언니 역할)

(43) 의사: 바꿔 보세요

(44) 여환자1: 엄마는 언니한테 할만큼은 다했어. 언니가 그렇게 못
되게 굴었어도 언니한테 끝까지 잘해주고 시집도 보내주

고. 난 언니가 부럽고 그리고 미웠어.

(45) 여2: (언니 역할) 너도 시집가서 잘 살면 되잖아.

(46) 여환자1: 시집가서 잘 살면 된다고 벌써 병원에 들어 온 게 여
덟번째야. 그래 나만 문제지. 언니 오빠들은 다 대학 나왔
는데 나만 고등학교도 못 졸업하고. 나도 고등학교는 졸업
할 수 있었는데……

(47) 의사: 다른 가족들과도 말씀을 나눠 보세요.

(48) 여환자1: 아빠, 엄마가 저렇게 될 동안 아빠는 대체 뭘 하신 거
예요? 맨날 이상한 나무뿌리나 갖다 엄마 먹이고.

(49) 남: (아버지 역할) 그건 니 엄마 병을 고칠 약이 없다기에 니 엄
마 부탁으로 그런 거야.

(50) 여환자1: 위선자! 학교가선 학생들한테 선생님처럼 고상한 척
그렇게 행동하셨겠죠. 엄마는 아파서 다 죽어가는데 맨날
딴 여자들하고 히히덕 거리면서. 언니 오빠는 몰라 내가
얼마나 괴로웠는지. 언니 오빠는 국민학교 때부터 서울에
서 학교를 다녔으니까.

(51) 남: (아버지 역할)난 너도 서울로 학교를 보내려고 했다. 싫다
고 한 건 너였어.

(52) 여환자1: 그래 싫다고 한 건 나였어. 그래서 나도 술 먹고 담배
피고 다한 거야. 언니, 오빠들은 서울서 대학 나오고 직장
다니고 시집 장가가서 잘 사는데 나만 고등학교도 못 나오
고. 아빠는 딴 년들하고 놀아나고 흐흐흑— 엄마, 그래서
엄마 죽고 소주에 약 먹었는데 왜 날 또 이곳에 데려온 거
야 왜?

(53) 의사: 다른 분들 나오시고 아버지하고만 대화를 해 보세요.

(54) 여환자1: 엄마 돌아가시고 이 년 저 년 데리고 와서 내 옆방에
서 미친 짓을 하면서 나보고 밥상을 차려 오라고. 그러면
용돈으로 50만원씩을 주겠다고? 내가 미쳤어?

(55) 의사: 바꿔 보세요.

(56) 여환자1: (아버지 역할) 내가 그년들을 좋다고 그런 게 아니라
자꾸 그년들이 아빠한테 전화하고 찾아오고 그런 거 아니
니? **(역할 바꾸기5, 아버지 역할)**

(57) 남: (여환자1 역할) 내가 그년들 종이야? 나보고 그년들 밥 차
려주라고 그러게. 소주에 약 타 먹었을 때 그냥 죽으라고
놔두지 왜 날 살려놨어 왜?

(58) 여환자1: (아버지 역할) 니 엄마 죽고 니가 소주에 약 타먹고
쓰러져서 이 아빠가 얼마나 걱정했는 줄 아니, 세희야 이
젠 너도 스물 넷이야. 지금처럼 맨날 병원에서만 지낼 수
없지 않니, 너도 어서 건강해져서 좋은 사람 만나서 결혼
도 하고 그래야지. **(역할 바꾸기6, 아버지 역할)**

(59) 남: (여환자1 역할) 내가 짐이 되니까 그러는 거지. 그리고 맨날
병원에서 사는 사람하고 누가 결혼 같은 걸 하겠어?

(60) 여환자1: (아버지 역할) 세희야 그렇지 않아. 넌 건강해질 수
있단다.

(61) 여환자1: 아니, 자신 없어요. 내가 이 병원에 여덟 번째 입원한
건데 맨날 들어 와도 모두 다 아는 사람들 뿐이야.

(62) 의사: 아버님 들어오시고 (여와 남2에게 무언가를 지시) 여기
두 분은 이세희씨 분신이에요. 이세희씨 혼자서 하시고 싶

은 말씀을 하셔도 좋고 자신의 분신들인 이 두 분과 얘기
를 하셔도 좋고 자유롭게 말씀해 보세요.

(63) 여환자1: 엄마, 난 무섭고 두려워. 그래서 엄마가 죽었을 때 나
도 죽으려고 소주에 약을 타 먹은 건데. 이젠 엄마가 없으
니까 내가 밥을 안 먹어도 엄마처럼 칼로 찌른다고 위협하
는 사람도 없고. 잠을 안 자도 자라고 잔소리하는 사람도
없고, 엄마 난 무섭고 두려워. 엄마가 죽고 나니까 난 이제
혼자야. 아빠는 아빠대로 오빠는 오빠대로 언니는 언니대
로 잘 사는데 나만 병원에서…….

(64) 여: (여환자1의 분신 역할) 세희야, 그렇지 않아. 너도 건강해질
수 있어. 너도 건강해져서 언니나 오빠처럼 그렇게 잘 살
수 있을 거야. **(이중자아 기법1)**

(65) 여환자1: 아니, 자신 없어. 난 고등학교도 못 나오고 맨날 병원
에 들어오는 골칫덩이야. 가족들도 모두 나를 귀찮아하고
있단 말이야.

(66) 남: (여환자1의 분신 역할) 아니, 그렇지 않아. 아빠나 오빠가
너 때문에 얼마나 걱정을 많이 하고 계시는데. 엄마처럼
밥 안 먹는다고 칼로 찌른다고 그렇게 하지는 않지만 맨날
내 걱정들뿐이잖아. **(이중자아 기법2)**

(67) 여환자1: 아니, 나만 없어지면 모두 다 잘 살 거야. 나 때문에
모 두 창피해 하고 귀찮아하고 있단 말야.

(68) 여: (여환자1의 분신) 세희야, 그렇지 않아. 너도 잘 알잖아. 가
족들이 너한테 얼마나 잘 하려고 했는지.
(이중자아 기법3)

(69) 여환자1 : 나도 알아. 아빠가 나 때문에 학교 그만두려고 했던
      것도, 언니, 오빠가 도와주겠다고 나보고 공부 다시 하라고
      그런 것도, 하지만 난 무서워. 내가 병원에서 나가면 아빠
      하고 살아야할텐데 아빠가 언제까지나 나하고 살 수는 없
      잖아. 아빠도 다시 결혼해야할 거고 그렇다고 내가 결혼한
      오빠, 언니하고 살 수도 없고. 난 혼자 살아갈 자신이 없어.

(70) 여 : (여환자1의 분신) 누구든 사람은 혼자서 살아가야 해. 그리
      고 너도 언니 오빠처럼 결혼해서 그렇게 살면 되잖아.
      (이중자아 기법4)

(71) 여환자1 : 누가 나 같은 사람하고 결혼을 해 주겠어.

(72) 남 : (여환자1의 분신) 아니, 누군가 널 정말 좋아해 줄 수 있는
      사람이 있을지도 몰라. **(이중자아 기법5)**

(73) 여 : (여환자1의 분신) 세희야, 용기를 가져. **(이중자아 기법6)**

(74) 여환자1 : 용기, 나도 용기를 가지고 싶어. 하지만 내가 퇴원하
      면 가족들이 엄마도 없는데 나하고 같이 살려고 그럴까?

(75) 의사 : 네, 두 분은 들어가 주시고. 이세희 씨, 병원에서 퇴원하
      시면 가족과 함께 생활하실 텐데. 그 상황으로 한 번 가보
      실까요? 퇴원 후의 상황입니다. 집에는 누구 누구 있지요?
      (이하91까지 미래투사 기법)

(76) 여환자1 : 아빠.

(77) 의사 : 그리고?

(78) 여환자1 : 오빠, 새언니, 조카들.

(79) 의사 : 언니는요?

(80) 여환자1 : 언니는 시집가서 집에서 같이 안 살아요.

(81) 의사, 남과 남1에게 무언가를 지시, 무대 위에 등장하는 남과
여.

(82) 남: (아버지 역할) 세희야, 병원에서 얼마나 고생이 많았니?

(83) 여환자1: 아니, 난 괜찮아요. 난 괜찮으니까 아빠 다른 여자하
고 결혼해도 돼.

(84) 남: (아버지 역할) 세희야, 미안하다. 너한테 정말 미안하다. 아
빠 너만 있으면 된단다. 여자들이 우리 집에 자꾸 오고 전
화하고 그랬던 건 아빠가 그러려고 그랬던 게 아니니까 네
가 이해를 해 줬으면 한다. 세희야, 아빤 다른 여자들 다
필요 없어. 너만 건강해진다면 아빤 더 이상 바랄게 없단
다. 세희야, 이제부터 아빠가 정말 잘할게. 그동안 아빠가
너한테 잘못했던 거 모두 용서해 주기 바란다.

(85) 여환자1: (흐느끼며) 아빠!

(86) 의사: 오빠도 한 번 만나보시죠.

(87) 여환자1: 오빠!

(88) 남1: (오빠 역할) 세희야, 오빠가 그동안 너한테 너무 무심했던
것 같다. 우리 서로 노력해 보자.

(89) 여환자1: 고마워. 난 오빠가 날 싫어하는 줄 알았어. 새언니한
테도 날 창피해 하는 것 같았고.

(90) 남1: (오빠 역할) 세희야, 오빤 널 사랑한단다. 니가 자꾸만 비
뚤게나가서 오빠는 그게 속상했던 거야.

(91) 여환자1: (울먹이며) 오빠!

(92) 의사: 두 분 들어가시고 앞에 앉아 계신 분들 한 열 명 정도만
앞으로 나와 주시죠.

(93) 앞에 앉아 있던 환자 열 명이 무대 위로 올라간다.

(94) 의사: 의자를 중심으로 빙 둘러서 주세요.

(95) 환자들 열 명이 의자를 중심으로 빙 둘러선다.

(96) 의사: 이세희씨는 바깥쪽에서 의자를 바라보세요. 의자 위에
뭐가 있다고 생각되나요?
(97) **여환자1**: 오빠요 작은 오빠!
(98) 의사: 그럼 안으로 들어 가셔서 오빠를 만나보시죠.

(99) 여환자1, 사람들 틈을 비집고 안으로 들어간다.

(100) 의사: 이세희씨만 무대 위에 남고 나머지 분들은 내려오셔도
좋습니다.

(101) 의자를 둘러싸고 있던 환자들 모두 무대 아래로 내려온다.

(102) 의사: 작은 오빠한테 하시고 싶은 얘기가 있으면 해 보시죠
(103) **여환자1**: 오빠는 지금 서울에 살고 있거든요. 작은 오빠가 저
한테 면회를 여러 번 왔는데 제가 일부러 만나지 않았어요.

오빠, 나 너무 힘들어서 내가 너무 힘들어서 그랬던 거야.
사람들 만나는 게 두렵고 내 모습 보여주는 것도 두렵고,
작은 오빠, 오빠가 보고 싶어.

(104) 의사: 네— 이세희 씨, 저쪽 의자에 가셔서 잠깐 주무시죠.

(105) 여환자1, 무대 뒤쪽 가상의 마술 가게 아래에 놓여진 의자로
　　　가서 앉는다. 무대 암전되면서 사이코드라마의 끝을 알리는 잔
　　　잔한 음악이 흘러나온다. 음악이 끝나고 무대 전체 밝아지면
　　　남과 여 무대 뒤 여환자1이 앉아 있는 가상의 마술가게로 다가
　　　간다.

③ 〈정리 단계〉

(1) 여: 기분이 좀 어떠세요?

(2) 여환자1: **시원해요.**(강조 필자)

(3) 남: 저희 가게에서 뭘 사시고 싶다고 하셨죠?

(4) 여환자1: 가족간의 화목함이요.

(5) 남: (가상의 물건을 여환자1에게 내 주는 동작을 하며) 자, 가족
　　　　간의 화목함을 받으시고

(6) 여: 그 대신 저희 가게에 무얼 주신다고 하셨죠?

(7) 여환자1: 가족간에 사이가 좋지 못한 거.

(8) 남: 자, 가족간의 불화를 저희 가게에 주시죠.

(9) 여환자1, 가상의 물건을 남에게 주는 동작을 하자, 남, 여환자에

게 가상의 물건을 받아 가상의 마술가게 위에 올려놓는 동작을
한다. 관객들 박수를 쳐준다.

(10) 여: 오늘은 이세희씨 심리극을 보셨는데요. 이 심리극을 보시
고 이세희씨께 해 주고 싶으신 말씀이 있으시거나 느끼신
점을 이야기하고 싶으신 분이 있으시면 말씀을 해 주십시
오.

(11) 관객1: 전 이 심리극을 보고 너무 가슴이 아팠습니다. 이세희
씨께서 어머니 임종을 지키지 못했다는 자책감에서 빨리
벗어나셨으면 좋겠고, 비록 어머니께서는 돌아가셨지만 아
버지, 오빠, 언니가 있으니까 지금이라도 가족끼리 화목하
게 사셨으면 좋겠습니다.

(12) 남: 다른 분도 좀 말씀을 해 주십시오.

(13) 관객2: 이세희씨께서 소주에 약을 타서 자살하려고 했다고 하
셨는데 저도 여러 번 자살을 하려고 해봤지만 그게 그렇게
쉬운 일이 아니더라구요. 힘들더라도 이세희씨께서 잘 이
겨내시고 빨리 퇴원하셔서 가족과 함께 생활하실 수 있었
으면 좋겠네요.

(14) 남: 네— 말씀 잘 들었구요. 또 다른 말씀 해 주실 분 있으면
말씀을 해 주시죠. 없으시면 심리극을 끝내면서 하나로 모
았던 마음들을 각자에게 돌리는 의미에서 노래를 부르고
끝내겠습니다.

(15) 여: (여환자1에게) 노래 하나 하시죠.

(16) 여환자1, 그땐 몰랐어요. 내가 너무 어려서-로 시작하는 노래
를 부른다. 노래가 다 끝나면 참여자들 모두 박수를 치면서 이
사이코드라마는 모두 끝나게 된다.

제7장 사이코드라마 사례 분석

사이코드라마의 준비단계, 연기단계, 정리단계의 3단 구조가 우리전통 탈놀이의 앞놀이, 탈놀이, 뒷놀이와 전통굿의 앞풀이, 본풀이, 뒤풀이의 3단 구조와 유사하다는 사실에 주목하였다.

제6장의 사이코드라마 사례에서 확인할 수 있는 바와 같이 우리나라에서 시연되고 있는 사이코드라마는 블래트너의 「ACTING-IN」의 방법론을 그대로 따르고 있음을 알 수 있다. 이들 사이코드라마들은 준비단계와 연기단계, 그리고 정리단계가 확연히 구분되는 구조를 따르고 있는데 사례1의 준비단계(1)-(43), 사례2의 준비단계(1)-(56), 사례3의 준비단계(1)-(92), 사례4의 준비단계(1)-(30), 사례5의 준비단계(1)-(37)가 본격적인 사이코드라마의 연기(행동화)단계로 진입하기 전까지의 준비단계이다. 그런데 이상과 같은 준비작업 단계에 대해 논하기 전에 우리가 여기서 우선 주목해야 할 점은 이 사이코드라마가 행해지고 있는 심리극장의 무대 모양이다. 필자가 이 사이코드라마를 채록한 서울의 A정신병원 심리극장의 무대는 앞서 말한 블래트너 박사의 저서에서 심리극의 원형에서 사용하고

있는 무대라고 소개하고 있는 무대의 모습과 거의 흡사한 삼단의 원
형무대였기 때문이다.[1] 이러한 극장의 무대뿐만 아니라 제6장의 사
이코드라마 사례는 거의 모든 면에서 블래트너 박사가 소개하고 있
는 사이코드라마의 기법을 그대로 원용하고 있음을 알 수 있다. 사
이코드라마의 연기단계에 들어가기 전에 참여자들의 자발성을 높이
기 위해 참여자들이 춤을 출 수 있게 분위기를 유도하거나 장기자랑
을 하게 하는 기법과 집단의 응집력을 높이기 위해 함께 노래를 부
르는 방식들은 이미 블래트너 박사에 의해 언급된 바 있는 사이코드
라마의 기법들이다. 특히 사이코드라마 사례에서 사용하고 있는 '마
술상점 기법'은 블래트너의 저서 「ACTIN—IN」에서 소개하고 있는
가장 대표적인 사이코드라마 기법이다. 또한 주인공의 선택 부분에
서도 앞서의 사례에서 지원자들의 토의와 함께 관객들의 의사부분
도 반영되고 있는데 이러한 부분 역시 "연출자는 여러 명이 지원했
을 경우 투표할 수도 있고 혹은 순서에 따라 임의로 정할 수도 있다"
라는 부분의 임의적인 차용부분이라고 할 수 있다.

　그런데 사이코드라마의 사례 준비작업 부분을 통해 확인할 수 있
는 바와 같이 사이코드라마라는 것이 전래의 폐쇄된 서구의 드라마
형식과는 다르게 상당 부분 열린 구조를 지향한다는 점이다. 특정
인물만이 주인공이 될 수 있고 그 주인공과 관객을 엄연히 다른 부
류의 사람들로 인식됐던 서구의 전래적인 연극과 사이코드라마는

---

[1] 잎시 소개한 『싸이코 드라마』 12쪽에 이 삼단 원형 무대에 관한 상세한 그림이
　소개되어 있다. 사이코드라마에서 이러한 계단식의 삼단 원형 무대를 사용하는
　이유는 '가상적 상황'을 잠재적으로 구현하는데 유용하기 때문이라고 블래트너
　박사는 설명하고 있다. 다시 말해 주인공이나 보조자아가 무대위로 올라가는
　것은 그가 자신의 "심리극적 현실로 들어가고 있다"는 것을 의미한다는 것이다.

확실히 구분되는 차이점을 가지고 있다. 사이코드라마의 주인공은 사례에서 확인할 수 있었던 바와 같이 관객석에 앉아 있던 환자 누구라도 될 수가 있다. 또한 관객들 역시 상당히 적극적으로 이 연극에 참여하고 있는 모습을 보여 주고 있다. 바로 이 지점에서 우리는 사이코드라마와 우리의 전통연희 내지 굿과의 연결고리를 찾을 수 있다.

우리의 신명풀이 연극이 미완성의 열린 구조를 취하고 있다는 점과 사이코드라마가 다분히 열린 구조를 지향한다는 점은 우리에게 시사하는 바가 크다. 물론 사이코드라마의 행동화 단계로 들어가면 이러한 열린 구조의 지향이 다분히 닫힌 구조 속으로 매몰되어 가는 경향이 있기도 하다. 하지만 사이코드라마는 그 자체의 특성상 준비 작업 단계와 정리단계 부분에서는 거의 우리식의 신명풀이 연극에 가까운 상당히 개방적인 열린 구조를 지향하고 있다.

이렇듯 우리나라에서 시연되었던 사이코드라마는 이러한 열린 구조의 모습을 하고 있었음에도 불구하고 그동안 닫힌 구조의 카타르시스 연극의 범주로 이해되었고 시연되었기 때문에 사이코드라마에 참여하는 환자들이나 관객 모두 어떤 아쉬운 갈증 같은 것을 느낀 것이다.

사이코드라마의 준비 단계가 끝나면 본격적인 연기 단계가 시작되는데 사례1의 연기 단계 (1)−(162), 사례2의 연기 단계(1)−(178), 사례3의 연기 단계(1)−(171), 사례4의 연기 단계(1)−(261), 사례5의 연기 단계(1)−(105)가 본격적인 행동화 단계인 이 연기 단계에 해당되는 부분이다. 이 연기 단계는 준비 단계나 정리 단계에 비해 관객들의 참여가 그다지 적극적이지는 않으나 사례 3의 연기 단계 (97)이나 (120) 그리고 사례4의 연기 단계(43) 부분 등은 드라마 진행 중에 나타나는 관객 개입 부분으로 사이코드라마의 연기 단계가 완전히 폐쇄된 형태로써 진행되고 있지 않음을 나타내주고 있는 대표적 증거들이다.

특히 연기 단계에서 드러나고 있는 사이코드라마의 가장 두드러진 특징은 시·공을 자유롭게 넘나들 수 있는 장면전환 부분이다. 사례1의 연기단계(15)—(33)의 환자 집으로의 장소이동, 그리고 연기단계 (35)—(138)에서 볼 수 있는 바와 같이 어렸을 때로의 시간 이동, 사례2의 연기 단계 (14)—(144)의 설날 때 상황으로의 시·공 이동, (145)—(147)의 설날 이후의 병원 장면으로의 시·공 이동, 사례3의 연기 단계 (34)—(80)의 병원에 입원하기 전의 상황 재연, 그리고(92)—(131), (134)—(142)의 시·공을 초월해 현재의 시점에서 죽은 오빠와 죽은 아버지와 만나는 장면, 사례4의 연기 단계 (13)—(119)의 환자가 병원에 입원하기 전에 집에서 있었던 상황으로의 시·공 이동 (120)—(167)의 고등학교 시절로의 시·공 이동, 사례 5의 연기 단계(7)—(28)의 환자 어머니가 죽기 직전의 상황으로의 시·공 이동 그 이후 (30)—(61)의 가족간의 싸움 장면의 재연 부분 등은 마치 우리나라 전래 굿에서 흔히 볼 수 있는 자유로운 시·공의 이동 부분과 비슷하다. 특히 사례3의 연기 단계에서 이 사이코드라마의 주인공인 환자가 죽은 오빠와 아버지를 만나는 장면은 우리나라 망자 천도굿에서 무당을 매개로 죽은 자와 만나는 영실 부분을 연상시키는 매우 독특한 부분이다.

사이코드라마 사례에서 확인할 수 있는 바와 같이 사이코드라마의 연기 단계에서 가장 많이 사용된 기법은 역할 바꾸기, 이중자아 기법, 미래투사 기법, 빈 의자 기법, 마술 상점 기법 등이다. 이중 특히 많이 사용되고 있는 기법이 역할 바꾸기 기법이다.

역할 바꾸기 기법은 주인공의 삶에서 다른 사람과 입장을 바꿔 보는 것이다. 이를 통해 주인공은 지금까지 느껴 보지 못했던 상대방의 기분이나 감정을 체험해 봄으로써 자신의 상대방에 대한 잘못된 감정을 재정리하고, 타인에 대한 입장을 이해할 수 있게 된다.

사이코드라마 사례1에서 주로 사용된 역할 바꾸기는 남환자와 어머니의 역할 바꾸기이다. 사례1의 연기 단계 (33)에서처럼 남환자와 여동생의 역할 바꾸기 기법이 시도되고 있기도 하다. 하지만 사례에서 확인할 수 있는 바와 같이 이 장면의 설정이 남환자의 심리를 끌어내는데 그다지 성공적이지 못하다 따라서 남환자와 여동생의 역할 바꾸기는 단발성에 그치고 만다. 이와 다르게 남환자와 어머니의 역할 바꾸기는 이 사이코드라마 연기단계에서 끊임없이 시도되고 있다. 이는 남환자가 연기화 단계에서 의자에 누구를 앉히고 싶냐는 의사의 질문에 어머니를 앉히고 싶다는 (6)의 남환자의 대답과 무관하지 않다. 남환자의 정신적 상처의 가장 큰 부분을 지배하고 있는 인물이 바로 남환자의 어머니라는 인물이기 때문이다. 남환자는 연기화 단계의 (10), (14), (66), (69), (71), (74), (76), (89), (91), (115), (117), (119), (121), (124)에서 볼 수 있는 바와 같이 도합 열 네 번에 걸쳐 자신의 어머니의 역할을 하고 있다.

사례2에서는 특히 역할 바꾸기 기법이 많이 사용되고 있다. 연기 단계의 (16), (20), (29), (31), (40), (42), (44), (46), (56)에서 여환자의 언니 역할 (102), (104), (106), (110), (112), (114), (116), (118), (120), (122), (124), (126), (128), (130), (132)에서 여환자의 어머니 역할 등 모두 24

번의 역할 바꾸기 사용되고 있다. 이와는 달리 사례3에서는 연기 단계(17), (24)부분에서 두 번 정도의 역할 바꾸기 밖에는 시도되지 못하고 있다. 물론 (19), (29)부분에서 불완전하게나마 이러한 역할 바꾸기 기법과 비슷한 부분이 보이기는 한다. 하지만 이는 지도자인 의사의 지시에 의한 역할 바꾸기가 아니라 여환자의 임의에 의한 역할 바꾸기라는 의미에서 논외로 한다면 사례3에서 두 번 정도 밖에 나타나지 않는 역할 바꾸기에 대해 이 사례를 읽는 독자는 의아한 감을 느낄지도 모른다. 그러나 역할 바꾸기라는 것이 중증의 정신질 환자들에게는 현실적으로 불가능한 기법임을 염두에 둔다면 사례3에서 역할 바꾸기가 극히 미미하게 나타내고 있는 이유에 대한 설명이 가능하다. 사례3의 여환자는 지도자인 의사의 지도에 따라 사이코드라마를 진행하지 못하고 자신의 임의대로 하고 싶은 말을 하는 식의 좀 혼란스러운 사이코드라마를 만들고 있다. 이는 이 환자가 현실적으로 이러한 사이코드라마의 대상자로서는 적절치 못하다는 것을 단적으로 드러내 주고 있는 증거이다. 따라서 이처럼 지도자의 연기 지도가 불가능한 환자는 춤동작이나 음악요법 등을 동원한 좀 더 효율적일 수 있는 다른 방식의 사이코드라마를 찾아봐야 할 것이다.

사례4에서도 여전히 역할 바꾸기 기법이 많이 사용되고 있다. 연기 단계 (10)에서 남환자1의 어머니 역할을 제외하곤 (30), (32), (34), (46), (51), (79), (84), (86), (110), (112), (230), (232), (235), (238)에서 나타나는 바와 같이 모두 남환자1의 아버지 역할이다. 사례4의 남환자1과 아버지의 역할 바꾸기가 유난히 많이 시도되고 있다는 것은 남환자1의 정신적 상처의 가장 큰 부분을 아버지라는 인물이 차지하고 있기 때문이다.

사례5에서는 (24)에서는 여환자1의 어머니와의 역할 바꾸기, (38), (40), (42)의 언니와의 역할 바꾸기, (56), (58)의 아버지와의 역할 바꾸기 등이 시도되고 있다.

이중자아는 주인공의 또 다른 자아로서, 주인공의 가장 깊은 감정을 유출해 내는 기법이라는 점에서 사이코드라마의 핵심이 된다고 할 수 있다. 이중자아의 역할로는 감정을 극대화하기, 감정을 지지하기, 주인공의 태도에 대한 진실성 묻기, 주인공의 감정에 반대하기 등이 있다. 위 사이코드라마 사례1의 연기 단계 (105), (107), (110), (128), (130), 그리고 사례5의 연기 단계 (64), (66), (68), (70), (72), (73) 등에 쓰인 기법이 바로 이 이중자아 기법이다. 사례1에서 주로 사용하고 있는 이중자아기법은 남환자의 이중자아가 남환자의 심리를 추리해 그의 심리를 대신 말해줌으로써 남환자가 좀 더 적극적으로 자유롭게 자신의 심리를 표출하도록 도와주려는 의미에서 시도되었던 것으로 보인다. 그러나 사례에서 확인할 수 있는 바와 같이 이 사이코드라마에서는 이러한 식의 이중자아 기법이 그다지 효과적인 역할을 수행하고 있다고 보기는 힘들다. 사례5의 이중자아는 여환자의 분신들로 단순히 여환자의 내면 표출뿐만 아니라 여환자와 직접 대화를 나누기도 한다. 이러한 기법은 여환자 내면의 생각들을 좀 더 명확히 겉으로 표출해 낼 수 있다는 점에서 매우 긍정적인 사이코드라마 기법이다.

미래 투사 기법은 주인공의 생각이 미치는 장래의 범위 내지는 행위의 가능성을 탐색하고, 현실과 대결시킴으로써 보다 현실적으로 자신의 문제를 볼 수 있도록 하는 기법이다. 주인공은 미래의 자기 모습을 그려봄으로써 자신에게 좀 더 현실적인 접근을 하게 되고, 성공을 성취할 수 있는 장면을 만들어 봄으로써 좌절감에서 벗어날 수 있게 된다. 사이코드라마 사례1의 연기 단계 (141)-(160), 사례2의 연기 단계 (148)-(171), 사례3의 연기 단계(145)-(169), 사례4의 연기 단계 (204)-(261), 사례5의 연기 단계 (75)-(91) 에서 사용한 기법이 바로 이 미래투사 기법이다. 사례1 미래투사 기법 부분에서 의사는 남환자에게 10년 후에 자신이 무엇을 하고 있을 것 같으냐는 질문을 통해 남환자로 하여금 미래를 희망적으로 설계할 수 있도록 유도하고 있다. 이때 남환자는 자신이 미래에 카운셀러가 돼 있을 거라는 대답을 한다. 이 때 사이코드라마의 지도자인 의사는 남환자에게 상담원이 되어 실제 남환자와 같은 입장에 처한 중학생과 그 학생의 어머니를 실제 카운슬링을 해 보는 역할 연기를 해 보도록 지시한다.

사례2의 미래투사 기법은 여환자가 미래에 교사가 돼 있는 모습을, 사례3의 미래투사 기법은 여환자가 미래에 탤런트가 되어 있는 모습을, 사례4의 미래투사 기법은 남환자1이 건실한 직장생활을 하고 있는 모습을, 사례5의 미래투사 기법은 여환자1이 가족과 화해하고 화목하게 생활하고 있는 모습을 각기 연기해 보도록 하고 있다.

미래의 자기 모습을 생각게 하여 그것을 실제 연기해 보도록 하는 이러한 미래투사 기법은 그 사람의 생각이 미치고 있는 장래의 범위를 찾아내고, 그가 바라는 것을 알아내 직업진로의 선택, 단체에의 소속, 결혼 등에 대해 흥미 있는 결과를 얻을 수 있는 기법이다. 뿐만 아니라 자신이 바라는 상황의 실제 연출을 통해 자신의 미래에 대한 자신감을 가질 수 있게 하는 기법이다.

빈 의자 기법은 시연 사이코드라마의 연기 단계 도입 부분에서 주로 많이 사용하고 있는 기법이다. 위 사이코드라마 사례 중 사례5를 제외한 사례1, 2, 3, 4에는 모두 이 빈 의자 기법이 사용되고 있다. 사례1의 연기 단계 (5)−(14)장면에서는 빈 의자에 남환자의 어머니가 앉아 있다는 가정하의 상황 전개가, 사례2의 연기 단계 (11)−(56)에서는 빈 의자에 여환자의 언니가 앉아 있다는 가정하의 상황 전개가, 사례3의 (10)−(24)에서는 여환자1의 어머니가 빈 의자에 앉아 있다는 가정 하의 상황 전개가, 사례4의 (5)−(12)에서는 남환자1의 어머니가 빈 의자에 앉아 있다는 가정하의 상황 전개가 진행되고 있다.

사이코드라마 사례에서 확인할 수 있는 바와 같이 사이코드라마의 주인공인 환자들은 이 빈 의자를 통해 자신의 삶 속의 인물을 만나게 되며. 그리고 빈 의자로 대신했던 상대방과 역할 바꾸기를 할 수도 있다. 이 기법은 주인공의 공격적이거나 착한 느낌을 보다 자발적으로 표현하게 해 줄 수 있는 기법이다.

마술 가게 기법은 인용한 사이코드라마 사례 5편 모두에서 드러나고 있는데 이 기법은 연기 단계에서가 아니라 이 사이코드라마 도입부분인 준비 단계에서 주로 사용하고 있는 사이코드라마 진입을 위한 기법이다. 사례1의 준비 단계 (17)−(42), 사례2의 준비 단계 (18)−(56), 사례3의 준비 단계 (14)−(90), 사례4의 준비 단계 (17)−(30), 사례5의 준 비단계 (12)−(37)는 모두 본격적인 연기 단계로 들어서기 위한 준비 단계로 마술가게 기법을 활용한 예이다. 이 마술가게 기법을 신중히, 그리고 절제 있게 사용한 경우에는 좋은 치료 효과를 나타낼 수 있다고 한다. 이 마술가게 기법은 개인과 집단 모두에게 접근하기 쉽고 수용하기 쉽게 사이코드라마를 진행시킬 수 있는 방법이기 때문이다.

그러나 이러한 사이코드라마 기법들의 긍정적인 효과와 아울러 우리가 함께 고민해봐야 할 문제는 이러한 사이코드라마적 기법들이 과연 정신질환자들의 심리 치료를 위해 어느 정도의 효과를 가질 수 있는가 하는 점이다. 첫 번째 문제는 이러한 사이코드라마를 지도자의 지시에 따라 제대로 따라 할 수 있는 환자의 비율이 과연 얼마나 있을 수 있는가에 대한 의문이며. 두 번째 문제는 환자의 증상에 대한 구체적인 구별 없이 모두 같은 방식으로 행해지고 있는 사이코드라마가 과연 제대로 된 효과를 가질 수 있는 가에 대한 의문이다.

앞서 필자는 정신적인 질환들을 음증과 양증으로 분류하여 설명을 시도한 바 있다. 그렇다면 이 사이코드라마가 실제적인 효과를 갖기 위해서는 우선 사이코드라마에 주인공으로 출연하는 환자가 양증의 환자인지 음증의 환자인지에 대한 판별이 우선적으로 선행되어야 한다. 그에 따라 그 주인공의 허함을 보호해주고 과다한 실함을 사해주는 연극적인 기법들이 적절히 사용되어야 한다는 것이 필자의 기본적인 입장이다.

사이코드라마 사례의 예문만으로는 이 사이코드라마의 주인공들이 음증의 환자인지 양증의 환자인지에 대해서 판단한다는 것은 사실상 불가능한 일이다. 필자는 이 환자들이 구체적으로 어떠한 정신질환을 앓고 있는지에 대해서는 전혀 무지한 상태에서 임의적으로 선택된 환자들의 사이코드라마를 참관했을 뿐이기 때문이다. 그렇기 때문에 필자가 이 책에서 할 수 있는 것은 사이코드라마의 연기 단계에서 나타난 여러 가지 기법들과 상황을 필자 나름대로 음적인 부분과 양적인 부분으로 나누어 분류해 보는 정도뿐이다. 필자는 이러한 분류를 통해 이러한 기법들이 과연 음증을 지닌 환자와 양증을 지닌 환자에게 어떠한 효과를 가질 수 있는가에 대한 가능성 정도만을 제시해 보는 수준에서 논의의 범위를 축소하고자 한다.

역할 바꾸기 기법은 만약 주인공이 음증을 가진 환자라면 양증을 가진 상대방의 역할을 통해 그 음증을 완화시킬 수 있고 반대로 양증을 가진 환자라면 음증을 가진 상대방의 역할을 하게 함으로써 그 양증을 완화시킬 수 있는 가능성이 있는 기법이다. 따라서 사이코드라마에서 이 역할 바꾸기 기법은 양증, 음증 모두의 환자에게 긍정적인 효과를 가질 수 있는 기법으로 생각된다.

위 사이코드라마 사례1과 사례5에서 확인할 수 있는 바와 같이 환자들의 숨겨진 심리 표출에 사용되고 있는 이중자아 기법은 음증인 환자들에게 효과적으로 사용될 수 있는 양적인 기법으로 생각된다. 사례1의 인용문에서 주로 사용하고 있는 이중자아기법은 남환자의 이중자아가 남환자의 심리를 추리해 그의 심리를 대신 말해줌으로써 남환자가 좀 더 적극적으로 자유롭게 자신의 심리를 표출하도록 도와주려는 의미에서 시도되었던 것으로 보인다. 사례5의 이중자아는 여환자의 분신들로 단순히 여환자의 내면 표출뿐만 아니라 여환자와 직접 대화를 나누기도 하는데 이러한 기법의 사용은 여환자 내면의 생각들을 좀 더 명확히 겉으로 표출해 내는데 도움을 주고 있다. 다시 말해 사이코드라마에 사용되고 있는 이러한 이중자아 기법은 환자들의 내면 깊이 숨겨진 심리를 겉으로 표출해 내는데 기여하고 있다는 점에서 다분히 양적인 기법이라고 할 수 있다.

미래투사 기법은 미래를 긍정적으로 설계하고 그려본다는 점에서 상당히 양적인 성향을 가지고 있는 기법으로 판단된다. 따라서 이러한 미래투사 기법은 음증의 환자에게 효과적일 것으로 추정된다.

빈 의자 기법은 일단 환자인 주인공의 상대가 무대 위 의자에 앉아 있다는 전제 아래에서 진행되고 있기는 하지만 사실 환자가 상대로 하고 있는 것은 빈 의자이다. 이러한 것을 의식하고 있는 환자는 좀 더 자유롭게 자신의 감정을 분출할 수 있게 된다. 따라서 어떤 의미에서 빈 의자는 환자의 감정풀이 대상일 수도 있다. 다시 말해 빈 의자는 환자의 양적인 기운을 사하 시켜주는 음적인 역할을 하고 있다고 볼 수 있다. 따라서 이 기법은 양증의 환자들에게 유용하게 사용할 수 있는 기법이라 할 수 있다.

마술가게 기법은 매사에 소극적인 즉 음적인 사람들을 무대위로 강하게 이끌 수 있는 가장 양적인 기법이라고 할 수 있다.

이처럼 사이코드라마 기법들은 그 기법들이 가진 특성에 따라 음증과 양증의 환자들에게 각기 적합한 기법들로 분류해 볼 수 있다. 따라서 사이코드라마의 주인공이 되는 각 환자에 따라 이러한 사이코드라마 기법들이 각기 적절히 활용되어야 그 효과가 제대로 나타날 수 있을 것이다. 그러나 그동안 이 분야를 연구하는 학자들에 의해 이러한 음과 양에 의해 각기 다르게 나타날 수 있는 카타르시스적 효과가 간과됨으로써 그들 스스로 자신들이 세운 논리의 오류 속으로 빠져들게 하는 결과를 만들고 만 것이다. 카타르시스[2]의 저자인 홍유진이 아리스토텔레스식의 카타르시스 이론만으로 풀 수 없

---

2) 홍유진, 『카타르시스』, 들불, 1993.

었던 이러한 오류들을 어떤 식으로 무마하고 넘어 가고 있는지에 대해 한 번 살펴보고자 한다.

> 비극을 위와 같이 정의 하는 경우에는, 카타르시스가 관객들의 슬픔과 두려움을 씻어 주는 역할을 수행하는 것으로 보인다. 여기서 제기되는 문제들은 다음과 같다. 정화(정죄)가 이루어지지 않는 비극은 불완전한 것인가? 그렇지 않다면, 비극의 극적인 구조 속에는 그러한 카타르시스를 야기하는 어떤 요소가 내재되어 있는가? 왜 그러한 카타르시스는 즐거움이나 기쁨을 통해서가 아니라 슬픔과 두려움을 통해서만 이루어지는가? 이러한 문제들은 카타르시스가 연기자들에게 미치는 효과뿐만 아니라, 관객 또는 연극의 구조 등과 같이 카타르시스와 관련된 광범위한 논의 사항 중 일부에 지나지 않는다.[3]

홍유진은 아리스토텔레스식의 카타르시스 이론만으로는 해결이 되지 않는 부분들에 대해 이는 카타르시스와 관련된 논의 사항 중 일부에 지나지 않는다는 말로써 더 이상의 설명을 가하고 있지 않다. 그러나 홍유진이 위에서 제기해 놓은 문제점들은 홍유진이 난감해한 것처럼 그렇게 난해한 문제만은 아니다. 홍유진은 양적인 기운을 사하시켜 주고 음을 보강해 주는 아리스토텔레스식의 카타르시스 이론으로 그 이론에 적합하지 않은 우리네 전통연희나 사이코드라마를 이해하려 했기 때문에 이러한 모순에 빠져 버린 것이기 때문이다. 앞서의 사이코드라마의 사례에서 확인할 수 있었던 것과 같이 사이코드라마는 확실히 아리스토텔레스가 말한 닫힌 구조의 비극과는 거리가 먼 우리네 전통연희와 그 궤를 같이 하는 열린 구조의 새

---

3) 홍유진 앞의 책, 19~20쪽.

로운 극 형식이다.

　사이코드라마는 준비 단계와 연기 단계 그리고 정리 단계로 이루어져 있다. 사이코드라마 사례들에서도 확인할 수 있는 바와 같이 이 정리단계에서 가장 중점적으로 다뤄지고 있는 것이 바로 관객들과 감정을 공유하는 부분이다. 관객들은 남·여 환자가 주인공으로 출연했던 이 사이코드라마를 보고 그들 환자들에게 자신들이 느꼈던 점을 솔직히 얘기해 주거나 그밖에 자신들이 남·여 환자들에게 하고 싶은 말을 함으로써 사이코드라마의 주인공이었던 환자들과 감정공유를 나누게 된다. 사이코드라마의 정리 단계에서 이루어지는 이러한 감정공유 기법은 이 사이코드라마에 참여했던 모든 사람들에게 사이코드라마에 동참할 수 있는 적극적인 기회를 제공한다. 다시 말해 사이코드라마에서 관객과 주인공 간에 이루어지는 이러한 감정공유 기법은 서구의 닫힌 연극 구조 틀 안에서는 상상조차 할 수 없었던 동양 연극의 열린 구조와 그 맥을 같이 하고 있는 것이다.

　특히 여기서 우리가 주목해야할 점은 사이코드라마의 준비 단계, 연기 단계, 정리 단계의 3단계 구조가 우리네 전통연희였던 탈놀이의 앞놀이, 탈놀이, 뒷놀이의 구조나 우리 굿의 기본 구조인 앞풀이, 본풀이, 뒤풀이의 3단 구조와 매우 유사하게 맞아떨어진다는 사실이다.

　앞서 살펴봤던 황해도 내림굿에서도 역시 앞풀이 격인 신청 울림과 본격적인 굿 그리고 뒤풀이 격인 마당굿의 구조로 이루어지고 있음을 확인할 수 있었다. 본격적인 굿인 본풀이에 들어가기 전에 모든 수호신들을 집 안으로 불러 들려 집 안을 정화시키고 온갖 악령들을 쫓아내는 신청울림은 사이코드라마의 연기 단계로 진입하기 전의 준비 단계에 그리고 불쌍한 혼령들을 위로하는 음식을 제공하고 음식을 나누어 먹음으로써 굿을 마감하는 뒤풀이 격인 마당굿은 사이코드라마의 정리 단계에 해당하는 부분이라고 할 수 있다. 특히 굿의 마지막 단계인 뒤풀이 단계에서 음식을 서로 나누어 먹는 행위는 나누는 것이 음식과 감정이라는 점에서 차이가 나긴 하지만 서로 나누고 화합한다는 의미에서 사이코드라마의 감정공유 부분과 매우 유사하다. 바로 이러한 맥락에서 우리 전통굿인 내림굿의 사이코드라마 수용 가능성에 대한 논의가 가능하리라는 생각이다.

제8장 내림굿의 사이코드라마 수용 가능성

내림굿의 춤사위와 무악 그리고 사이코드라마가 기법들을 음양의 원리에 따라 그 분류를 시도하였다. 궁극적으로 다양한 사이코드라마 양식들이 음증과 양증의 환자들에게 각기 다르게 활용되어야 한다는 사실을 이야기하고자 했다.

사이코드라마는 사이코드라마대로, 내림굿은 내림굿대로 그냥 그 자리에 그대로 놔둬야 한다고 주장하는 이들이 있다면 그 주장에 대해 필자는 어떠한 논박도 가하고 싶은 생각이 없다. 필자 역시 섣부른 동·서양 연극의 만남 자체에는 일단 부정적이기 때문이다. 이와 아울러 필자가 내림굿의 사이코드라마 수용가능성에 대한 방법론으로 내세우고 있는 음·양이론이라는 것 역시 그 상대성[1]으로 인해

---

1) 음이니 양이니 하는 것은 모두 상대적인 것이다. 절대적인 양도 없고 절대적인 음도 없다. 가는 나에 대해서는 음이 되어도 다에 대해서는 양이 될 수도 있는 것이다.

고정불변의 객관적인 기준을 확실히 세울 수 있는 그런 원리가 아니기 때문에 많은 논란의 여지가 있으리라는 것 역시 인정하지 않을 수 없다. 그럼에도 불구하고 필자가 이러한 글을 쓰고 있는 이유는 어떤 가능성에 대한 개진으로서의 의미가 크다.

필자는 앞서 사이코드라마의 대상자인 정신질환자를 음증과 양증으로 나누어 설명한 바 있다. 솔직히 음증과 양증을 확연히 구분해 내는 일은 실제 임상에서조차 매우 복잡하고 어려운 일임에 틀림없다. 그러나 아래와 같은 음양의 관점으로 관찰하면 대략적이나마 그 환자의 병증을 가늠할 수는 있다.[2]

	양 증	음 증
체온	몸이 덥다. 손발이 따뜻하다	몸이 차다
좋아함	찬 것	따뜻한 것
얼굴색	붉은 편이다	창백하다
눈	뜨고 있다	감고 있다
움직임	빠르고 자주 움직인다 팔다리를 뻗는다	느리고 움직임이 적다. 몸을 웅크린다
말	말을 많이 한다	말을 적게 한다.
목소리	크고 높다	작고 낮다
호흡	거칠다	약하다
맥	뜨고 빠르다	가라앉고 느리다

---

2) 김명호, 앞의 책, 107쪽.

　이러한 양증과 음증의 차이가 엄연히 존재한다면 사이코드라마 역시 이러한 음증과 양증의 성향을 가진 환자들에 따라 각기 다른 방식에 의해 진행되어야 한다는 것이 필자의 생각이다.

　필자는 지금까지 본문에서 살펴봤던 이론과 실제 사례를 토대로 사이코드라마의 한국적 수용 방안 특히 내림굿의 사이코드라마 수용 가능성에 대해 다음과 같은 방향성을 제시해보고자 한다.

　앞서 살펴봤던 것처럼 사이코드라마는 미완의 열린 구조를 가진 3단 구조로 이루어져 있었다. 특히 사이코드라마의 준비 단계와 정리 단계는 우리 내림굿의 앞풀이와 뒤풀이의 형태와 거의 유사한 방식으로 행해지고 있다. 바로 이 지점에서 사이코드라마의 내림굿 수용이 가능할 수 있다는 게 필자의 생각이다. 앞서 사이코드라마 사례에서 보았듯이 사이코드라마의 준비 단계에서는 참여자들이 연기 단계로 진입하기 바로 전에 음악에 맞춰 춤을 추며 참여자들의 자발성과 참여도를 높이는 과정이 있다. 이 준비 단계 역시 사이코드라마의 중요한 한 단계라면 이 과정 역시 심리치료와의 연관선상에서 행해져야 함은 물론이다. 그럼에도 불구하고 필자가 관찰한 시연 사이코드라마의 준비 단계에서 사용된 음악과 조명, 춤 등은 일반 나이트장의 그 이상도 이하도 아니었다. 또한 이왕이면 모든 사람들이 함께 참여하는 준비 단계가 되어야 함에도 불구하고 객석에 그대로 앉아 자리를 지키는 관객들이 훨씬 많았다. 이러한 상황이 전개될 수밖에 없는 이유는 관객석에 앉아 있는 사람들이 아무리 무대 위에서 춤을 추는 사람을 바라보고 있어도 스스로 춤을 추고 싶다는 신명이 그다지 배어나오지 않기 때문이다. 다시 말해 사이코드라마의 준비단계는 열린 구조를 지향하고 있음에도 불구하고 그 열림이 그다지 성공적이지 못하다고 볼 수 있다. 이에 필자는 다음과 같은 의견을 제시해 보고자 한다. 사이코드라마 준비단계의 춤 장면에 사용되는 서양음악 대신 우리 내림굿에 쓰이는 무악기를 십분 활용해 보자는 것이다.

빠른장단, 거상장단, 막장단 등을 고루 사용해 춤동작의 완급을 줄 수 있도록 음악을 사용하면서 분위기를 점차 고조시켜 나가게 만든다. 이미 민속음악의 정신 치료적 효과가 뛰어남은 임상실험을 통해서도 밝혀지고 있듯이[3] 사이코드라마에서 현재까지 사용하고 있는 서양음악보다는 우리 무악기를 사용한 민속음악의 활용이 좀 더 긍정적인 효과를 나타낼 수 있으리라는 생각이다. 우리나라 민중들의 삶과 함께 해온 민속 음악인 무악은 바로 우리 민족의 정서를 가장 잘 대변하고 있는 음악이라고 할 수 있다. 한 나라의 전통 민속음악 속에는 그 나라 민중들의 정서가 가장 잘 배어 있기 때문이다.

연주되는 음악에 따라 춤동작 역시 달라지게 마련인데 사이코드라마의 준비 단계에서 무악을 사용하게 된다면 참여자들이 추는 춤사위 역시 우리네 신명풀이식의 동작으로 자연스럽게 바뀌게 될 것이다. 만약 참여자들 사이에 이러한 춤사위 동작들이 자연스럽게 나오지 않는다면 사이코드라마의 지도자인 의사나 보조자들은 심리치료에 긍정적인 효과를 가질 수 있는 동작들을 자연스럽게 시범 보이면서 분위기를 이끌어 나갔으면 한다. 특히 현재 시연 사이코드라마에서는 열린 구조 지향의 준비 단계에서도 관객석만을 지키는 관객들이 상당수 있었다. 지도자나 보조자들은 이들을 무대위로 자연스

---

3) 정신적 고통과 신경적인 고통으로 괴로움을 받는 사람에게는 우리나라 전통 음악을 비롯한 리듬적인 민속음악의 치료효과가 높다. 임은희 앞의 책, 248쪽.

럽게 이끌어 준비 단계에서라도 사이코드라마 참여자 전원이 함께
어우러질 수 있는, 그런 분위기를 만들어 나갔으면 한다. 이와 아울
러 정리 단계에서도 관객과 사이코드라마 주인공인 환자의 감정공
유 과정이 끝난 후 노래를 부르면서 드라마를 끝내는 대신 서로 홍
겹게 춤추고 노는 내림굿의 뒤풀이인 마당굿의 형식을 활용해 보는
것도 긍정적인 의미가 있으라는 생각이다.

이처럼 사이코드라마는 그 자체로 완결된 극 형식이 아니라 참여
자들에 의해 새롭게 만들어져 가는 열린 구조를 지향하고 있다. 그
런데 문제는 중간 단계인 연기 단계에서 그 열린 구조가 다분히 폐
쇄화되어 있다는 점이다. 이 연기 단계에서 부분적으로 보여줬던 열
린 구조를 좀 더 확 트인 열린 구조로 확장할 필요가 있다는 생각이
다. 지도자는 사이코드라마 중간 중간 관객들이 개입할 여지를 만들
어 주고 극 중간에 참여자들이 함께 즐겁게 놀 수 있는 장면을 삽입
함으로써 사이코드라마의 주인공뿐 아니라 참여자들 모두의 신명을
불러일으키는 것이 필요하다. 사이코드라마 주인공 혼자서 느끼는
신명보다는 여럿이 함께 느끼는 신명이 환자의 치료를 좀 더 극대화
할 수 있기 때문이다.

필자는 이미 앞서 내림굿의 춤사위와 무악 그리고 사이코드라마
기법들을 음양의 원리에 따라 그 분류를 시도함으로써 이러한 사이
코드라마 기법들이 음증과 양증의 정신질환자들에게 각기 다르게
활용되어야함을 주장한 바 있다. 이를 정리해서 제시해 보면 다음과
같다.

1. 음증의 환자에게 효과적인 사이코드라마 기법. 무악, 춤사위

□ 사이코드라마 기법

역할 바꾸기 (양증의 환자에게도 해당), 이중자아 기법, 미래투사
기법, 마술가게 기법

□ 무악

징, 장고, 제금 등 타악기를 사용한 음악

□ 춤사위

1) 내림굿의 전 과정에서 나타남 — 양손을 어깨에 걸치면서 무릎을 약
   간씩 구부리며 출렁이듯 한발씩 땅을 딛듯이 계속 반복적인 춤사위
   로 리듬에 맞추어 추는 동작 (양증의 환자에게도 해당)
2) 상산맞이에서 거상춤을 추며 팔을 들고 돌 때, 허침굿에서 바구니
   를 머리에 이고 팔을 수평으로 들어서 몸을 어를 때, 무구나 신복을
   찾을 때, 녹타기에서 맴돌 때 — 팔을 수평으로 들고 회전하는 동작
3) 상산맞이, 허침굿, 일월맞이 — 원을 그리는 동작
4) 상산맞이에서 막춤을 추고 난 후, 허침굿과 녹타기에서 맴돌 때 —
   빙글빙글 도는 동작
5) 춤을 추면서 위로 치솟는 도무를 할 때 — 발을 구르는 동작
6) 상산맞이, 허침굿, 녹타기에서 막춤을 출 때 — 모듬뛰기 동작
7) 신을 받고 난 후 — 전신경련 동작

2. 양증의 환자에게 효과적인 사이코드라마 기법, 무악, 춤사위

□ 사이코드라마 기법

역할 바꾸기(음증의 환자에게도 해당), 빈 의자 기법

□ 무악

대금 피리 등 관악기를 사용한 음악

□ 춤사위

1) 내림굿의 전 과정에서 나타남— 양손을 어깨에 걸치면서 무릎을 약간씩 구부리며 출렁이듯 한발씩 땅을 딛듯이 계속 반복적인 춤사위로 리듬에 맞추어 추는 동작 (음증의 환자에게도 해당)
2) 산맞이굿과 산신맞이굿에서 쇠를 내릴 때나 일월대를 양손에 잡고 신을 받을 때— 손바닥을 위로해서 두 손을 가슴 앞으로 모으는 동작
3) 공수를 줄 때, 사설을 할 때— 두발을 버티고 선 동작
4) 신을 고할 때— 엎드리는 동작
5) 신맞이굿에서 산신다리를 잡고 신을 받을 때, 상산맞이에서 쇠를 내리며 청배를 할 때, 일월맞이에서 일월대를 들고 신을 받을 때— 움찔하는 동작

정신질환이란 질병이 음양의 부조화에 의해 일어나는 것이라면 신체의 부조화된 음양의 흐름을 조화롭게 해 주는 것이야말로 이러한 질병의 치유방법이 될 수 있다. 따라서 정신 치유를 목적으로 하고 있는 사이코드라마 역시 음증과 양증에 따라 활용되는 그 방법들

이 달라져야 한다는 것이 필자의 기본적인 입장이다. 만약 양증의 환자들에게 효과 있는 방법을 음증의 환자들에게 그대로 사용했을 경우, 혹은 그 반대일 경우에 행해지는 사이코드라마는 오히려 사이코드라마의 대상자인 환자들에게 역효과를 줄 수 있는 우려가 있기 때문이다.

지금까지 사이코드라마의 한국적 수용방안에 대한 비전 제시를 위해 사이코드라마와 우리의 내림굿을 비교 고찰해 보았다. 그 과정에서 우리나라에서 시연되고 있는 사이코드라마가 블래트너 박사의 「ACTING-IN」이론의 절대적인 영향아래에 있음을 확인할 수 있었다. 사이코드라마라는 것이 우리나라에서 자생적으로 창출된 극형태가 아니기 때문에 이러한 현상은 당연한 일일 수도 있다. 그러나 사이코드라마 이론이 창출된 지역과 역사적으로 그 문화와 정서를 달리하는 우리에게 있어 이 이론적 토대들의 무조건적인 신봉에 대해 필자는 일말의 회의가 들지 않을 수 없었다. 바로 이러한 회의로부터 시작한 우리적 사이코드라마 찾기의 모색 과정 중에서 필자는 서구의 카타르시스 이론이 아닌 동양의 음양 이론을 적용시켜 사이코드라마 분석을 시도함과 동시에 이러한 음양 이론을 토대로 우리 내림굿의 춤동작과 음악의 사이코드라마 활용 방안을 적극적으로 제시해 보고자 했다.

필자가 사이코드라마의 한국적 수용 가능성에 대해 일말의 고찰이라도 해볼 수 있었던 이유는 이 사이코드라마가 서구의 닫힌 연극의 구조가 아니라 관객과 자유롭게 소통하면서 서로 그 느낌을 교류할 수 있도록 열린 구조를 지향하고 있다는 점 때문이었다. 바로 이러한 열린 구조를 지향하는 사이코드라마는 기존의 학자들에 의해 주장되었던 것처럼 카타르시스 이론만으로는 그 설명이 불가능한 부분들이 많았다. 다시 말해 사이코드라마는 그 필요에 의해 음기와 양기를 보강해 주는 역할을 했던 우리 전래의 굿이나 전통연희와 같은 선상에서 논하는 것이 좀 더 타당성을 가질 수 있을 것이다. 앞으로 이러한 연구들이 진척되어 우리나라에서 시연되고 있는 사이코드라마들이 우리식의 맺고 푸는 과정을 통해 그 무병을 치유했던 내림굿의 무악이나 춤사위 등의 동작들을 적극적으로 수용해 사이코드라마에 실제 활용할 수 있기를 기대해 본다.

제9장 굿과 창작 사이코드라마

지금까지 우리는 우리 굿에 대해 많이 오해해 왔고 미신이라는 미영 아래 터부시해 왔다. 하지만 우리 굿은 우리 민족의 최대 축제이자 연극이었다. 본 장에서는 굿으로 대표되는 우리의 전통 연희 양식을 차용한 창작 사이코드라마 사례를 소개한다.

1. 신화, 굿, 축제 혹은 연극

1) 신화와 역사

역사는 기록된 형태와 기억된 형태의 두 가지 방법으로 남는다. 바로 이 기억된 형태의 대표격인 민족의 역사가 바로 신화다. 신화는 역사를 기억하면서도 서사문학의 형식을 통해 역사를 간직하고 있다. 또한 신화는 역사와 종교의 상관물일 뿐 아니라 일종의 철학이기도 하다. 따라서 신화에 대한 이해는 모든 문화의 이해에 있어서 필수불가결한 것이다.

신화학자였던 엘리아데(M. Eliade)는 그의 저서 '성과 속'에서 신화에 대해 다음과 같은 이야기를 하고 있다.

신은 태초에 무질서(caoas)한 세계로부터 질서 잡힌 좋은 세상
(cosmos)을 만들어 놓았다. 바로 그 순간은 신의 힘이 이 세상에 완전하
게 나타났던 때였다. 그러한 신(神)의 시대에는 성화(聖化)된 신(神)의
힘이 거의 그대로 이 세상에 남아 있었기 때문에 인간은 모두 행복했
다. 그러나 시간이 지나 신(神)이 하늘로 올라가 버리고 인간의 역사가
시작되면서부터 세상은 계속 비성화(非聖化)의 과정을 밟게 되었다.
이것이 바로 인간 타락의 역사이며 힘이 상실된 역사이다. 따라서 인
간이 힘을 얻고 행복하게 살기 위해서는 태초의 천지창조행위를 제의
(祭儀) 등을 통하여 끊임없이 되풀이해야 한다. 그 행위를 통해서 인간
은 속화(俗化)되고 타락한 인간의 시간 곧 역사를 소거하고 태초의 코
스모스의 세계로 돌아갈 수가 있기 때문이다. 결국 이러한 행위들을
통해서 인간은 새로운 힘을 얻을 수가 있는데 인간들은 이런 의례행
위들을 통해 그들의 중심을 발견하고 삶의 참 의미를 발견하려고 하
고 있으며 바로 이러한 현상들이 신화의 주요 테마가 된다.[1]

그렇다면 신화란 과연 무엇이며 그것과 실제 역사와는 대체 어떠
한 연관성이 있는 것일까. 비교신화학자 켐벨(J. Cambell)은 신화는
가시적인 세계의 배후를 설명하는 메타포[2]라는 말로써 그 스스로
신화의 사건을 사실로 받아들이지 않았으며 신화는 그가 가지고 있
는 진실을 비유와 은유의 표현으로 서술하고 있을 뿐이라고 한 바
있다. 따라서 그 메타포에만 지나치게 집착한다면 어쩌면 우리는 신
화의 진정한 의미를 깨닫지 못할 수도 있다.

신화는 민중들의 세계인식과 신앙을 바탕으로 이루어진 문학이

---

1) 멀치아 엘리아데, 이동하 역, 『聖과 俗 — 종교의 본질』, 학민사, 1983, 19~101
쪽.
2) 조셉캠벨. 빌모이어스, 이윤기 역, 『신화의 힘』, 고려원 1996, 23쪽.

다. 따라서 우리는 이러한 신화를 통해 우리 민중들의 종교, 사고(思考) 등을 조망함과 아울러 우리 문학의 기층현상을 살펴볼 수 있다. 우리의 신화들은 그 기록문헌의 한계성으로 인해 건국담 이외의 신화는 문자로 기록되어 전하는 것이 거의 없는 실정이다. 이에 대해 일부 학자들은 "우리에겐 신화유산이 빈곤하다는 점에 있어서 결정적인 핸디캡을 갖고 있으며 우리에게 단일신화는 존재해도 신화체계는 존재하지 않는다"[3)]라는 주장을 편 바도 있다. 그러나 이러한 주장에 대해 김태곤은 『한국의 무속신화』라는 책을 엮어 내면서 그와 같은 무지를 종식시키고 있다.

> "무속신화는 무속에서 신앙하는 신의 이야기이다. 이런 신의 이야기가 무속에서 서사적 양식의 무가로 전승되고 있다. 지나간 한 때, 한 민족은 신화를 잃어 문헌 속에서나 몇 편의 건국신화가 남아 있을 정도라고 말한 학자들도 있었다. 그러나, 신화를 잃어버린 것이 아니고, 생생한 무속신화가 살아 있는데도 미처 거기까지 눈을 돌리지 않고 민족성만 개탄했던 것이다."[4)]

따라서 신화에 대한 올바른 고찰이란 문자화되어 전해지고 있는 건국신화와 지금도 구비전승 되고 있는 서사무가 등의 비교 고찰을 통해 일관된 신화의 특성을 찾아내는 것이다.

이 글에서는 문자화되어 지금까지 전해지고 있는 건국신화 중 '단군신화'와 우리의 축제 혹은 연극으로 대변되는 굿과의 관계를 면밀

---

3) 신동욱 외, 『신화와 원형』, 고려원, 1992, 185쪽.
4) 김태곤, 『한국의 무속신화』, 집문당, 1985, 머리말 중에서.

히 검토해 보고자 한다. 결국 이러한 일련의 과정을 통해 가장 우리적인 사이코드라마 창출에 도움이 되는 방법을 찾아보고자 한다.

단군신화의 기록은 〈삼국유사〉, 〈제왕운기〉, 〈응제시주〉5), 〈동국통감〉』6), 〈세종실록지리지〉 등 여러 문헌에서 찾아 볼 수 있다. 그런데 이들 〈단군신화〉의 기록들이 서로 일치하는 내용으로 되어 있는 것은 아니다. 이는 〈단군신화〉가 그 전승과정에서 여러 변이를 일으켰음을 증명하는 단적인 예라 할 수 있다. 따라서 논의의 편이를 위해 이들 〈단군신화〉의 여러 이본들 중 가장 일반적으로 널리 알려져 있는 삼국유사에 실린 〈단군신화〉를 기본 축에 놓고 논의를 진전시켜 나가고자 한다.7)

---

5) 『應制詩註』〈命題十首〉중 始古開壁東夷 主 (檀君) 記史 부분에 아래와 같이 단군신화에 관한 기록이 실려 있다. 인용하면 다음과 같다.

古記云上帝桓因有庶子曰雄意慾下化人間受天三印率徒二千降於太白山神檀樹下
…중략… 檀樹下呪願有孕雄乃假化而爲人孕生子曰檀君－檀君遺阿斯達 山化爲－

6) 『東國通鑑』外紀 부분에도 아래와 같은 단군조선에 대한 기록이 보이고 있다

洞方初無君長有神人降干檀木下國人立爲君是爲檀君國號朝鮮是唐堯戊辰歲也初
壤徒都白岳至商武丁八年乙未入阿斯達山爲神……檀君獨壽千四十八年以享一國
乎知其說之誣也前輩以謂其曰千四十八年者乃檀氏傳世歷年之數非檀君之壽也此
說有理……

위 인용문에서 특히 주목되는 것은 단군조선에 대한 신화 뒤에 붙은 해설부분이다. 단군이 천사십팔세를 살았다는 것은 단군이라는 한 사람의 수명을 의미하는 것이 아니라 단군이라는 군장들의 제위 기간을 의미하는 것이라는 주장이 매우 흥미롭다. 이는 최근에 학자들에 의해 자주 주장되는 학설과 대동소이한 주장이기 때문이다. 이는 아마도 단군을 연구하는 여러 학자들이 『동감통감』의 위 外記 부분을 참고한 때문으로 이해된다.

7) 고조선과 단군에 관한 최초의 기록으로는 중국의 魏書와 우리나라의 古記를 인용한 〈삼국유사〉 紀理篇을 들 수 있다. 그런데 정사인 〈삼국사기〉에는 이러한 내용이 기록되어 있지 않아 대비된다. 한편 같은 고려시대의 기록으로는 이승

　‘단군신화’의 가장 중심적인 사고의 기반은 그 미분성(未分性)에 있다. 천상과 지상 그리고 신과 인간, 동물의 세계가 단절되지 않고 자연스럽게 하나로 이어질 수 있다는 이러한 생각은 우리 무속의 기본적인 사고인 미분성의 원리와 일맥상통한다. 현재 우리나라 학계에서는 최남선의 주장 이래 일부 반론이 있기는 하지만 단군 왕검을 제정일치 시대의 우리나라 최고의 제사장으로서의 무당이자 정치적 지도자인 왕이었다는 주장이 일반적인 통설이다. 그러나 이들의 주장을 살펴보면 그들이 단군을 제정일치 시대의 무당과 정치 지도자로 내세우고 있는 증거가 석연치 않은 점이 많다. 특히 단군이 제정일치 시대의 단골무격이었다는 주장을 위해 내세우고 있는 증거들이 특히 그러하다. 일부 학자들이 내세우고 있는 단군이 무당이었다는 증거는 그것보다는 단군의 아버지인 환웅이 무당이었을 것이라는 증거에 더 가깝기 때문이다. 여기서 우리는 또 다른 회의에 부딪치게 된다. 〈삼국유사〉를 비롯해 〈단군신화〉를 싣고 있는 문헌들의 〈단군신화〉의 줄거리를 살펴보면 〈단군신화〉의 주인공은 분명 단군이 아니라 환웅이기 때문이다. 그럼에도 불구하고 우리는 이 이야기를 환웅신화가 아니라 〈단군신화〉라고 부르고 있다. 그 이유는 과연 무엇 때문인지, 이 글은 바로 이러한 의문점으로부터 풀어나가려 한다.

휴의 〈제왕운기〉가 있으며 이와 비슷한 내용이 조선초기의 권람의 〈응제시주〉와 〈세종실록지리지〉 등에 나타나고 있다. 일반적으로 우리가 단군에 관한 문제를 논급할 때는 일차적으로 〈삼국유사〉의 기록을 인용한다.

2) 단군신화와 굿

〈단군신화〉는 크게 〈삼국유사〉 유형과 제왕운기 유형으로 나눌 수 있다. 〈제왕운기〉 유형은 〈삼국유사〉 유형의 단군신화 부분의 곰이 사람이 되어 환웅과 결혼해서 단군을 낳았다는 부분이 "…… 命孫女飮藥成人身 與檀樹神婚而生男 名檀君……"[8]이라고 하여 "상제 환인의 서자 웅(雄)이 하강해서 그의 손녀로 하여금 약을 먹고 사람의 몸이 되게 해서 박달나무 신과 혼인하여 단군을 낳았다"라고 되어 있다. 거의 같은 무렵에 쓰여진 두 문헌에서 단군의 출생경위가 이처럼 다른 이유는 어떤 일정한 이야기에 후대에 첨삭이 가해졌기 때문으로 보인다. 결론적으로는 이 두 가지 유형의 단군신화는 같은 내용의 상이한 기록일 뿐이라는 사실을 어렵지 않게 짐작할 수 있다. 따라서 이 글에서는 제왕운기 유형의 〈단군신화〉보다는 일반적으로 널리 알려져 있는 삼국유사 유형의 〈단군신화〉를 중심으로 그 논의를 진전시켜 나가고자 한다.

구체적 논의를 위해 〈삼국유사〉에 실려 있는 〈단군신화〉 부분의 원문을 인용해 보면 다음과 같다.

> 古朝鮮 (王儉朝鮮)
> … 古記云. 昔有桓因(謂帝釋也) 庶子桓雄. 數意天下. 貪求人世. 父知子意. 下視三危太伯可以弘益人間. 乃授天符印三箇. 遣往理之. 雄率徒三千. 降於太伯山頂(卽太伯今妙香山). 神壇樹下. 謂之神市. 是謂桓雄天王也. 將風伯雨師雲師. 而主穀主命主病主刑主善惡. 凡主人間三百六十

---

8) 帝王韻記 券下, 檀君記史 부분.

餘事. 在世理化. 時有一熊一虎. 同穴而居. 常祈于神雄. 願化爲人. 時 神
遺靈丈炷. 蒜二十枚曰. 爾輩食之 不見日光百日. 便得人形. 熊虎得而食
之忌三七日. 熊得女身. 虎不熊忌. 而不得人身. 熊女者無與爲婚. 故每於
壇樹下. 呪願有孕. 雄乃假化而婚—之. 孕生子. 號曰壇君王儉. 以唐高卽
位五十年庚寅(唐高卽位元年戊辰. 則五十年丁巳. 非庚寅也. 疑其未實.)
都平壤城(今西京). 始稱朝鮮 又移都於白岳山阿斯達. 又名弓 (一作方)
忽山. 又今旀達. 御國一千五百年. 周虎王卽位己卯. 封箕子於朝鮮 壇君
乃移藏唐京. 後還隱於阿斯達, 爲山神. 壽一千九百八歲… 9)

위 내용을 순서대로 정리해 보면 아래와 같다.

(1) 환인제석(桓因帝釋)은 아들 환웅이 지상의 사람 세상을 다스
  려 보고자 하는 것을 알고 세상을 내려다보니 삼위태백(三危
  太白)이 홍익인간의 이상을 펼칠만한 적절한 터이므로 천부인
  (天符印) 세 개를 주어 그 곳에 내려가 다스리게 했다.
(2) 이에 환웅(桓雄)이 무리 3천명을 거느리고 태백산 신단수 아
  래 내려와 신시(神市)라 이르고 환웅천왕이 되어 바람과 비,
  구름신을 거느리고 무릇 사람이 살아가는데 관련된 360여 가
  지 일들을 두루 맡아서 다스리고 교화하였다.
(3) 그 때 곰과 범이 같은 굴에 살면서 항상 환웅에게 사람되기
  를 빌므로, 쑥과 마늘을 먹으면서 백일동안 햇빛을 보지 말라
  고 일렀다. 곰은 이를 지켜 삼 칠일 만에 여자가 되었으나, 호
  랑이는 견디지 못하여 사람이 되지 못했다.
(4) 사람이 된 웅녀는 혼인해 주는 이가 없어 늘 신단수 아래에

---

9) 一然, 『三國遺事』, 韓國思想大全集4, 良友堂, 1994. 78쪽.

와서 아이 배기를 빌었다. 그러자 환웅이 사람으로 변해서 웅
녀와 혼인하고 아이를 배게 했다. 마침내 웅녀가 아들을 낳으
므로 그를 단군 왕검이라 일렀다.

(5) 단군은 평양성에 도읍하고 국호를 조선이라 하였으며 뒤에
도읍을 아사달로 옮겨 1500년 간 다스렸다. 주(周)나라의 호왕
이 기자를 조선에 봉하매 단군은 장당경으로 옮겨갔다가 다
시 아사달에 돌아와 산신이 되니 나이가 1908세였다.

그동안 연구자들에 의해 지적되었던 〈단군신화〉의 무속적인 요소
로는 신단수(神壇樹), 신시(神市), 천부인(天符印), 단군왕검(壇君王儉) 등
다분히 이 신화의 표피적인 부분들에 한정되어 있었다.

조지훈은 「누석단·신수·당집신앙 연구」10)에서 누석단(累石壇)과
신수(神樹)를 한데 묶어 뗄 수 없는 관계로 고찰하고 있다. 누석대와
신수가 다 함께 고대의 제단이었으며, 원시시대의 추장이 여기에 제
사를 지냈다는 것이다. 그는 오늘날의 부락제도 사실상 여기에서 기
원하고 있다고 보고 있다.

김태곤11)은 〈단수(壇樹)〉가 일부 학자들의 주장처럼 〈박달나무〉
〈단(檀)〉의 오자로서 〈단(壇)〉이 아니라, 오늘날에도 우리가 민간의 신
당신앙에서 볼 수 있는 산신당, 국수당 등과 같은 개념의 신당(神堂)
으로서 그 제단이 되는 〈단(壇)〉이라는 주장을 하고 있다.12) 그는 『제

---

10) 조지훈, 「累石壇, 神樹, 堂집 信仰硏究」, 『고대 문리대 논문집』, 제 7집, 1963,
    49쪽.
11) 김태곤, 「한국신당 연구」, 『국어국문학』 제 29호, 국어국문학회, 서울, 1965.,
    「무속상으로 본 단군 신화－단군신화의 형성을 중심으로－」, 『단군신화 연
    구』, 온누리, 1986.

왕운기』의 〈신단수하(神檀樹下)〉, 〈단수하(檀樹下)〉의 단이 〈박달나무〉라는 뜻이 아니라 박달나무를 신수로 하는 신당형태라는 주장을 하고 있다. 천신이 '신단수하'에 하강하고, 웅녀가 '단수하'에서 잉태하기를 기원하며, '단수신'이 단군을 낳게 하였다는 것은 모두 신당 신앙 형태인 것이므로 '단수하'는 곧 신당의 신수 밑의 제단이라는 것이다.

이와 비슷한 의견을 피력한 이로는 이병도, 이은봉, 임재해 등이 있다. 이병도[13]는 오늘날 서낭당의 신수(神樹)라든가 적석(積石) 혹은 제단(祭壇)도 우리 민속 중에 남아 있는 신단(神壇)의 한 잔재 모습이라고 보았다.

이은봉[14]은 신단과 신수의 합성어인 신단수는 대개 산 위에 있었던 것이 원형적인 형태라는 점에서 산의 종교현상과 밀접한 관련을 가지고 있는 것으로 보고 있다. 그는 신수와 신단의 결합이 〈累石壇 —神樹— 堂집〉의 형태로 전문화하여 비교적 최근까지 전수되어 내려왔다고 보고 있다. 그는 최근까지 흔하게 볼 수 있었던 성황당 신앙의 가장 고형이자 원형이 단군신화라는 주장을 하고 있다. 그는 계속해서 단군신화의 무대가 되고 있는 태백산 꼭대기에는 누석단(累石壇) 형태의 제단이 있고 바로 그 옆에 신수(神樹)가 있었으며, 나

---

12) 단군에 관한 내용을 전하고 있는 고려시대의 두 기록인 '삼국유사'와 '제왕운기'는 단군의 단을 서로 다르게 표기하고 있다. '삼군유사'에서는 제단 壇자를 '제왕운기에서는 박달나무 檀자를 사용하여 그 의미를 각기 다르게 나타내고 있다. 일반적으로 학계에서는 후자로써 단군을 나타내고 있다.
13) 이병도, 「단군설화의 해석」, 『단군신화 논집』, 새문사, 1988.
14) 이은봉, 「단군신앙의 역사와 의미」, 『단군 그 이해와 자료』, 서울대학교 출판부, 1994.

라의 군장이 천신에게 제사를 지냈을 것으로 추정하면서 단군은 바로 제정일치 시대의 군장이었을 거라는 주장을 하고 있다.

임재해[15] 역시 나라 차원에서는 신목 또는 신수를 중심으로 신시와 소도가 설정되었으나 마을 차원의 소규모 영역에서는 신당 또는 당산이 형성된다고 하였다. 마을의 당나무는 곧 태백산 단수의 다른 표현일 따름이라는 것이다. 그는 무당들이 굿을 할 때 신내림을 받는 내림대 또는 신대는 신단수에서 축소된 동신목, 솟대 등으로부터 더욱 축소된 것으로써 신단수와 마찬가지로 신성이 깃든 나무라고 보고 있다.

그런데 이들 연구자들의 주장을 자세히 살펴보면 제정일치 시대의 제사장과 군장을 겸한 최초의 인물은 환웅이었지 결코 단군이 아니라는 점이다.

단군신화의 줄거리를 살펴보면 환인에게 천부인 세 개를 받고 무리 3천을 이끌고 태백산 꼭대기 신단수 밑에 내려와 그곳을 신시라 이른 분은 단군이 아니라 바로 환웅이기 때문이다. 그는 풍백(風伯), 우사(雨師), 운사(雲師)를 거느리고 곡(穀), 명(命), 병(病), 형(刑), 선악(善惡) 등 무릇 인간의 360여 가지 일을 맡아서 인간세계를 다스리고 교화하였다고 하였다. 또한 혼인해 주는 이가 없어 항상 단수 아래서 아이 배기를 축원하는 웅녀에게 아이를 배게까지 하고 있다. 다시 말해 환웅은 인간의 삶에 관한 모든 일들을 해결해 주는 해결사적인 역할로 그려지고 있다.[16] 이와 반면에 단군 왕검은 그저 평범한 인

---

15) 임재해, 『단군신화와 건국 영웅들』, 천재교육, 1995.
16) 이에 대해 김준기는 환웅이 주인공으로 나오고 있는 단군신화의 앞 부분을 환
　　인이 아들 환웅이 세상에 뜻을 두는 부분, 환웅이 무리 3천명과 태백산 신단

간으로서만 그려지고 있다. 단군에게 굳이 신비로운 점을 찾는다면 후에 아사달에 돌아와 숨어서 산신이 되었다는 것과 그가 1천 9백 8세 까지 살았다는 정도뿐이다. 그렇다면 삼국유사에 나와 있는 단군신화의 줄거리를 토대로 추론해 본다면 환웅과 단군 중 누가 더 무격의 위치에 가까운 것인가는 자명한 일이다.

환인의 대리자로서 환웅은 실상 환인이 할 수 있는 자연적 기적을 일으키고 있는 인물이다. 그는 가뭄에 비를 오게 하거나 사회적 재난을 물리치고 있으며 심지어 아이를 못 낳는 여인에게 아이를 낳게 까지 하고 있다. 이는 최근까지 이어지고 있는 무당의 역할이기도 하다. 단군신화에서 환인의 아들 환웅이 풍백(風伯), 우사(雨師), 운사(雲師)를 거느리고 내려왔다거나 곡(穀), 명(命), 병(病), 형(形), 선(善), 악(惡) 등을 주관했다는 말은 환인의 무당으로서의 이러한 역할을 증명하는 단적인 예라 할 수 있다.

신단수가 있던 곳에서 환웅은 하늘에 있는 환인에게 제사를 지냈을 것이며 바로 환웅이 제사를 지냈던 곳이 신성스러운 장소인 신시이다. 이와 아울러 환웅이 환인에게 받았다는 천부인 세 개는 바로 환인의 위력과 영험한 힘을 증명하는 무구였던 것으로 보인다. 그런데 이처럼 환웅이 신의 사제자로서 무당의 역할을 했다는 증거를 통해 환웅이 아닌 단군이 제정일치시대의 제사장인 무당과 군장을 겸

수 아래로 내려오는 부분, 환웅이 인간의 일을 주관하며 세상을 다스리는 부분 등 세 가지로 구분하면서 단군신화에서 환웅이 주인공으로 나오는 이 부분이 단군신화의 일부로서 존재한다기보다는 단군신화가 신성성의 획득을 위해 차용해야 했던 독립된 신화이기 때문에 이 부분을 따로 독립시켜 환웅신화라 부르고 있기도 하다. 김태곤 외, 「신화와 원본사고」 『韓國文化의 原本思考』, 민속원, 1997. 56~57쪽.

한 인물이었다는 주장은 다분히 비약적인 주장이라 아니할 수 없다.

이와 아울러 최남선이 주장한 이래 거의 정설로 굳어진 단군왕검의 어원에 대해 검토해 보고자 한다.

최남선[17]은 현재 민간에서 무(巫)를 이르는 말에 '당굴'이라는 것이 있음에 주의해야 한다고 말하고 있다. 그는 또 이 당굴이 금의(今義)에 수(首)를 이르고, 고의(古義)론 천(天)을 이르던 '디굴'과 어원적 관계가 있어 본디 천인(天人), 두인(頭人)의 의미에서 나왔을 것이라는 애기를 하고 있다. 그는 또 몽고어와의 어원적 유사관계를 언급하면서 몽고어에서 천(天)을 '텅걸'이라 하는데 '텅걸'은 동시에 무(巫)를 의미한다고 하면서 '탕글'과 '당굴'이 어형으로도 본디 일치한다는 주장을 하고 있다.

그는 당굴- 텅걸- 천군- 단군 등이 서로 밀접한 상호 연관성이 있는 단어이며 '당굴' 즉 단군이 천인(天人) 즉 사천자(事天者) 쯤의 의미임은 거의 의심할 여지가 없다고 보고 있다.

최남선은 왕검이라는 말을 설명하면서 고어(古語)의 '알'과 그 전형(轉形)인 '암'에는 존승(尊勝), 장상(長上) 등의 의가 있고 '가' '감'에는 대인(大人), 신성인(神聖人) 등의 의가 있는데 이 양어(兩語)를 결합하여 왕자의 칭호를 삼음이 가락과 백제의 예에서 나타나고 있는 바와 같이 왕검이 '암감' 혹 그 유사어로 왕호(王號) 특히 무군적 칭위임을 짐작할 수 있다는 말과 함께 단군왕검이란 제정일치기(祭政一致期)의 무군(巫君)임을 주장하고 있다.

이러한 주장에 대해 북한사회과학원 역사연구소의 강인숙은 「단

---

17) 최남선, 「壇君 及 基硏究」, (『別乾坤』, 1928 및 『육당최남선전집』2, 1973)

군 신화와 력사」18)에서 아래와 같은 반론을 펴면서 단군은 발족 임
금을 가리키며 신화에서는 좀 변이된 의미로 〈박달임금〉으로 표현
되었으며 그 〈박달족 임금〉의 이두식 표현이 〈단군〉이라는 주장을
하고 있다.

> 종래에 〈단군〉은 무당의 일명인 〈당굴〉의 음을 따서 쓴 것이고,
> 〈당굴〉은 몽고어의 Tengri(하늘 또는 제천자:텐그리)와 공통된 말이며
> 마한(馬韓)의 여러 소국들의 〈천군(天君)〉과 같은 말로 해석하는 견해
> 가 있었다. —중략— 신화는 〈단군〉을 〈당굴〉로 해석할 수 있는 그 어
> 떤 시사도 주지 않으며 애당초 이 설의 주창자 자신도 신화에서 그 의
> 미를 도출한 것은 아니었다. 우리 건국 신화나 전설의 일반적 특성에
> 비추어 볼 때 신화와 동떨어진 종래의 해석은 우선 그 해석방법부터
> 가 틀렸으므로 믿을 것이 못된다.19)

강인숙은 최남선 식의 해석은 신화의 내용과는 동떨어진 〈단군〉
의미 해석으로 본질적인 결함이 있다는 주장이다. 필자 역시 강인숙
의 신화의 내용을 바탕으로 〈단군〉의 의미를 해석해야 한다는 데에
는 본질적으로 동의하지만 강인숙의 〈박달족 임금〉의 이두식 표현
이 〈단군〉이라는 주장에 대해서는 근본적으로 동의하지는 않는다.
왜냐하면 강인숙의 주장대로 단군신화를 바탕으로 단군의 의미를
해석해 본다면 최남선이나 강인숙의 주장처럼 단군이란 의미는 그
다지 복잡한 의미를 내포한 말 같지는 않기 때문이다. 단군신화를

---

18) 강인숙, 「단군신화와 력사」, 『단군신화와 역사』, 사회단체 국조 봉안회 편저,
　　동신 출판사, 1992.
19) 강인숙 앞의 논문, 62~63쪽.

자세히 살펴보면 환인은 '환인제석'으로 환웅은 '환웅천왕'으로 단군은 '단군왕검'으로 표기되어 있음을 알 수 있다. 그런데 "桓人(謂帝釋也)"라는 풀이를 통해 미루어 짐작해 보면 환인=제석이며 환웅=천왕, 단군=왕검이라는 등식이 성립함을 어렵지 않게 알 수 있다. 그렇다면 단군과 왕검을 다른 의미를 지닌 말로 해석하는 것은 아무래도 무리가 있는 주장이라는 것이 필자의 입장이다.

만약 진정한 제정일치 시대라면 사제인 무당과 군장의 명칭을 굳이 분리해서 지칭할 이유가 없기 때문이다. 따라서 최남선식의 단군은 제사장을 가르치는 무당을 가리키는 명칭이며 왕검은 군장을 가리키는 명칭이라는 주장은 아무래도 더 이상의 설득력을 갖기는 힘들다는 생각이다. 강인숙의 주장 역시 단군신화만을 토대로 단군의 의미를 고구해 봤을 때 그다지 설득력 있는 주장이라고 보기는 힘들다. 따라서 필자는 단군이라는 말의 부정확한 어원적 해석만을 가지고 단군이 제천의식을 주관했던 무당이었을 거라는 추론을 하는 것은 아무래도 무리일 거라는 생각이다.

그렇다면 단군신화와 무속은 전혀 관계가 없는 것인가, 필자는 이러한 물음에 대해 그동안 여러 학자들에 의해 제기되었던 단군신화의 표피적인 무속적인 요소를 벗어나 단군 신화 전편에 흐르고 있는 한국인의 무속적인 사고관과 그 사고를 기반으로 한 우리굿의 기원에 대해 살펴보고자 한다.

김태곤은 「한국무속연구」[20]에서 한국 무속의 핵에 자리잡고 있는 것이 존재의 근원에 대한 원질 사고 즉 존재에 대한 원본 사고라고

---

20) 김태곤, 『한국무속 연구』, 집문당, 1981, 1991.

밝힌 바 있다. 그는 한국 무속에서 인식하는 세계관이 특이하다는 점을 상당히 강하게 강조하였다. 즉 한국의 무속은 인간을 육체와 정신(영혼)의 융합적인 것으로 봐서 서로 분리될 수 없다고 하였다. 이와 관계된 용어가 그의 후기 논문에서 강조되는 미분성(未分性)의 개념이다. 즉 무속은 인간을 애초부터 하나의 영과 육의 융합체로 간주, 인식하고 있다는 점이다. 다시 말해 김태곤이 말한 존재란 인간 사고나 인간의 눈 앞에 나타나 있는 것, 또는 형체는 없지만 인간의 관념 속에 있는 것들을 의미하는데 이것이 바로 영육통합체로서의 존재개념이다.

그런데 무속현실에서 보는 이런 통합체로서의 존재는 소위 정신적인 존재로 이것이 존재의 중심이 되는 것으로 본다는 것이다. 인간에게 있어 삶의 문제는 죽음을 당했을 때 존재의 문제가 거론되며 존재의 영원한 지속을 갈구하게 된다. 바로 이 인간존재의 지속의지와 통합체계의 존재가 밀접한 관계를 맺어 존재 영속성의 문제를 무속세계는 해결해 준다. 여기에 관련된 것이 바로 무속의 영혼관이다. 영혼은 영원하기 때문에 바로 이 영혼의 차원에서 인간존재의 유한성을 극복하고 있는 것이다. 물론 이 글에서 사용한 영혼이란 용어는 엄밀히 따져서 무속적 개념에 어긋난다. 왜냐하면 김태곤의 원본개념은 인간의 존재를 하나의 통합체로 보았기 때문이다. 죽어 있든 살아 있든 그것은 문제가 되지 않는다. 인간을 그저 통합체로 보았기 때문이다. 이것이 바로 김태곤이 사용한 미분성의 개념이며 이것은 개인을 떠나 세계에서도 마찬가지여서 물질과 정신의 구분이 일어나지 않는 개념이다.

이와 같은 입장에서 이해한다면 제의의 궁극적인 목적은 결국 인간 존재의 지속을 위해서 시·공의 상황에 따라 변화된 통합체의 해체분리현상 그리고 거기로부터 오는 불안과 불만족 등을 제의의 방법을 통하여 존재의 원형을 회복시켜 안정된 상태로 되돌려 놓으려는 장치를 말하는 것이다. 그는 무속에서 보는 인간이라는 존재에 대해 다음과 같은 예를 들어 무속의 원본사고를 설명하고 있다. 즉 인간은 세상에 태어나 살다가 죽으면 없어지는 것으로, 인간이라는 존재는 단절되어 없어지는 것이다. 그런데도 무속에서는 인간이 죽으면 영혼이 저승(타계)으로 돌아간다고 믿어 영혼의 존재를 인정한다는 것이다. 다시 말해 한국의 무속에서는 영혼의 불멸을 믿는다는 것이다. 물론 영혼의 불멸 개념은 인간의 사고 하에서만 가능한 것이다. 여기서 다음과 같은 사실을 발견할 수 있다.

> A. 인간의 존재를 유형의 육체와 무형의 영원으로 이원화시켜 본다.
> B. 인간의 존재는 육체가 멸해도 영혼이 남아 불멸한다.
> C. 그래서 인간의 존재는 영원하다.

위의 A에서 육체는 형태가 있어도 영혼은 형태가 없으며, B에서 유형의 육체는 죽어 끝이 있어도 무형의 영혼은 끝이 없어 불멸한다. C에서 인간의 존재는 영원의 상태로 영원히 남는데, 영혼은 무형의 상태다. A, B, C를 종합하면 유형의 육체는 일정한 시간 동안만 이 세상에 있다가 그 일정한 시간의 끝과 함께 끝이 나서 죽어 없어지고, 무형의 영혼은 육체가 있는 이 세상을 떠나 저승으로 들어가기 때문에 이 세상의 시간을 초월하여 끝이 없는 불멸의 존재가 된다. 즉 육체가 살고 죽는다는 것은 육체가 시간적으로 지속되다가 단절된다는 시간성의 문제이다. 그리고 유형의 육체는 차지하는 일정한 공간이 있어서 가시적 유형으로 나타나게 되어, 육체가 갖는 유형성은 또 공간성의 문제가 된다. 이렇게 해서 인간의 육체는 공간과 시간의 조건 위에 있게 된다. 그래서 인간이 살고 죽는다는 것은 인간이라는 육체의 공간성이 시간적으로 지속되고 단절되는 현상이 된다.

인간존재의 영구지속, 즉 영원을 위해 무속의 제의가 이루어지지만 인간이 육체는 공간성에 의한 시간성의 제약으로 일정 기간만 지속되다가 끝이 나는 순간 존재이다. 때문에 공간성과 시간성의 조건 위에 있는 가시적 유형존재(육체)는 영구히 지속되는 영원은 불가능한 것이다.

따라서 굿을 할 때는 언제나 현실계의 공간과 시간을 차단하고, 금기시키는 금기로부터 시작된다. 먼저 부정굿으로부터 현실계 즉 공간과 시간을 소거시킨 다음 태초 이전의 혼돈에서 하늘과 땅이 열리는 천지개벽신화를 구연하여 우주가 생기면서 인간과 지상만물이 생겨나는 과정을 서술한다. 이것은 우주라는 가시적 유형존재의 공간과 시간이 시작되는 과정이다. 우주 역시 공간과 시간 조건 위에 있는 가시적 유형의 순간 존재이므로 우주 안에 있는 인간을 비롯한 모든 유형존재 역시 같은 공간과 시간 조건에 의한 순간존재라 믿고, 그 존재의 근원인 혼돈(카오스)으로 돌아가 존재를 다시 획득하여 지속시켜 나가려는 것이다.

카오스는 하늘과 땅이라는 우주의 공간과 시간이 생겨나기 이전 그대로의 무공간 무시간이기 때문에 공간성과 시간성에 의한 존재의 생(生)과 멸(滅)이 없는 영원계, 그래서 존재(공간성과 시간성에 의

한 유형존재)의 무한시발근원(無限始發根源)이 된다. 영혼이 불멸의 영원존재인 것도 육체의 존재 조건인 공간과 시간을 벗어난 무시간 무공간의 카오스 상태로 돌아갔기 때문이다.

이러한 한국인의 무속사고인 원본 사고를 통해 단군신화를 분석해 보면 다음과 같은 설명이 가능하다.

환웅이 천상계에서 지상계로 내려와 나라를 다스렸다는 것은 무공간 무시간의 카오스의 세계에서 공간과 시간의 제약이 있는 코스모스적인 시간으로 이동해 왔다는 것이며 그가 신단수 아래를 신시라 이른 것은 바로 그 신시라는 장소가 무공간 무시간의 공간이 카오스, 즉 천상의 세계로 다시 이동할 수 있었던 장소였기 때문이다. 이처럼 카오스의 세계와 코스모스의 세계가 자유롭게 이동할 수 있다는 미분성에 기초한 무속적 사고가 단군신화에 자연스럽게 배어 있음은 전혀 이상할 것이 없다. 왜냐하면 단군신화 전체는 바로 이러한 사고에 의해 구성되어 있기 때문이다. 단군신화에는 신과 인간 그리고 동물이 함께 등장하는데 그러면서도 이들 사이에는 자유로운 이동이 가능하다. 환웅처럼 신도 사람 세상에 뜻을 두면 인간이 될 수 있고 웅녀처럼 동물이라도 정해진 규범을 온전하게 지키면 인간이 될 수 있으며 단군처럼 인간도 산신이 될 수 있다. 이러한 단절된 세계의 자유로운 이동이 가능할 수 있었던 것은 바로 한국인들이 무속사고에서 기반한 미분적인 사고를 가지고 있었기 때문이다.

단군의 아버지인 환웅은 잠시 인간의 모습으로 변하여 (시간과 공간의 제약을 받는 존재로 변하여) 단군을 낳고 있지만 원래 환웅의 정체는 카오스적인 존재, 즉 시간과 공간이 제약을 받지 않는 영원히 죽지 않는 영혼적인 존재이다. 그리고 단군의 어머니는 비록 사람의 몸으로 변하긴 했지만 그녀의 원래 정체는 코스모스적인 존재, 즉 시간과 공간의 제약을 받는 곰이다. 그리고 그녀는 사람으로 변한 순간 다시는 곰이 될 수 없는 존재가 되어 버렸다. 다시 곰일 수 없음은 그녀에게 영원한 죽음을 상징한다고 볼 수 있다. 이처럼 영원한 생명과 영원한 죽음을 상징하는 부모로부터 태어난 단군은 이 양자를 모두 지닌 존재가 된다. 다시 말해 환웅이 영혼만을 지닌 존재이고 웅녀가 육체만을 지닌 존재라면 단군은 영혼과 육체 모두를 가진 존재인 것이다. 따라서 단군이 후에 산신이 되었다는 것은 현실세계인 코스모스적인 세계에서 비록 단군은 죽었지만 우리 민중들의 미분적 사고 하에서는 코스모스와 카오스의 자유로운 이동을 통해 단군이 영원히 죽지 않는 존재로 존재하게 되는 것이다.

환웅은 성(聖)의 세계 즉 카오스적 세계의 존재이다. 이와 반대로 웅녀는 속(俗)의 세계, 즉 코스모스적 세계의 존재이다. 그럼에도 불구하고 환웅은 속(俗)의 세계에 웅녀는 성(聖)의 세계에 개입하고 있다. 하지만 환웅 존재의 본질은 성(聖)의 세계에 있으며 웅녀 존재의 본질은 속(俗)의 세계에 있다고 할 수 있다. 이와는 달리 단군의 존재는 성(聖)과 속(俗) 그 어느 쪽에서도 그 존재의 본질을 찾기 힘든 존재이다. 왜냐하면 단군은 성(聖)과 속(俗) 어느 한쪽에 그 존재기반을 두고 있는 존재가 아니라 민중들의 사고(思考)의 전환에 의해 성(聖)적인 존재가 되기도 하며 속(俗)적인 존재가 되기도 하는 가장 미분적인 존재이기 때문이다.

이를 그림으로 나타내 보면 다음과 같다.

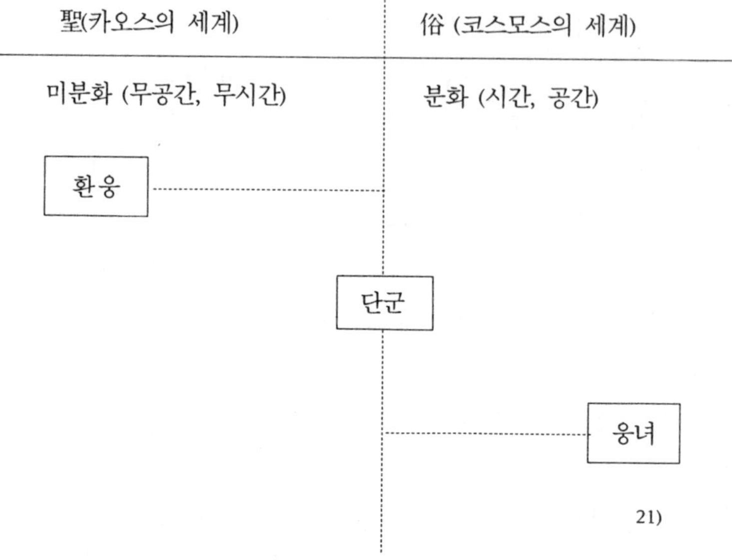

굿이란 바로 우리가 존재하고 있는 이 속된 세계에서 성스러운 공간으로 되돌아가기 위한 의례이다. 다시 말해 성스러운 환인의 세계에서 지상으로 내려왔던 환웅이 자신이 본래 살고 있던 성스러운 공간인 환인의 나라로 가기 위해 행했던 의례가 바로 굿이었던 것이다. 신단수가 있던 곳에서 환웅은 성스러운 공간으로 되돌아가기 위해 환인에게 제사를 지냈을 것이며 바로 환웅이 제사를 지냈던 신성스런 공간이 바로 신시였던 것이다. 삼한 시대의 소도라는 장소 역

---

21) 필자가 환웅과 단군 그리고 웅녀의 존재를 설명하기 위해 도표를 聖과 俗의 개념으로 이원화시켜 그려본 것은 단순히 설명의 편의를 위한 것이며 이들의 존재를 제대로 설명하기 위해서는 이들 존재의 영혼과 육체, 카오스와 코스모스의 시·공 상황에 대한 좀더 총체적인 관계가 설명되어야 할 것이다.

시 바로 신시와 같은 역할을 했던 장소이다. 나라차원에서는 신목 또는 신수를 중심으로 신시와 소도가 설정되었으나 마을 차원의 소규모 영역에서는 신당 또는 당산이 형성되었다. 무당들이 굿을 할 때 신내림을 받는 내림대 또는 신대는 신단수에서 축소된 동신목, 솟대 등으로부터 더욱 축소된 것으로, 신단수와 마찬가지로 신성이 깃든 나무이다.

우리는 지금까지 우리 굿에 대해 많이 오해해 왔고, 미신이라는 미명아래 터부시해왔다. 하지만 굿은 우리민족의 최대 축제이자 연극이었다. 나라에서 불교를 장려했던 시기나 유교를 장려했던 시기에 상관없이 각 지역의 특색에 따라 행해졌던 마을굿은 우리 민중들의 고달픔을 풀어주는 놀이였다. 이처럼 우리의 굿이 민중들을 대동단결 하는 힘이 있다는 사실을 간파한 일제 식민지 시대의 일본인들은 미신 타파라는 미명아래 우리의 굿을 말살시키려고 많은 노력을 기울였던 것이다. 또한 새마을 운동으로 대표되는 근대화 과정에서 우리 굿은 미신행위라 하여 타파해야 할 대상으로 인식되기에 이르렀다. 그러나 우리의 굿은 지배세력의 갖은 압력에도 굴하지 않고 지금까지 그 맥을 이어오고 있는 끈질긴 생명력을 자랑하고 있다. 굿은 사회연대의식을 유지시키며 사회적으로 억압된 약자와 소수 그룹의 긴장 및 불안을 심리적으로 해소시켜 주는 보상기능으로서 사회 안정에 이바지하는 기능이 있었기 때문이다.

우리가 흔히 농악으로 알고 있는 풍물 역시 굿이라는 사실을 안다면 굿이 단순한 의미의 미신이나 전근대적인 터부의 대상이 될 수 없음을 쉽게 알 수 있을 것이다. 농악이란 말이 처음으로 공식화된 시기는 일제 시대로, 1936년 조선총독부에서 발행한 〈부락제〉라는 책에서였다. 이후 많은 사람들이 풍물굿을 농악이라는 이름으로 부르고 있다. 하지만 풍물굿은 단순한 음악이나 가락이 아니라 노래, 춤, 신앙, 노동, 전투 따위가 모두 망라된 대동놀이이다. 80년대 들어 대학가에서 "축제에서 대동제로"와 같은 화두를 내걸고 대학 축제를 대동제 혹은 대동굿이라 명명했던 이유는 우리 굿이 가지고 있었던 축제와 놀이를 통한 대동의 의미를 되살려 보고자 했던 대학생들의 염원이 있었기 때문이다.

2. 창작 사이코드라마 사례

아래 사례는 2003년 제 1학기 열린 사이버 대학 컨소시엄에서 필자가 개설했던 '한국극예술의 이해' 수강자들이 과제로 작성 제출한 창작 사이코드라마 중 일부이다. 학생들이 가상으로 꾸며 본 사이코드라마이기 때문에 실제 사이코드라마와는 많은 거리감이 있을지도 모르겠다. 하지만 새로운 사이코드라마 창출을 위해 노력하는 연구자들에게 조금이라도 참고가 되길 바라며 학생들의 창작 사이코드라마 사례를 소개하고자 한다.

〈과제: 사이코드라마 작성하기〉

영화 '아리랑'의 주인공 최영진은 현실적인 고민과 번뇌 때문에 미치고 만다. 그리고 오기호를 죽임으로써 제 정신이 돌아온다. 이 영화에서는 최영진이 친구나 가족도 알아보지 못할 정도의 정신상태로 묘사되고 있다. 하지만 여러분들은 최영진이 미치기 직전 다시 말해 친구나 가족을 알아보고 의사소통이 가능한 상태라고 가정하고 지금까지의 강의 내용을 참조하여 최영진이 미치지 않도록 최영진의 마음을 풀어주는 사이코드라마를 작성해 보기 바란다.

〈참고〉

1926년 나운규에 의해 발표된 영화 〈아리랑〉은 현재 그 필름이나 원전으로 추정되는 설명 대본이 전해지고 있지 않다. 따라서 이 과제를 위해 1929년 발표된 문일(文一)의 영화 소설 〈아리랑〉과 1957년 김소동이 각색한 〈아리랑〉, 1994년 북한 문학예술 종합 출판사에서 출간된 영화 문학 〈아리랑〉, 1999년 북한 평양 출판사에서 출간된 〈아리랑〉, 성동호의 〈아리랑〉 설명 대본 등을 토대로 무성 영화 〈아리랑〉의 대략적인 줄거리 다음과 같이 추정해 보았다. 참고하기 바란다.

□ 1926년 발표 무성 영화 〈아리랑〉의 대략적인 줄거리
①영진은 전문학교에서 억울한 퇴학 처분을 당하고 귀향한 후 자신의 학비 때문에 빚까지 지고 고통받는 가족으로 인한 현실적 고뇌가 가중되어 미친다. 이렇게 미친 영진이 늘 즐겨 부르던 노래가 바로 우리의 민요 '아리랑'이다.
그런데 문일(文一)의 〈아리랑〉, 김소동의 〈아리랑〉, 북한의 최창호·홍강성이 소개한 〈아리랑〉에서는 모두 영진이 미친 이유를 다르게 설명하고 있다. 문일의 〈아리랑〉은 주인공 최영진이 사립전문학교 2학년에서 퇴학하고 귀향한 후에 철학을 연구하다 무한한 혈

기에 뛰노는 젊은이로서 무서운 현실의 박해를 받고 견디다 못해 미치게 되었다는 설명을 하고 있는 반면 북한 최창호·홍강성이 소개하고 있는 〈아리랑〉에서는 주인공 영진이 전염병으로 앓아 누워 사경을 헤매는 친구를 위해 자신의 학비로 약을 사다 준 후 학비를 내지 못해 퇴학 처분을 받은 것으로 소개되고 있다. 결국 전문학교 과정을 마치지 못하고 집으로 돌아온 영진은 자신의 학비 때문에 진 빚 때문에 천상인의 청직이 오기호로부터 매일같이 빚 독촉을 받는 아버지의 모습을 비롯해 현실적인 고뇌 때문에 영진이 미치게 되었다는 것이다. 김소동의 〈아리랑〉은 이와는 달리 영진이 만세 사건 때 일본 놈의 고문으로 미치게 되었다는 설명을 하고 있다.

②개와 고양이 마냥 만나기만 하면 맹렬히 싸우는 미친 최영진과 오기호, 오기호는 지주 천상민의 청지기로 천상민의 돈을 영진의 아버지에게 영진의 학비로 꾸어 준 후 빚 독촉을 하며 괴롭히는 인물이다. 급기야 빚 대신 오기호는 영진의 동생 영희를 달라고 영진의 아버지를 협박한다.

③영진과 함께 서울로 유학 갔던 친구 현구가 금의환향하고 영희와 현구는 서로 사랑하는 사이가 된다. 이들 대화 속에는 영화의 상황과 어울리지는 않지만 어김없이 카츄사의 이야기가 등장한다.

④사막의 환상 장면에서는 검은 옷을 입고 있는 인디안의 상인과 흰 옷을 입은 나그네가 등장한다. 그런데 환상 장면 속의 상인의 역할은 현실 속 인물인 오기호가, 나그네는 영진이, 남자는 현구가, 여자는 영희가 맡고 있다.

영진의 환상 장면에서 물을 갖고 있는 상인은 목이 말라 물을 좀 달라는 나그네의 청을 무시하고 심지어 발길로 차 버리기까지 한다.

이 때 젊은 남녀가 상인에게 물을 달라고 청하는데 상인은 여자에게 남자를 버리고 자기를 따르면 물을 주겠다고 말한다. 약한 마음에 여자가 이를 승낙하자 상인이 여인에게 물을 준다. 이에 격분한 남자가 상인과 격투를 하고, 쓰러져 있던 나그네가 다시 일어나 상인을 죽인 후, 두 남·여에게 절대로 헤어지지 말 것을 명령한다.

⑤마을 풍년놀이에 마을 사람들이 모두 모여 흥겹게 노는데, 오기호는 그 틈을 타서 혼자 있는 영희를 겁탈하려 한다. 집에 돌아와 이 장면을 목격한 현구가 영희를 구하려 하지만 역부족으로 밀리고 그 순간 역시 집으로 돌아온 미친 영진이 사막의 환상 장면과 이들의 싸움을 혼동하고 낫으로 오기호를 죽인다. 그 순간 영진은 정신이 돌아온다.

⑥정신은 차렸지만 살인자가 된 영진은 마을 사람들이 불러 주는 아리랑 노래를 뒤로 한 채 아리랑 고개를 넘어 순사에게 끌려간다.

1) 첫 번째 사례   작/ 이진경

〈드라마를 시작하기 전에〉

사이코드라마라는 것 자체가 현장성·즉흥성이 강한 것이어서 이렇게 하나의 드라마로 설정하고 쓴다는 것 자체가 모순이다. 게다가 일제강점기 시대의 최영진과 첨단과학시대를 살고 있는 내가 주인공과 디렉터로 만나야 한다니 막막하였다. 이러저러한 고민 끝에, 내가 타임머신을 타고 최영진이 미치기 직전의 상황으로 간다는 기본설정을 해두는 편이 좋겠다는 결론을 내렸다.

〈사이코드라마 : 최영진 편〉

'나'와 내가 신뢰하고 있는 남·여 연기자 십여 명은 타임머신을 타고 최영진이 살고 있는 마을로 간다. 우리는 준비작업들과 토의 끝에 여러 가지 방법들을 모색한 뒤, 최영진의 마음을 풀어주기 위해 사이코드라마를 시작한다.

때: 최영진이 미치기 직전의 해에 했던 풍년놀이 날
곳: 풍년놀이가 진행되곤 했던 마을의 들판

영진의 마을 사람들과 청년회 회원들, 나와 연기자 십여 명은 꽹과리, 징, 북, 장고, 제금, 피리, 대금 등의 악기를 연주하면서 이른바 길놀이의 형식으로 풍물놀이를 하며 그 마을을 돌기 시작한다. 온 동네를 들썩하고도 신명나게 만들면서 최영진의 집에 들린다. 방구석에 처박혀 있던 최영진을 나오게 해, 길놀이에 참여토록 분위기를 조성한다. 이때, 영진에게 비교적 연주하기 단순한 징이나 북 같은 것을 쥐어 줘서 자발적으로 분위기에 젖어들게 하는 것이 중요하다. 영진까지 합류한 이 집단은 자연스레 들판으로 가게 된다. 들판에 도착해서 한참을 둥그런 원을 그리며 놀다가(놀 때, 원 안에서 대접 돌리기나 그밖에 살판 등을 하면 더욱 분위기가 고조되어 좋겠다.) 자연스럽게 원의 모양으로 사람들을 앉힌다.

무당의 역할을 준비해온 여자(무녀)와 남자(박수) 배우가 원 안으로 들어온다. 무녀가 손에 들고 있는 방울을 흔들며 애기를 시작한다. 풍년을 기원하는 굿을 하는 듯 자연스레 분위기를 이끌어 나가는 것이 중요하다.

무녀: 올해도 흉년이 들어 등짝과 배때기가 이젠 정이 바짝 들었는지 척 달라붙어서 당최 떨어지려 하지 않습니다.
박수: 어이구, 맞습니다. 이젠 지나가는 아낙네 다리통이 죄 무로 보여 미치겠습니다.

이렇게 무녀와 박수가 흉년이 들어 굶주려 있는 마을사람들의 상황을 희화화시키면서, 관객들과 공감대를 형성시켜 나간다. 무녀와 박수는 마을 사람들에게서 흉년이 들어 힘든 상황들을 자연스레 얘기할 수 있도록 유도해 나가면서 천지신명께 비는 기도를 한다. 물론 최영진이 주 타겟이 된다. 그러나 최영진은 쉽게 마음을 열지 않으려 한다. 나는 무녀와 박수를 불러들인다. 이렇게 따로 표기하지는 않겠지만 상황을 봐서 배우들을 불러들이거나 투입시키는 일을 내가 할 것이다. 그리고 탈춤을 전문적으로 하는 배우 두 명을 투입시킨다. 한 명은 마을의 지주인 천상인의 모습을 닮은 탈을 썼고, 나머지 한 명은 천상인의 땅을 빌려 농사를 짓는 힘없는 소작농의 모습을 닮은 탈을 썼다. 이 두 배우는 탈춤을 추기 시작한다. (나와 함께 갔던 배우들 중에 원 안에서 행동을 하지 않는 배우들은 각각 장구, 징, 북, 대금, 피리 등을 연주하며 극 진행을 돕는다.) 흥겹게 탈춤을 추다가 두 배우가 부딪히게 되고, 다툼이 일어난다.

천상인의 탈: 어이쿠, 이놈 보게. 천하디 천한 소작농주제에 감히
내 등을 쳐? 어디 이놈 맛 좀 봐라. 호되게 매질을 당해봐야
정신을 차리지. (매를 찾아 두리번거린다)
소작농의 탈: (겁에 질려 머리를 땅에 처박고) 아이고, 잘못했습니
다. 살려만 주십시오. 다시는 그렇지 않겠습니다.

천상인의 탈은 아랑곳 않고, 발길질과 매질을 하는 시늉을
한다. 과장된 몸짓과 고조되는 장단으로 안타까운 분위기를 계
속 연출한다. 이때, 도깨비 모습을 한 배우 한 명이 등장해서,
원 밖에 둘러싼 사람들을 향해 물건(도깨비방망이)을 팔기 시
작한다.

도깨비: 자자, 무엇이든 이루어지게 하는 도깨비방망이 팔아요.
아, 돈은 안 받겠습니다. 그저 나중에 따분하지 않게 노래
한 곡만 불러주시면 됩니다. 자, 지금 아니면 기회 없습니다.
도깨비 방망이 팝니다.

천상인의 폭력을 보다 못한 영진이 도깨비에게 방망이를 산
다. 방망이를 손에 넣은 영진에게 사람들은 천상인이 더 이상
폭력을 휘두르지 못하도록 하라고 여기 저기서 소리 지른다.
영진은 자연스레 원 안의 그들에게 다가간다. 방망이를 들고
어찌할 바를 모르고 있는 영진에게 무녀가 다가간다.

무녀: 그 도깨비 방망이로 무얼 하고 싶소?

영진: (천상인을 가리키며) 저- 저 놈을 당장 그만두게 하고 싶
소.
무녀: 그 도깨비 방망이는 뭐든지 다 할 수 있는 것이오. 자, 저 놈
을 향해 방망이를 휘두르며 '썩 꺼져'라고 말하시오. 그러면
될 것이오.
영진: (방망이를 천상인에게 겨누며) 썩 꺼져!

영진의 '썩 꺼져!'소리와 함께, 천상인은 물러가고 소작농의
탈을 쓴 배우가 영진에게 고맙다고 머리를 조아린다. 다소 만
족해하는 표정의 영진, 소작농의 탈을 쓴 배우가 자꾸 권하고
주위 사람들도 권유하여 영진과 소작농, 무녀가 함께 막춤을
추기 시작한다. 천상인을 해치운 데 대한 기쁨의 춤이기도 할
것이다. 신나는 막장단에 점점 분위기 흥겨워진다. 영진도 어
느새 막춤에 열중하고 있다. 소작농 슬며시 들어가고 이제 원
안에 영진과 무녀만 춤을 추고 있다. 어느 정도 긴장이 풀린
듯하면, 장단 잦아들고 영진과 무녀도 숨을 고른다. 이때 막걸
리를 줘서 목을 축이게 한다.

무녀: 이제 그 도깨비 방망이 필요 없지? 나 줘.
영진: (머뭇거리며) 아- 아니. 저, 아버지 드릴 겁니다.
무녀: 아버지?
영진: 네.
무녀: 아버진 뭐 하시는데?
영진: 아까 그놈의 땅에서 소작일을 하고 있습니다.

무녀: 그렇구먼. (원을 둘러싼 사람들을 빙 둘러보며) 여기 이 청
　　　년, 아버지가 누구요? 나와 보시오. 참 효자 두셨소.
영진: 아버지는 몸져 누워 계십니다. 그리고 전 효자가 아닙니다.
무녀: 왜 효자가 아니야? 아들이 이렇게나 반듯한데. 아버지는 뭐
　　　때문에 편찮으시나?
영진: 저 때문에…… 저 때문에……. (괴로워한다.)
무녀: 자네가 어찌했기에? 하여튼 난 자네가 마음에 들었으니 자
　　　네 문제를 해결해 주기로 맘 먹었어. 내 비범한 능력은 그깟
　　　도깨비 방망이에 비할 것이 못되지.

　　홍겨운 가락이 흘러나오자 방울과 부채를 흔들어 대며 춤을
　　추기 시작하는 무녀. 춤을 추다가 돌연 음악 멈추고 무녀는 바
　　닥에 픽 쓰러진다.

무녀: (최노인의 목소리로) 영진아.
영진: 아버지? (무녀를 부축한다.)
무녀: 이놈아, 니 몰골이 왜 그러냐? 종일 방구석에 처박혀서 한숨
　　　만 쉬고 있으니 애비 가슴이 까맣게 타들어 간다.
영진: 아버지, 괜찮으세요? (울먹인다.) 저 때문에, 땅 다 잃으시고
　　　어제는 새파랗게 젊은 놈한테 발길질을 당하셨지요. 죄송해
　　　요, 죄송해요. 저 때문에…….
무녀: 괜찮아. 아비는 괜찮다. 니가 걱정이지. 이 아빈, 너만 번듯
　　　하게 크면 걱정 없단다.
영진: (울먹이며) 아녜요. 저는……, 절 믿지 마세요. 못난 놈인 거

아버지가 잘 아시잖아요. 땅 팔아서 공부하라고 준 돈 다 날리고, 억울하게 핍박당하는 아버지를 도와드리지도 못하고 용기가 없어 비겁하게 고개 숙이고만 있는 저잖아요. 흑―

이때, 박수가 등장한다. 박수는 영진의 또 다른 자아다.

박수: (영진의 옆에 서서 아버지에게) 하지만 어쩔 수 없었어요. 아버진, 늘 사람답게 살라고 하셨잖아요. 정의롭게 살라고 하셨잖아요. 제 친구가 많이 아팠어요. 죽을 것 같았어요. 공부보다 생명이 더 중하다고 생각됐어요. 다행히 그 친구는 살았어요.

무녀: 그래, 그래. 잘했다 내 아들.

영진: 아녜요, 그래도 공부를 했어야 했어요. 그게 어떤 돈인데, 어떤 돈인데…….

박수: 그 친구에겐 병든 홀어머니가 있어요. 그 친구만 믿고 살아가는데, 너무 안됐잖아요. 나는 아버지도 있고, 여동생도 있고…….

영진: 맞아요, 그래요. 아버지. 저에게는 아버지도 있고, 여동생도 있어요. 제가 만일 아팠다면 그 친구도 제게 그랬을 거예요. 그게 사람이 사람답게 사는 방식예요.

무녀: 그래, 잘했다. 이 아비도 그 상황에선 그렇게 했을 거야. 걱정 하지 말아라. 아직도 이 땅의 많은 사람들은 힘들게 살면서도 사람답게 살고 있단다.

영진: (위로를 받으며) 공부는 마치지 못했지만, 앞으로 아버지 도

와서 열심히 일할게요. 이젠 걱정 마세요. 우리 세 식구 먹
을 만큼은 일할 수 있어요.
박수: (격앙된 목소리로) 오기호 놈은 제 손으로 없애겠어요! 어제
그 놈이 아버지를 발길질을 했을 때, 참지 말았어야 했다구
요! 당장 달려가서 제 손으로 복수를 하겠어요!

박수, 달려나갈 기세다. 이때, 영진은 박수를 말리게 된다.
이 과정에서 무녀는 슬그머니 사라지고, 원 안에는 박수와 영
진만 남는다.

박수: (영진에게) 이거 놓으세요, 아버지! 전 더 이상 비겁자가 될
수는 없다구요! 그런 비열한 놈은 제 손으로 해치우겠어요!
영진: (박수의 아버지란 말에 감응을 받아 아버지의 역할을 한다.)
영진아, 그러면 못쓴다! 이 아빈, 니가 살인자가 되는 걸 원
치 않아. 그 놈도 어쩔 수 없이 그러는 걸 거야. 너도 알잖
니. 그 놈 어미, 아비가 왜놈들 때문에 죽었다는 걸. 무서운
거야. 어쩔 수 없는 거야. 공포는 사람을 못나게 만드는 거
야. 어쩔 수 없어. 불쌍한 놈이라고. 너는 잘 하고 있는 거야.
절대 비겁한 게 아니야. 분명히 일어설 때가 있을 거야. 그
때, 할 일이 있을 거야. 폭력을 폭력으로 해결하는 건 옳은
방법이 아니야. 넌 더 배워서 좀 더 다른 방법을 찾는 게 좋
아. 빼앗긴 우리 것들을 다시 찾을 그 날을 위해 말이야. 우
린 반드시 되찾을 수 있을 거야.
박수: 네, 아버지. 분명히 제가 할 일이 있을 거예요.

이때, 흥겨운 가락이 시작된다. 탈을 쓴 두 명의 남·여가 등장해서 원 안을 휘저으며 춤을 춘다. 탈을 쓴 두 명의 남녀는 영진의 환상 속에 존재했던 인물들이다. 환상 속의 남·여가 춤을 출 동안, 박수가 영진을 데리고 원 밖으로 나와 쭈그리고 앉는다. 그런데, 그 환상 속의 남자가 영진을 많이 닮은 듯 하다. 두 남녀는 사랑을 표현하는 춤을 정답게 춘다. 정답게 춤을 추는 분위기가 환상 속의 상인의 모습을 한 탈을 쓴 사람이 나타나자 깨진다. 환상 속 상인은 여자에게 금은보화 등을 보이며 환상남을 떠나 자기에게로 오라고 설득한다. 고민하던 환상녀는 환상남을 버리고 환상 상인의 품에 안긴다. 이때, 무녀 나타나 환상녀를 몰아붙인다.

무녀: 더러운 년! 그깟 돈 때문에 사랑하는 남자를 버려? 너 같은 년은 돌팔매를 당해야 돼.

미리 준비해 둔 종이뭉치들을 환상녀에게 던진다. 주위 관객들도 앞에 널려있는 종이뭉치들을 던지며 한마디씩 욕을 한다. 환상상인은 사라지고 환상남과 무녀, 관객들은 일제히 환상녀에게 욕과 돌팔매질을 한다. 영진은 자신도 모르게 원 안으로 들어와 환상녀에게 욕을 퍼부으며 격하게 혹은 울분하며 종이뭉치들을 던진다. 사람들은 무녀의 지시에 따라 수그러들며, 환상남과 영진만 계속해서 환상녀에게 종이뭉치들을 던지며 욕을 하고 있다. (환상 속의 남녀는 여러 가지의 상징이겠지

만, 나는 '남'을 영진으로 '여'를 영진이 사랑했던 여인으로 설
정하고 '상인'은 일본의 재력가로 만들어, 실제로 영진이 서울
에 있을 때 실연을 당하는 것으로 설정하였다.) 환상녀는 계속
해서 울고만 있을 뿐이다. 얼마간 계속되다가, 영진이 돌팔매
를 계속 해대고 있는 환상남을 말린다.

영진: 그만 둬.

환상남: (실연 당한 영진의 또 다른 자아): 왜? 넌 분하지도 않아?
　　　저렇게 나쁜 년은 죽어야 돼!

영진: 분해! 분하다구! 죽여도 시원찮을 만큼 분해! 하지만 그녀
　　　잘못만은 아니야.

환상남: 뭐? 왜? 그깟 돈 때문에 날 버렸는데! 우리가 서로 얼마나
　　　사랑했는데, 얼마나 좋아했는데……. (울먹인다.)

영진: (덩달아 울먹인다.) 그래, 우린 사랑했어. 처음 낯선 서울 와
　　　서 힘들 때, 이 여자를 만났지.

환상남: 그래, 우리가 얼마나 다정했는데. 자기 때문에 내가 얼마
　　　나 애태웠는데. 그런데. 그런데 그깟 돈 때문에 날 버려? 죽
　　　여버릴 거야! (환상녀에게 죽일 듯이 다가가려 한다.)

영진: (환상남을 말리며) 아니야! 그깟 돈 때문만은 아니야. 가족을
　　　위해서야! 가족을 위해서였어. 그놈한테 빚을 잔뜩 져서, 집
　　　이 풍비박산 날 참이었어. 난 그녈 위해 해줄게 없었다구!
　　　아무 것도, 아무 것도 해줄게 없었어! 그 놈이 그녀에게 말
　　　했던 거야. '너만 내게 시집오면 다 해결 되. 그러면 집안에
　　　돈도 줄 수 있다'고……. 어쩔 수 없었지. 어쩔 수 없었을 거

야. 괴물 같은 그 놈 품에 안기면서 그녀는 나보다 가슴이
더 찢어졌을거야.

영진의 절규에 환상녀는 더욱 서럽게 흐느낀다. 영진, 환상
녀에게 다가가 그녀를 안는다.

영진: (환상녀에게) 울지마. 내가 잘못했어. 이해해, 다 이해해. 그
러니 제발 울지마. (운다.)

울고 있는 영진에게 무녀가 말을 건다.

무녀: 지금 자네가 해야 할 일이 뭐라고 생각하는가? 아니, 무얼
하고 싶은가?
영진: (눈물로 범벅된 얼굴을 들어) 되찾겠습니다.
무녀: 무엇을? 그리고 어떻게 찾겠다는 건가?
영진: 빼앗긴 것들을 모조리 찾아오겠습니다. 힘없는 우리 민족
모두의 힘을 합쳐 되찾고야 말겠습니다.
무녀: 좋아. 자네 얼굴을 보니, 희망이 보이는군! 자, 그럼 우리 되
찾았다 치고 연습이나 한번 할까? 되찾았다 치고 말일세. 어
떻게 하면 좋을까? 응?
영진: (두 팔을 위로 뻗으며) 대한 독립 만세! 대한 독립 만세!

무녀와 사람들은 영진을 따라 '대한 독립 만세'를 목청 높여
부른다. 꽹과리를 필두로 흥겨운 풍물이 장단을 시작한다. 모
두 일어나 만세를 외치기도 하고 춤을 추기도 한다. 한바탕 신

나게 풍물놀이를 시작한다. 처음과는 달리, 영진은 신명이 나 있다. 한바탕 홍겹게 논 후, 술판을 벌인다. 술판을 벌이면서 인형극을 시작한다. 인형들은 지금껏 드라마에 나왔던 인물 모두를 닮게 깎아 만들어서 준비하며, 영진이 토로했던 사실들을 바탕으로 인형 각각 영진에게 되풀이하여 말을 건다. 영진은 자신이 해왔고, 깨달았던 것처럼 몇 번이고 반복하여 같은 상황을 여러 가지 방법으로 반응하면서 인형놀이를 즐긴다. 인형놀이가 어느 정도 경과되면, 마을 사람 모두 모여서 '아리랑'을 홍겹게 부른다.

'나'와 수고했던 모든 배우들은 타임머신을 타고 다시 되돌아갈 채비를 한다. 아리랑을 부르는, 홍겹게 혹은 구슬프게 보이는 사람들을 뒤로 한 채.

(끝)

2) 두 번째 사례　작/ 임경민

〈드라마에 들어가기에 앞서〉

사이코드라마의 한국적 수용이란 전제를 걸고 이 과제를 수행하는데 앞서 한국적 집단적 제의의 특성을 고려할 때, 나운규 '아리랑'의 등장 인물인 최영진의 마음만을 풀어준다는 전제를 한다. 드라마는 집단적 제의 형식이며 최영진을 분하는 주인공과 제의를 이끌 디렉터를 제외하고는 모두가 보조자이며 또한 관객이다. 드라마에 있어서 최영진이 미칠 수밖에 없었던 계기를 제한한다. 이는 드라마의 진행상 중복됨을 피하고 실제 최영진이 존재하지 않는다는 현실성에서 기인한다. 드라마의 진행은 실제 즉흥적이고 충동적이 되어야 하나 최영진을 가상한 상황에서 최영진의 자아 분열 이유와 그 해원(解寃)을 위해서 제한하는 것이다. 드라마를 이끄는 디렉터(이하 편의상 상쇠라고 칭한다)는 직접 드라마에 참여하며 제의에 계속 등장하는 음악(풍물)을 이끄는 상쇠이고 직접적인 드라마 진행을 위한 전지적인 대사나 행동이 가능한 존재이다. 마지막으로 최영진이 미쳐야했던 계기를 아래와 같이 제한, 고지하는 바이다.

〈최영진이 미칠 수밖에 없었던 계기〉

최영진은 지식인으로서 일제 강점하의 민족의 설움과 고통에 가슴 아파하던 차에 본의 아니게 학업에 실패를 하게 되지만(학교에서 퇴학 당함) 결과적으로 가족들의 기대를 저버리게 된 입장이 되고 자신으로 인해 고통 받는 아버지와 여동생에게 더할 수 없는 미안함과 자신에 대한 무기력함으로 스스로 광인이 되어간다.

〈최영진을 위한 해원(解寃)〉

무대는 커다란 원형 무대 또는 야외의 벌판이면 더욱 좋다. 극은 상쇠의 주도로 막장단의 연주에 맞춘 마구잡이 춤으로 시작한다. 격렬한 가락과 몸짓으로 관객이자 보조자들의 참여를 이끌어낸다. 이 과정이 충분히 계속된 후 극은 상쇠의 태평소음으로 자연스런 원형 무대 속에 존재하게 된다. 애절한 아리랑 가락으로 장고와 징만을 이용한 느리고 긴 호흡의 가락으로부터 시작한다. 이어 소리꾼이 등장해 시조를 읊듯이 아리랑을 느리게 부르고 다같이 호흡을 통해 숨을 고르며 자연히 극의 분위기를 고조시킨다.

이어 상쇠의 상황 해설이 이어진다.

상쇠: 때는 바야흐로 일제의 횡포가 조선의 산천에 만연한 시기인
고. 여기 한 서린 조선의 청년들과 아낙들이 모였다. (남자 1
을 가리키며) 거기 총각은 무슨 한을 가지고 있는고?

상쇠는 분위기를 돋구며 한사람 한사람에게 절절한 사연들
을 듣는다. 그러다 주인공 최영진에게 시선이 멈추고,

상쇠: 니 놈은 죽었느냐 살았느냐?
최영진: 소인, 죽었는지 살았는지 모르겠습니다.
상쇠: (저승사자 탈을 쓰고) 이놈! 자기가 죽었는지 살았는지 모르
는 놈이 어디 있어? 오냐! 저승길에 심심하니 네놈이나 데리
고 가야겠다.

상쇠는 최영진을 무대 가운데로 끌어내 한바탕 시끄럽고 신
나는 장단에 맞춰 놀음에 참여시키고 이어 각 보조자들이 주
위를 빙 둘러싸게 만든다. 이들은 각기 얼굴에 탈을 쓰고 검고
흰 옷을 입고 있다. 그들은 이내 최영진의 사지에 희고 검은
명주천을 휘감는다.

보조자1: (영진의 친구로 분한다) 자네 최영진이 아닌가?
상쇠: (최영진에게) 이 사람은 자네가 도와준 아무개일세.
최영진: 그렇네만, 자네 아무개 아닌가?
보조자1: 잘 지내었는가? 자네가 고향으로 내려간 뒤 나는 늘 자
네에 대한 고마움 때문에 간절히 보고 싶었네.

최영진: 그랬던가. 나도 한 번 보고 싶었네. 그래, 몸은 괜찮은가?

보조자1: 괜찮다 뿐인가, 나는 지금 자네에게 진 빛을 갚기 위해
　　　　열심히 일까지 하고 있네.

최영진: 그랬었나? 그러나 이미 늦었네. 나는 이제 이 모양이야.
　　　　하루 하루 답답하고 캄캄하네. 보게나, 이렇게 사지가 묶여
　　　　서 몸도 제대로 가누지 못하고 내 머릿속은 온통 어지러운
　　　　망상들만 가득 차있네.

상쇠: 둘이 한번 바꿔보지?

최영진: (아무개로 분하며) 자네 최영진 아닌가? 자네 여기 웬일인
　　　　가?

보조자1: (최영진으로 분하며) 왜긴? 자네 소식 듣고 왔네. 자네
　　　　왜 이렇게 힘들게 묶여 있는 것인가?

최영진: 보시다시피 빌어먹을 전염병이 나를 죽이고 있어. 자네도
　　　　전염될 수 있으니. 어서 자리를 뜨시게나.

보조자1: 무슨 소리를 그렇게 하나. 나라가 이 모양인데 우리 조선
　　　　이 도와주진 못하지만 이 돈으로 자네 치료비에 썼으면 하
　　　　는 바네. (최영진에게 다가가 그의 몸에 감긴 명주천을 한
　　　　겹 풀어내 자신의 몸에 걸친다.)

최영진: 고맙네. 자네도 힘들 터인데 이렇게 도움을 주다니. 내 자
　　　　네의 은혜는 평생 잊지 않겠네.

　　징소리에 이은 웅장하고 조용한 가락이 연주되고 상쇠는 다
른 보조자를 최영진 앞에 불러 세워,

상쇠: 여기 이 사람은 자네의 아버지일세!

최영진: 아버지! 저 영진입니다.

보조자2: (아버지로 분하며) 그래 영진아. 니가 지금 웬 일이냐?
　　　학업은 어떻게 하고?

최영진: 아버님! 죄송합니다. 학교는 계속 다닐 수 없게 되었습니
　　　다.

보조자2: 그게 무슨 소리냐. 내가 보내준 월사금을 받지 못하였더
　　　냐?

최영진: 그 돈은……. (차마 말을 못 잇고) 죄송합니다. 아버님!

보조자2: 그게 무슨 소리냐? 내가 니 놈의 학자금을 위해 지주네
　　　마름인 오기호 놈한테 지금 어떤 횡포를 당하고 있는지 아
　　　느냐? 그놈이 이제는 영희까지 넘보며 우리를 능멸하고 있
　　　어 이놈아! 아이고, 이제 어떡하느냐. 이제 어떡해!

상쇠: (도깨비 탈을 쓰고 이 둘의 대화에 개입하며) 이 녀석들! 어
　　느 안전이라고 이리도 요란하게 곡을 하느뇨!

　　　보조자2는 최영진의 시야에 사라지고, 괴로워하는 최영진에
　　게 상쇠가 나무란다.

상쇠: 이놈아! 무엇이 그렇게 서러워 괴로워하고 있느냐?

최영진: (괴로워하며) 몰라! 그대가 뭘 안다고. 내 맘을 어떻게 안
　　　다고.

상쇠: 나는 저승을 오가는 도깨비다. 니 놈 때문에 잠을 잘 수가
　　없으니 어디 한번 말해보아라. (최영진은 여전히 대답을 거

부하며 괴로움에 꿈틀거린다.) 니 놈이 니 아비에게 불효를
범한 것이 틀림없구나. 내 너를 당장에 육시를 낼 것이야.

최영진: 아이고. 차라리 저를 죽여 버리시오. 나는 열 번을 죽더라
도 아무 할말이 없는 놈이요.

상쇠: 니 놈이 아비를 속인 것이냐?

최영진: 모르겠소. 내가 아버님에게 어떤 변명을 할 수 있겠오. 나
는 그저 죽고 싶을 따름이요.

상쇠: 이미 죽어 저승길 가운데 놓인 놈을 어떻게 죽인단 말이냐?
(좌중들에게) 여러분 어찌하면 좋소. 이놈을 무시무시한 염
라 대왕 앞에 이대로 끌고 가야 한단 말이오?

좌중: 아니오. 그의 사정을 듣고 싶소.

상쇠: 음. 이놈! 내 너 때문에 잠을 청할 수 없으니 꼼짝없이 니 놈
의 한을 들어봐야 하겠다. 내 은혜를 베풀어 니 놈의 원을
들어줄 터이야. 니 놈이 원하는 것이 무엇이냐?

최영진: 모르겠오. 나는 천하의 불효막심한 놈이요. 그저 죽기 전
에 아버님에게 잘못을 빌고 싶은 마음뿐이오. 하지만 차마
내 입으로 변명을 늘어놓을 수 없소.

상쇠: 그러하면 내가 대신 니 놈의 말을 전해줄 터이니 어서 털어
놓기나 해!

최영진: 이 몸이 지은 죄는 아버님에게 사실을 말 못하는 불경죄
요. 아버지가 집안을 팔아 만들어준 월사금을 친구의 치료
비로 써버려 학교에서 쫓겨난 신세가 되었으니 내 어찌 이
신세를 변명 삼아 아버님께 고할 수 있단 말이오.

상쇠: 고이언 놈. 니 놈은 아비에게 큰 불경을 저지른 게로구나.

아비 놈은 어디 있느뇨?

보조자2: 예. 제가 저놈의 아비 됩니다.

상쇠: 니가 이놈의 아비인가? 이 놈은 너에게 커다란 불경죄는 지어 스스로 저승길에서 흐느끼고 있다. 이 놈이 너에게 저지른 잘못을 너는 아느뇨?

보조자2: 예, 제 아들 녀석이 제가 보내준 학자금을 어찌 했는지 학교에서 쫓겨났다며 고향집으로 내려온 일이 있습니다.

상쇠: 니 아들놈이 그 돈을 어디다 썼는지 아느냐?

보조자2: 알 길이 없습니다.

상쇠: 음……. (좌중에게) 누구 아는 이 없느뇨?

보조자1: 본인 아무개란 사람으로 최영진은 저의 전염병을 고칠 치료비로 그 돈을 썼사옵니다. 모든 잘못은 저에게 있습니다.

상쇠: 옳거니, 모든 잘못이 니 놈에게 있는게로구나. 너 이놈! 내 너를 당장에 육시를 낼 것이야!

보조자2: 아이고 신령님 고정하십시오. 제 아들놈의 심계를 이제야 알겠습니다. 아무쪼록 제 아들놈을 한 번만 볼 수 있겠는지요?

상쇠는 그를 최영진 앞에 끌고 간다.

최영진: 아버님! 여기는 어인 일이십니까?

보조자2: 내 너의 사정을 다 알게 되었다. 너는 어인 일로 이 아비에게 그간의 사정을 말하지 않았느냐?

최영진: 제가 무슨 말을 드리겠습니까? 저는 아버님 면전에서 아
　　　 버님의 한탄을 듣고서는 아무런 변명을 하지 못하였습니다.
　　　 아버님. 천하의 불효자를 용서하십시오.

　　　 아버지를 분한 보조자는 이어 최영진을 얼싸 안고 같이 흐
　　　 느끼며 그의 몸을 감싼 명주천을 몇 겹 벗겨낸다.

상쇠: (저승사자의 탈을 쓰고) 이놈! 이제 그만했으면 나랑 같이 저
　　　 승으로 가자!

　　　 최영진은 애써 몸을 일으키려고 하지만 아직 그의 몸을 감
　　　 싼 명주천이 그의 행동을 제약하여 꼼짝달싹하지 못한다.

상쇠: 이놈! 니 놈이 가진 한이 또 무엇이 남았단 말이냐? (널리 좌
　　　 중들에게) 이놈이 가진 한이 무엇이냐?

　　　 좌중은 일제히 처음 일제 강점에서 겪고 있는 각자의 원한
　　　 을 읊조리며 웅성대기 시작한다.

상쇠: 그만! 시끄럽다. 이놈들! (최영진에게) 니 놈이 가진 한이 이
　　　 놈들과 같은 것이냐?
최영진: 그러한 것 같습니다.
상쇠: 니 놈이 하고 싶은 게 무엇이냐?
최영진: 제 소원은 대한 독립 만세를 외치는 것입니다.

이때, 좌중 속에서 웅성거리며 일본 순사 행세를 하며 몇몇
이 등장하여 최영진을 에워싼다.

보조자3: (순사역) 여기가 어디라고 그따위 소릴 지껄이는 거냐?
　　　　당장에 헌병대로 끌려가고 싶은 게냐? (이 말에 좌중 일제히
　　　　침묵한다)
최영진: 아닙니다. 아닙니다. 저는 그런 소릴 하지 않았습니다.

　　　　순사역의 보조자들은 최영진을 맴돌며 역동적인 춤사위로
그를 압도한다.

상쇠: 이놈들! 어느 안전이라고 함부로 노니느냐! (이어, 괴로워하
　　　는 최영진에게) 좋다. 니 놈이 가진 한이 많아 나랑 저승길
　　　을 가는 것이 힘들다면 내 너의 한 가지 청을 들어주마.
최영진: 아닙니다. 저는 아무런 원이 없습니다.
상쇠: 어허! (순사역의 보조자들을 내치며) 이래도? 니 놈이 하고
　　　싶은 것이 대한 독립을 외치는 것이라고 했느냐? 니 놈의 소
　　　원이 고작 대한 독립이라는 한마디를 하고 싶을 따름이란
　　　말이냐?
최영진: 아닙니다. 저의 소원은 조선의 완전한 주권을 찾는 것이
　　　　요. 우리 동포가 우리 땅에서 마음껏 노래하고 마음껏 배우
　　　　며 마음껏 지낼 수 있는 주권을 되찾는 일입니다. (순사역의
　　　　보조자를 가리키며) 내 비록 힘이 없어 저 일본 주구들을 내
　　　　칠 수 없지만 나의 단 한 가지 소원은 바로 그것이오.

상쇠: 그래? 내 너에게 어떻게 해주면 되겠느냐?

최영진: 내 단 한번 목 노아 부르짖고 싶소. 그저 대한 독립을 마음껏 외칠 수만 있다면 족 하겠오. 그것도 저들의 면전에서 내 조국 조선의 독립을 부르짖고 싶소.

상쇠: 흠. 그러하면 원하는 대로 해보아라. 내 너의 청을 들어 저들이 널 해하지 못하게 하리라.

최영진은 행동거지가 불편한 몸으로 천천히 몸을 일으켜 좌중을 돌아보며 "대한 독립 만세"를 외친다. 좌중들 웅성거리며 한 사람씩 최영진의 목소리에 맞춰 "대한 독립 만세"를 제창한다. 최영진은 이어서 아리랑을 구슬피 부르고, 이때부터 좌중 속 악사들은 그의 아리랑에 장단을 넣으며 최영진의 주위를 돈다. 이어 그의 노랫소리를 듣던 좌중들은 그의 주위로 모여 그의 몸을 감싸고 있는 명주천을 하나씩 교대로 풀어내며 아리랑을 제창한다. 상쇠는 좌중을 이끌며 점점 빠르고 화해의 가락으로 악사들을 주도하며 최영진은 마침내 몸을 감싸고 있던 명주 천을 모두 벗어버리고 사람들과 어울려 한바탕 춤사위를 한다.

(끝)

사이코드라마·음양·카타르시스

2004년 3월 30일 1판 1쇄 인쇄 : 2004년 4월 5일 1판 1쇄 발행

지은이 ● 신 원 선
펴낸이 ● 한 봉 숙
펴낸곳 ● 푸른사상사

등록 제2-2876호
서울시 중구 을지로3가 296-10 장양B/D 202호
대표전화 02) 2268-8706(7) 팩시밀리 02) 2268-8708
메일 prun21c@yahoo.co.kr / prun21c@hanmail.net   홈페이지 //www.prun21c.com

값 11,000원

*저자와의 합의에 의해 인지 생략함